UM
ANIMAL
SELVAGEM
JOËL
DICKER

UM ANIMAL SELVAGEM

JOËL DICKER

Tradução de Debora Fleck

Copyright © Joël Dicker, 2024

TÍTULO ORIGINAL
Un animal sauvage

PREPARAÇÃO
Diogo Henriques

REVISÃO
Eduardo Carneiro
Juliana Borel

ADAPTAÇÃO DE PROJETO GRÁFICO E DIAGRAMAÇÃO
Henrique Diniz

CRÉDITOS DA IMAGEM DE CAPA
Página 397

CIP-BRASIL. CATALOGAÇÃO NA PUBLICAÇÃO
SINDICATO NACIONAL DOS EDITORES DE LIVROS, RJ

D545a

    Dicker, Joël, 1985-
        Um animal selvagem / Joël Dicker ; tradução Debora Fleck. - 1. ed. - Rio de Janeiro : Intrínseca, 2024.
        400 p. ; 23 cm.

    Tradução de: Un animal sauvage
    ISBN 978-85-510-1417-2

    1. Ficção suíça. I. Fleck, Debora. II. Título.

24-93568   CDD: 848.994943
                              CDU: 82-3(494)

Meri Gleice Rodrigues de Souza - Bibliotecária - CRB-7/6439

[2024]
Todos os direitos desta edição reservados à
EDITORA INTRÍNSECA LTDA.
Av. das Américas, 500, bloco 12, sala 303
22640-904 – Barra da Tijuca
Rio de Janeiro – RJ
Tel./Fax: (21) 3206-7400
www.intrinseca.com.br

OS FATOS

No dia 2 de julho de 2022, em Genebra, um estrondoso assalto à mão armada deu o que falar.
Este livro conta a história do crime.

PRÓLOGO

O DIA DO ASSALTO
Sábado, 2 de julho de 2022

9h30.

Os dois assaltantes tinham acabado de entrar ao mesmo tempo na joalheria, mas por acessos diferentes.

O primeiro, pela entrada principal, como um cliente qualquer. A roupa elegante conseguira enganar o segurança, e o boné e os óculos escuros eram bastante apropriados para aquele mês de julho.

O outro, de balaclava, tinha entrado pelo acesso de serviço, depois de ameaçar uma funcionária com uma escopeta de cano serrado e obrigá-la a abrir a porta.

Eles não queriam dar sorte ao azar: tiveram acesso às plantas da loja e aos horários dos funcionários.

Uma vez lá dentro, o Balaclava prendeu a funcionária na salinha dos fundos e logo se juntou ao comparsa. O Boné, assim que o viu, ergueu o revólver que carregava na cintura e começou a gritar:

— É um assalto, ninguém se mexe!

Em seguida, tirou um cronômetro do bolso e o acionou.

Os dois dispunham precisamente de sete minutos.

PRIMEIRA PARTE

Os dias anteriores ao aniversário

Capítulo 1
20 DIAS ANTES DO ASSALTO

→ **Domingo, 12 de junho de 2022**
Segunda-feira, 13 de junho
Terça-feira, 14 de junho
Quarta-feira, 15 de junho
Quinta-feira, 16 de junho
Sexta-feira, 17 de junho
Sábado, 18 de junho (fim de semana em Saint-Tropez)
Domingo, 19 de junho (fim de semana em Saint-Tropez)
Segunda-feira, 20 de junho (aniversário de Sophie)

Era uma casa moderna. Um grande cubo, todo envidraçado, que se destacava no meio de um jardim impecável, com piscina e uma grande varanda. A propriedade ficava rodeada por um bosque. O lugar era um oásis, um pequeno paraíso secreto resguardado de olhares curiosos, aonde se chegava por um caminho particular. Tal como a casa, os habitantes pareciam saídos de um sonho: Arpad e Sophie Braun eram o casal perfeito, além de orgulhosos pais de duas crianças maravilhosas.

Naquele dia, Sophie abriu os olhos às seis em ponto. Já fazia um tempo que vinha acordando sempre na mesma hora. Ao lado, Arpad estava mergulhado num sono profundo. Era domingo, e ela queria dormir mais um pouco. Ficou se revirando na cama, mas foi em vão. Por fim, acabou se levantando com todo o cuidado, vestiu um robe e desceu até a cozinha para preparar um café. A uma semana de completar 40 anos, ela estava mais bonita do que nunca.

Das margens do bosque era possível ver perfeitamente o interior do cubo de vidro. Agachado atrás de um tronco, um homem de roupa esportiva escura, que o deixava invisível na paisagem, mantinha os olhos cravados em Sophie.

Com a xícara de café na mão, Sophie observava da cozinha os limites do bosque, que demarcavam o final do jardim. Aquele era seu ritual matutino. Ela vislumbrava seu pequeno reino, sem desconfiar que alguém a espiava.

A alguns quilômetros dali, no centro de Genebra, um Peugeot cinza com placa francesa circulava por uma avenida deserta. Ao raiar do dia, não era possível distinguir o motorista através do para-brisa. O veículo chamou a atenção de uma patrulha da polícia, e luzes giratórias azuis logo iluminaram as fachadas dos prédios em volta. Os policiais inspecionaram o Peugeot e o motorista. Estava tudo em ordem. Um dos oficiais perguntou a ele o que fazia em Genebra. "Vim visitar a família", respondeu o homem. Os policiais se deram por satisfeitos e foram embora. O motorista estava feliz com aquele carro usado, que fora abocanhado por um ótimo preço e, o mais importante, dentro da legalidade. Era a melhor forma de passar despercebido.

Diante da janela, Sophie continuava observando o jardim. Às vezes, surpreendia uma raposa perambulando pelo gramado. Um dia chegou a ver um veado. Ela adorava aquela casa, que havia comprado com o marido um ano antes. Até então, moravam num apartamento no coração de Genebra, no bairro de Champel, mas começaram a ter a ideia fixa de se mudar para uma casa que tivesse um jardim para as crianças. A alta nos preços dos imóveis os convenceu a vender o apartamento, com um belo ganho de capital, e a procurar outro lugar para viver. Quando visitaram aquele casarão todo planejado por arquitetos, localizado na nobre comuna de Cologny, nem pensaram duas vezes. Agora, acordavam todos os dias nesse cenário encantador, a apenas quatro quilômetros do centro de Genebra, onde os dois trabalhavam. Algumas paradas de ônibus, doze minutos de carro ou quinze minutos de bicicleta elétrica para os ricos descolados — era o que bastava para ir de um universo ao outro.

Ainda escondido na mata, o homem agora observava Sophie através de um pequeno binóculo militar. Enquanto examinava o corpo esguio dela, revelado pelo robe curto, ele se deteve no alto de uma das coxas, em que se via a tatuagem de uma pantera.
    Mais atrás, a algumas dezenas de metros, o cachorro dele esperava pacientemente, preso a uma árvore. Deitado sobre um tapete de folhas, o animal parecia habituado àquela rotina, que já durava algumas semanas. Seu dono ia até lá todo dia. Logo ao amanhecer, se instalava atrás de uma árvore para observar Sophie através das vidraças. Os Braun dormiam com as persianas abertas, de modo que ele conseguia enxergar tudo: via quando ela se levantava, descia até a cozinha, preparava o café e o bebia em frente à janela. Era uma mulher muito atraente. Ele estava hipnotizado. Obcecado.

***

Depois de tomar o café, Sophie subiu para o quarto do casal. Tirou o robe e deslizou nua para a cama, onde o marido ainda dormia.

Do bosque, o homem a observava cheio de desejo. A realidade, no entanto, logo se impôs. Ele precisava ir embora, tinha que chegar em casa antes que Karine e as crianças acordassem.

Soltou o cachorro e voltou da mesma forma que tinha chegado: correndo. Pegou a trilha pela mata até a estrada principal e logo estava no vilarejo de Cologny, onde retornou ao pequeno conjunto de casas geminadas. Era um grupo de habitações idênticas, residências de baixo custo para famílias de classe média, que tinham dado o que falar naquela comunidade chique e habituada a mansões de luxo.

Ao abrir a porta de casa, ele ouviu a voz da esposa:

— Greg? É você?

Encontrou Karine na sala, tomando chá enquanto lia. As crianças ainda dormiam.

— Caiu da cama, querida? — perguntou, surpreso, mas fingindo indiferença.

— Ouvi quando você se levantou e não consegui voltar a dormir.

— Desculpa, não queria te acordar. Saí para correr com o cachorro.

Greg, ainda pensando em Sophie, foi até o sofá onde a esposa estava e avançou sobre ela. Karine, porém, nitidamente não estava no clima.

— Para, Greg, as crianças já vão acordar. Esse é o único tempo que eu tenho para ler em paz.

Decepcionado, Greg subiu para tomar uma ducha no banheiro contíguo ao quarto do casal. Ficou um bom tempo sob o jato de água morna. Aquelas escapadas matinais poderiam lhe custar caro se fosse descoberto. Estava arriscando o emprego. Karine o deixaria. Ele mesmo sentia-se envergonhado por espiar desse jeito uma mulher na privacidade do lar. Mas não conseguia evitar. Esse era o problema.

Seu fascínio por Sophie tinha começado um mês antes, numa festa na casa dos Braun. Depois daquela noite, ele nunca mais foi o mesmo.

*

Um mês antes.
Sábado, 14 de maio de 2022.

Greg e Karine podiam ter ido a pé, mas o mau tempo os fez ir de carro. O trajeto durou apenas três minutos. Ao sair de casa, entraram na route de la Capite e depois, seguindo a indicação do GPS, pegaram uma bifurcação onde havia um caminho particular, à margem do bosque, que dava na casa dos Braun.

— Que loucura — disse Greg ao descobrir o caminho. — Ando muito por aqui quando saio para correr com o cachorro, mas não fazia ideia de que havia uma casa no fim dessa estrada.

Era a primeira vez que iam até a casa de Sophie e Arpad. A festa era em comemoração aos 40 anos de Arpad. A julgar pelo número de carros estacionados ao longo da entrada, muita gente já devia ter chegado. Greg conseguiu uma das últimas vagas livres no morrinho de grama, e eles seguiram a pé em direção ao portão aberto, cujos contornos metálicos destoavam da vegetação do entorno.

Arpad e Greg tinham se conhecido no clube de futebol local, no qual os filhos, de idades próximas, jogavam juntos. Ambos os pais faziam parte da equipe de voluntários responsável pelo bar adjacente ao campo de futebol, que nos dias de jogo dava uma força no caixa do clube, e logo simpatizaram um com o outro.

Karine, por sua vez, não conhecia os Braun. Estava nervosa, não costumava se sentir à vontade em terreno desconhecido. Na tentativa de disfarçar o nervosismo, ela desandou a falar.

— Foi simpático da parte deles nos convidarem.

Greg concordou.

— Quantas pessoas eles chamaram? — perguntou ela.

— Não faço ideia.

— Arpad não falou?

— Não.

— Mas, assim, umas dez pessoas? Trinta? O que me espera?

— Não sei, não fui eu que organizei a festa.

— Arpad pode ter soltado alguma coisa no meio de uma conversa.

— Não, ele não soltou nada.

— Do que é que vocês falam quando ficam cuidando juntos do bar do clube?

Greg deu de ombros.

— A gente fala das crianças, da vida, de um monte de amenidades… Mas não entramos em nenhum detalhe sobre a festa dele, garanto.

— Bom, seja como for — disse Karine, para encerrar a conversa, já que não estava levando a lugar algum —, achei simpático eles terem chamado a gente.

Os dois continuaram andando em silêncio. Havia muito silêncio entre eles naquela época. Karine estava convencida de que a mudança para Cologny, um ano antes, não fora boa para eles. Até então, moravam num apartamento alugado no centro de Genebra, no bairro de Les Eaux-Vives. A rua era movimentada, com comércio nas proximidades e perto do lago Léman. E estavam bem instalados naquele apartamento, que talvez fosse um pouco apertado para uma família de quatro pessoas, mas cujo aluguel era imbatível. Então veio a pequena herança do lado de Greg (deixada pela avó). Ele mal recebeu o dinheiro e já se pôs a falar como um pequeno-burguês. Tinham que investir — de preferência em imóveis, pois era mais seguro que a bolsa. Além disso, os bancos estavam emprestando 80% do valor necessário, a juros historicamente baixos. Greg começou, então, a vasculhar os anúncios de imóveis e acabou encontrando por acaso o projeto de Cologny: belas casinhas geminadas, vendidas ainda na planta. As imagens de fato faziam sonhar. Uma casa própria, com jardinzinho. Uma vida no campo, mas a poucos minutos da cidade. Ele afirmava que era impossível estarem enganados: o mercado imobiliário não parava de subir havia décadas. Pensaram mais um pouco e decidiram arriscar. Tudo se desenrolou com muita facilidade. O banco emprestou o dinheiro e eles foram ao cartório assinar a papelada. E foi assim que, um ano antes, chegaram à chiquérrima comuna de Cologny. Mas, desde a mudança, Karine vinha se sentindo deslocada. Para começar, a casa era menor do que ela havia imaginado: o tamanho real dos quartos era bem diferente do que a planta fazia crer. Ela se sentia meio espremida, embora a área total da propriedade fosse maior do que a do antigo apartamento. Acabou entendendo que seu incômodo se devia sobretudo ao novo ambiente, pois, naquele opulento bairro periférico de Genebra, a maioria dos habitantes ostentava um êxito financeiro e social insolente: eram advogados, banqueiros, cirurgiões, homens de negócios e grandes empresários. Os carros e as casas revelavam muito sobre o sucesso dos donos. Karine não parava de se perguntar o que os dois estavam fazendo ali, já que ela era vendedora de loja e Greg, funcionário público. Aquele mal-estar se acentuou quando, depois de algumas conversas, ela se deu conta de que o conjunto de casas de classe média onde morava com a família era considerado uma espécie de mácula entre as propriedades dos milionários. Ela também descobriu, horrorizada, que os outros moradores de Cologny tinham apelidado o conjunto de "A Verruga" e que a câmara municipal chegara a convocar uma sessão extraordinária para aprovar um decreto que impedisse qualquer construção daquele tipo no futuro.

Todo dia, depois de deixar as crianças na escola, a apenas alguns minutos a pé de casa, Karine pegava o ônibus A, que ligava a comuna ao centro da cidade. No caminho, o ônibus atravessava seu antigo bairro, Les Eaux-Vives, e ela era atingida por uma pontada de nostalgia. Descia do ônibus na rotatória de Rive e então seguia até a rue du Rhône, onde ficava a loja em que trabalhava. Misturada à multidão, se sentia mais apaziguada.

Greg e Karine finalmente atravessaram o portão e avistaram o interior da propriedade. Um pátio pavimentado dava para uma garagem envidraçada, onde viam-se dois Porsches estacionados. A casa ficava logo atrás, também toda envidraçada e com um design moderno.

— Entediados eles não ficam! — sussurrou Karine. — O que é que eles fazem da vida mesmo?

— Arpad trabalha num banco e Sophie é advogada.

Os dois seguiram até a porta e Greg tocou a campainha. Através do vidro, podiam ver que a festa estava no auge. Uns quarentões meio esnobes se remexiam de leve ao som da música do momento, com taças de champanhe na mão.

Karine observou o próprio reflexo no vidro: estava estilosa e elegante, com uma roupa de bom gosto, como sempre. Mesmo assim, não se sentia à altura da festa. Naquele momento, tudo desandava. Tinha 42 anos e a sensação de que a juventude ficara para trás. Era o que o espelho lhe repetia todas as manhãs.

Então a porta foi aberta, e Greg e Karine se viram em choque diante do casal incrível que os recebeu. Sophie e Arpad representavam tudo que eles já não eram mais: apaixonados, sorridentes, alegres. E, ainda por cima, estavam de braços dados. Uma dupla, parceiros.

Arpad — belíssimo, chique e descontraído ao mesmo tempo — usava uma calça italiana de corte perfeito e uma camisa de um branco resplandecente, com os últimos botões abertos, revelando o torso musculoso.

Sophie, por sua vez, usava um vestido preto divino, extremamente sexy, que ia até a metade da coxa. Ele moldava o busto firme e revelava pernas magníficas, que pareciam ainda mais alongadas pelos escarpins Saint-Laurent.

Ver Sophie e Arpad naquela noite foi como ser atingido na cabeça por um raio.

Karine e Greg foram recebidos com abraços animados e dois beijinhos, depois foram levados para dentro e apresentados aos outros convidados. Arpad lhes serviu champanhe e, em seguida, Sophie pegou Karine pela mão e foi apresentá-la às amigas. Karine, aliviada e logo completamente à vontade, tomou a bebida de um só gole. Sophie, então, encheu a taça dela de novo, e as duas brindaram.

Karine estava encantada. Minutos antes, diante da porta, condenava Sophie e Arpad pelo crime de ter aquela casa, aqueles carros, aquela vida. Deixara-se enganar pelas aparências. Imaginou que eles fossem arrogantes, secos e vaidosos, mas eram justamente o contrário: muito calorosos e doces.

Naquela noite, pela primeira vez desde que havia chegado a Cologny, Karine ficou feliz de verdade. Dançou, se divertiu, se sentiu bonita. Estava em casa. No decorrer de algumas horas, voltou a se amar.

Mas esse encontro foi, na realidade, uma colisão. Um choque frontal. Um acidente cujo impacto ninguém mediria. A não ser Greg, é claro. Desde o momento em que pôs os pés na casa, ele não conseguiu mais tirar os olhos de Sophie. Estava eletrizado. Não era a primeira vez que a via, mas agora a enxergava sob uma nova luz. À beira do campo de futebol ou na padaria do vilarejo, não notara a dimensão da beleza dela, da animalidade que ela emanava.

Enquanto Karine se divertia e emendava uma taça de champanhe atrás da outra, Greg, totalmente sóbrio, passou a noite inteira espiando Sophie. Tudo que ela fazia o fascinava: o jeito de falar, de sorrir, de dançar, de tocar no ombro da pessoa com quem estivesse falando. Por volta da meia-noite, na hora do bolo, Greg observou o modo como ela olhou para Arpad e no mesmo segundo desejou ser ele. Sophie se pendurou no pescoço do marido, deu-lhe um longo beijo e o ajudou a cortar as primeiras fatias. Depois, na frente de todo mundo, lhe deu um presente embrulhado. Arpad fez cara de surpresa e, ao abrir a embalagem, ficou mais surpreso ainda ao ver que se tratava de uma caixa da Rolex. Ele a abriu e retirou de dentro um relógio de ouro. Sophie ajudou o marido a colocá-lo no pulso, enquanto ele admirava o presente, estupefato. Em seguida, Arpad murmurou alguma coisa no ouvido da esposa e voltou a beijá-la. A cumplicidade entre os dois parecia um sonho.

Perto da uma da manhã, quando a festa já estava terminando, Greg percebeu que Sophie não estava mais entre os convidados. Foi imediatamente atrás dela e a encontrou na cozinha, botando os copos no lava-louça. Ele queria ajudá-la, mas, num gesto estabanado, acabou esbarrando num copo, que se espatifou no chão. Tratou logo de sair catando os cacos de vidro espalhados, e, como Sophie se agachou ao seu lado para fazer o mesmo, o vestido dela subiu, deixando à mostra uma tatuagem de pantera. Greg ficou completamente fascinado. Pior: se apaixonou na mesma hora.

— Mil desculpas — disse ele. — Eu queria ajudar, e olha só no que deu…

— Não faz mal — comentou ela, com um sorriso, tranquilizando-o.

*

Debaixo do chuveiro, um mês depois da comemoração, Greg pensava no que Sophie havia dito: "Não faz mal…" Só que o mal já estava dentro dele. No dia seguinte à festa, enquanto passeava com Sandy, seu golden retriever, ele descobriu que dava para chegar até o terreno dos Braun cruzando o bosque. Dali, tinha uma vista completamente livre para o interior do cubo de vidro. Greg não conseguiu resistir e pôs-se a observar a família Braun reunida na sala da casa. Voltou na manhã seguinte, aproveitando o horário de passeio do cachorro. Foi quando viu

Sophie diante da janela. Depois disso, passou a ir até lá todas as manhãs.

Assim que terminou o banho, Greg se vestiu e desceu para a cozinha. Nesse meio-tempo, os filhos tinham acordado e estavam comendo. Ele os beijou, sentou-se à mesa e fez de tudo para se convencer, como vinha fazendo todos os dias ao longo daquele último mês, de que as coisas ficariam bem e de que seu lugar era ali, ao lado deles.

Entretanto, dali a exatos vinte dias sua vida viraria do avesso.

O DIA DO ASSALTO

Sábado, 2 de julho de 2022

9h31.

O Balaclava empurrou o vendedor e o gerente para a salinha dos fundos. O Boné obrigou o segurança a trancar a porta da loja antes de levá-lo para um ponto onde ninguém conseguisse vê-lo. Se alguém passasse na frente da vitrine e olhasse para dentro, veria apenas uma loja vazia.

Ainda tinham seis minutos.

Capítulo 2
19 DIAS ANTES DO ASSALTO

~~Domingo, 12 de junho~~
→ **Segunda-feira, 13 de junho de 2022**
Terça-feira, 14 de junho
Quarta-feira, 15 de junho
Quinta-feira, 16 de junho
Sexta-feira, 17 de junho
Sábado, 18 de junho (fim de semana em Saint-Tropez)
Domingo, 19 de junho (fim de semana em Saint-Tropez)
Segunda-feira, 20 de junho (aniversário de Sophie)

7h30, na casa de vidro.

Enquanto Sophie terminava de se arrumar no andar de cima, Arpad, ao fogão, preparava uma pilha de panquecas diante dos olhares entretidos dos dois filhos, sentados à bancada da cozinha. Nitidamente muito bem-humorado, ele apresentava um de seus truques secretos, jogando as panquecas no ar, de uma frigideira para outra, e depois apanhando-as de novo enquanto fazia caretas que levavam a pequena plateia a se acabar de rir.

— A gente só costuma comer panqueca no fim de semana — comentou Isaak, do alto de seus quase 7 anos. — Hoje é um dia especial?

— É festa! — exclamou Léa, de 4 anos, toda animada.

— A vida é uma festa — ressaltou Arpad.

Sophie apareceu na cozinha.

— O papai tem razão — disse ela. — A vida é uma festa. Nunca se esqueçam disso.

Ela deu um beijo nos filhos e depois abraçou o marido, que lhe estendeu uma xícara de café. Aninhada a ele, ficou admirando aquele mundinho todo dela.

— Se a vida é uma festa, por que a gente precisa ir pra escola? — perguntou Isaak.

— Olha só, temos um filósofo aqui — disse Arpad, em tom de brincadeira.

— *Filósofo*? O que é isso? — perguntou Isaak.

— Você vai saber se continuar indo pra escola — respondeu Sophie.

— Quem vai levar a gente pra escola? — perguntou Léa.

— Eu posso levar — afirmou Arpad, dirigindo-se a Sophie.

Ele vestia uma roupa esportiva, ou seja, não estava nada pronto para ir ao banco.

— Você perdeu o emprego? — perguntou Sophie, brincando.

Ele riu.

— Eu tinha um café da manhã marcado com um cliente inglês, só que ele perdeu o voo ontem à noite. Vou aproveitar para dar uma corrida e chegar um pouco mais tarde hoje.

Sophie checou as horas.

— Vai ser ótimo se você puder mesmo levar as crianças. Tenho uma reunião importante agora de manhã e ainda preciso me preparar.

Ela apoiou a xícara fumegante na bancada e deu beijos carinhosos em todos eles. Seguiu pelo corredor envidraçado que levava direto à garagem, entrou no carro e saiu, deixando para trás seu paraíso particular.

Minutos depois, Sophie passou em frente à escola primária de Cologny. Ainda era cedo e tudo estava deserto. Ela desacelerou o carro na altura do ponto de ônibus, tentando ver se Karine estava ali. No aniversário de Arpad, as duas não só simpatizaram uma com a outra, como também descobriram que trabalhavam muito perto, na rue du Rhône. A loja ficava a poucos metros do escritório de advocacia de Sophie, que, depois da festa, passou a dar carona para Karine sempre que calhava de vê-la no ponto de ônibus. Esse momento da carona proporcionava às duas novas amigas a chance de compartilhar um momento de prazer. Sophie percebeu isso naquela manhã, quando não viu Karine e sentiu uma pontinha de decepção. Adorava a companhia dela, uma mulher direta, sem disfarces ou artimanhas, cujas histórias saborosas deixavam o trajeto até o centro bem mais agradável.

Sophie parava o carro no estacionamento subterrâneo do Mont-Blanc, onde alugava uma vaga anual. As duas utilizavam as escadas rolantes que davam no cais do Général-Guisan, em frente ao lago Léman e ao bando de gaivotas e cisnes-brancos que eram alimentados pelos pedestres. Elas ainda caminhavam mais um pouco juntas até se despedirem na rue du Rhône.

Naquela manhã, no momento em que Sophie parava o carro no estacionamento do Mont-Blanc, Karine, na cozinha da Verruga, soltava os cachorros no marido, sob os olhares das crianças, que comiam cereal.

O motivo da briga era o novo horário de corrida de Greg: antes, ele só corria às vezes pela manhã, e, quando isso acontecia, saía logo ao amanhecer e voltava a tempo de se aprontar enquanto as crianças ainda dormiam. Agora, fazia um mês que ele não apenas corria todas as manhãs, sem exceção, como também tinha jogado para mais tarde o horário da corrida, de modo que Karine ficava sozinha com as crianças e acabava chegando atrasada ao trabalho.

— Você está saindo para correr muito tarde! — disse ela, criticando o marido.

— Hoje eu saí às 5h45! — defendeu-se Greg.

— Mas enquanto o senhor toma banho, se arruma e vem calmamente tomar seu café, eu preciso dar conta de todo o resto! Por que você mudou o horário? Quando você saía às cinco, funcionava às mil maravilhas. E você dizia que adorava sair cedo.

— Era cedo demais, eu ando exausto. Tenho direito de dormir um pouco mais!

— E eu tenho direito de receber um pouco de ajuda!

— Mas alguém precisa passear com o Sandy — rebateu Greg.

O cachorro tinha chegado junto com a mudança de casa: uma péssima ideia. O minúsculo jardim da Verruga não lhe proporcionava espaço suficiente para gastar energia.

— Ele não precisa ficar uma hora correndo no bosque!

— Acontece que eu preciso tomar um pouco de ar de manhã, antes de toda a pressão do trabalho!

— Bom, e que tal tomar um pouco de ar à noite? Assim você não atrapalha todo mundo! Vou chegar mais uma vez atrasada na loja. Você quer que me mandem embora?

Greg tentou acalmar os ânimos:

— Vai indo — disse ele —, deixa que eu cuido das crianças. Posso chegar um pouco mais tarde no trabalho.

Karine deu um beijo nos filhos, ignorou deliberadamente o marido e saiu.

O ar fresco lhe fez bem. Foi andando apressada, passou pela escola e chegou ao ponto de ônibus, na esperança de ver Sophie. Adorava a personalidade fácil e descontraída dela. Admirava a leveza com que a nova amiga deslizava pela vida, enquanto ela mesma tinha a impressão de tropeçar a cada obstáculo. E não era nem uma questão de dinheiro, mas de personalidade.

Quando o ônibus chegou, Karine ainda não tinha avistado o carro de Sophie, então acabou pegando-o. Sentou-se no fundo e tirou da bolsa um pacote, uma bobaginha que tinha comprado na véspera e queria ter dado a Sophie. Abriu o embrulho e olhou para o copo térmico, ideal para os trajetos de carro. Sophie dizia que nunca tinha tempo de terminar o café antes de sair de casa. Karine de repente se sentiu meio ridícula, sentada naquele ônibus com o presente nas mãos. Era uma mulher extremamente insegura.

Pouco depois de o ônibus passar, Arpad, ainda em roupas esportivas, deixou Léa e Isaak na escola. Quando estava prestes a começar sua corrida, deu de cara com Greg, que também tinha acabado de deixar os filhos no colégio.

— Está com tempo para um café? — propôs Arpad.

Greg deu uma olhada no relógio para avaliar seu atraso e em seguida disse, com um sorriso travesso:

— Vamos lá, boa ideia. Mas não quero atrapalhar sua corrida…

— Posso correr no fim do dia.

— Sua mulher deixa você correr a hora que quiser?

— Claro, por quê?

— Nada, não.

Os dois foram até a cafeteria que ficava ali perto e pediram dois *espressos*. De repente, Greg se sentiu especialmente bem, algo associado à presença de Arpad, à descontração dele, àquela incrível capacidade de planejar uma corrida para um dia de semana de manhã e, no fim das contas, acabar sentado num café. O dia a dia de Greg, por sua vez, era cheio de rigor e obrigações. Entre as crianças e o trabalho, ele tinha a impressão de não sobrar tempo para nada. E, quando conseguia tirar uns dias de folga para compensar as horas extras, Karine dava um jeito de mandá-lo fazer compras, consertar algum móvel ou levar Sandy ao veterinário.

Entre um gole de café e outro, Arpad falava com Greg, que no entanto não o escutava, ocupado demais que estava em observá-lo. Ao contrário do que se poderia imaginar, Arpad e Greg se pareciam. Eram ambos bons pais de família e maridos atentos. Mesmo assim, para

Greg, estava claro que Arpad tinha alguma coisa a mais, uma espécie de superioridade natural. E o invejava por isso — o invejava sobretudo por conta de Sophie.

— O que você acha? — perguntou Arpad, trazendo Greg de volta à conversa.

Greg não fazia ideia do que ele estava falando, mas respondeu:

— Que eu precisava ser mais que nem você.

Arpad riu.

— Como assim?

— Eu precisava ter uma vida com horários mais flexíveis, ganhar melhor, essas coisas, sabe?

— Não se iluda, que eu também tenho minha dose de chateação — ponderou Arpad. — Pode acreditar: no banco, a maioria dos meus clientes é um pé no saco, eles nunca estão satisfeitos. Querem que eu invista o dinheiro para eles, mas sou eu que fico com toda a responsabilidade. Quando dá certo, acham normal. Mas, quando o mercado sofre alguma turbulência, a culpa é toda minha.

— Eu não estava falando só de trabalho. Estava falando de família também...

— Isso também não é um mar de rosas, não. Onde tem criança, tem preocupação. E muitas vezes eu e a Sophie brigamos.

Até parece, pensou Greg. *Sei muito bem como é que ela te acorda de manhã.*

Arpad continuou:

— Aliás, a Sophie vai fazer 40 anos daqui a exatamente uma semana, e eu ainda não achei um presente para ela. Aceito sugestões!

Então, apontando para o Rolex de ouro que Arpad estava usando, Greg disse:

— Você vai ter que fazer tão bonito quanto ela.

Arpad não respondeu.

— Vocês vão dar uma festa em casa? — perguntou Greg.

— Não faço ideia. Sophie disse que não quer fazer nada grande. A gente vai passar o fim de semana na casa dos pais dela, em Saint--Tropez, para comemorar com a família. O resto eu ainda não sei.

Depois de ver a hora no Rolex, Greg se levantou.

— Preciso ir — disse.

— Eu também. Pode ir, deixa os cafés por minha conta.

Arpad pagou e, em seguida, se obrigou a correr um pouco. Chegou à casa de vidro, tomou um banho, vestiu um terno de corte perfeito e saiu dirigindo o Porsche. Já fazia um tempo que quebrava a cabeça pensando nos 40 anos de Sophie: queria celebrar a data com um presente único, original, cujo simbolismo ultrapassasse o valor financeiro. Depois daquele maldito Rolex, porém, ficou pensando se não devia, no fim das contas, dar mesmo uma joia a Sophie. Angustiado, decidiu fazer um desvio rápido pela rue du Rhône, uma importante artéria de Genebra que concentrava todas as joalherias e marcas de luxo. Quem sabe uma olhadinha nas vitrines não o inspirasse? Parou o carro na altura da place Longemalle e seguiu a pé pela rue du Rhône, torcendo para não cruzar com Sophie. Passou rápido pelas lojas de relógios e desacelerou o passo na altura das joalherias. Uma pulseira? Um pingente? Nada o convenceu. Na vitrine da Cartier, viu um anel com formato de cabeça de pantera, esculpida em ouro e cravejada de diamantes, com duas pequenas esmeraldas nos olhos. Ficou encantado com a beleza e a perfeição da joia. A pantera era ela. Entrou na loja na mesma hora. Não poderia imaginar, naquele instante, as consequências do achado.

No fim do dia, quando Sophie deixou o prédio onde ficava o escritório no qual trabalhava, não notou o homem que a espreitava havia muitas horas. Era o sujeito que tinha chegado na véspera dirigindo o Peugeot cinza, usado, de placa francesa. Ela caminhou rápido até o estacionamento do Mont-Blanc para pegar o carro. O homem a seguiu discretamente, feito um predador.

A caçada podia começar.

O DIA DO ASSALTO
Sábado, 2 de julho de 2022

9h33.

A ação foi um balé perfeitamente coreografado.

Enquanto o Balaclava mantinha os reféns sob ameaça, apontando para eles a escopeta de cano serrado, o Boné prendia os punhos e as pernas do segurança e do vendedor com braçadeiras de plástico. O único que não amarraram foi o gerente da loja. Os assaltantes sabiam exatamente o que estavam fazendo.

O Boné arrastou o gerente até o cofre principal, enquanto o Balaclava ficava de olho nos dois reféns.

Ainda tinham quatro minutos.

Capítulo 3

18 DIAS ANTES DO ASSALTO

~~*Domingo, 12 de junho*~~
~~*Segunda-feira, 13 de junho*~~
→ **Terça-feira, 14 de junho de 2022**
Quarta-feira, 15 de junho
Quinta-feira, 16 de junho
Sexta-feira, 17 de junho
Sábado, 18 de junho (fim de semana em Saint-Tropez)
Domingo, 19 de junho (fim de semana em Saint-Tropez)
Segunda-feira, 20 de junho (aniversário de Sophie)

19h30, em Cologny.

No ponto de ônibus no centro do vilarejo, saltou uma passageira habitual: Karine. Ao sair do veículo, ela foi andando na direção da Verruga com passos cansados. O dia tinha sido longo, e ela passara a maior parte do tempo de pé, mostrando roupas às clientes, ou agachada, ajudando-as a calçar algum sapato. Estava com dores nos pés, nas costas e na cabeça. Para completar, o trajeto da volta havia sido extremamente desagradável: o ônibus estava lotado, e ela acabou espremida entre os passageiros, sendo jogada de um lado para outro conforme o motorista freava e acelerava. Quando moravam no antigo apartamento, ela conseguia voltar a pé para casa. Eram quinze minutos de caminhada, margeando o lago Léman, um momento sempre agradável, qualquer que fosse o clima. Mas aquele maldito ônibus... Sophie tinha lhe oferecido carona para a volta, mas Karine sempre encerrava o expediente muito tarde, pois a loja fechava às sete.

Assim que chegou à Verruga, Karine viu que o carro de Greg não estava lá: ele devia estar fazendo hora extra, para variar. Isso queria dizer que o jantar ainda não estava pronto. Sentiu um leve desânimo diante da porta de casa. Em seguida, entrou. Na sala pequena e bagunçada, os dois filhos gritavam e se engalfinhavam, sob o olhar impotente de Natalia, a babá.

Natalia, de 20 anos, passava a maior parte do tempo tirando selfies. Não arrumava a casa, não limpava nem cozinhava ("meu trabalho é cuidar das crianças"), mas, como Greg dizia, "ela é de confiança, isso é o mais importante". E o principal: ela aceitava um valor por hora incrivelmente baixo, que deixava todo mundo satisfeito. Karine e Greg conseguiam dar conta daquele valor, e Natalia era paga para jogar no celular enquanto as crianças ficavam correndo em círculo pela casa até a mãe e o pai voltarem.

Karine liberou Natalia, despachou os meninos para o banho e foi até a cozinha. Depois de inspecionar a geladeira, desistiu de descascar, lavar ou cortar qualquer coisa e optou pelas lasanhas congeladas. Pegou uma garrafa de vinho já aberta e serviu uma taça. Não estava lá essas coisas, mas paciência. Enquanto preaquecia o forno, tirou da pia toda a louça suja (*Obrigada, Natalia*). Depois, lavou o copo térmico que tinha comprado para Sophie, mas que ela mesma acabou usando, e nesse instante o celular tocou: era a própria Sophie. Karine atendeu de imediato.

— A gente se desencontrou hoje no ponto de ônibus — lamentou Sophie.

— Saí atrasada de novo. — Karine suspirou. — As crianças, sabe como é... Além da maldita corrida do Greg.

Karine ouviu uma música ao fundo e pensou que Sophie poderia estar num concerto. Talvez na Ópera. Então perguntou:

— Estou te atrapalhando?

— Não, de jeito nenhum. Fui eu que liguei para você — ressaltou Sophie.

— É que estou ouvindo uma música clássica ao fundo, então pensei que...

— Isso é coisa do Arpad — explicou Sophie, dando uma piscadela para o marido, que estava ocupado com as panelas.

Ela tomava uma taça de vinho aconchegada no sofá da sala. Da bancada da cozinha, Arpad gritou para a esposa e a pessoa do outro lado da linha:

— Quem faz o jantar escolhe a música!

— Seu marido cozinha? — perguntou Karine.

— Ele diz que assim relaxa.

— O homem perfeito — comentou Karine.

Enquanto conversava, ela não tirava os olhos da bagunça da casa e da lasanha industrializada. Os filhos desceram a escada correndo, gritando ainda mais alto. Sophie estava apenas do outro lado da linha, mas, para Karine, era como se estivesse em outro mundo.

— Vou ter que desligar — disse Karine. — Estou com duas crianças seminuas e esfomeadas aqui na sala.

— Sei bem como é — falou Sophie, com um sorriso no rosto.

— Duvido — respondeu Karine. — Você tem uma orquestra sinfônica na sala, enquanto eu tenho um zoológico.

Sophie caiu na gargalhada.

— Te dou uma carona amanhã de manhã? — perguntou ela.

— Se eu chegar a tempo...

— Eu te pego em casa. Dou uma buzinada quando chegar e você deixa o Greg se virar. Até amanhã, minha linda.

Sophie a chamou de *minha linda*. Fazia tempo que ninguém a chamava assim. Karine pegou o copo térmico e decidiu botá-lo de novo na embalagem. Já o tinha usado, mas ainda podia dá-lo de presente, não?

Naquela noite, na casa de vidro, a família Braun jantou a refeição que Arpad havia preparado. Depois, Léa e Isaak foram se deitar e o ritual noturno teve início: Sophie e as crianças se espremeram na cama de Isaak, enquanto Arpad lia e interpretava alguns capítulos do livro que eles tinham começado alguns dias antes. A leitura da noite era sempre um momento de grande cumplicidade familiar. Arpad nunca se cansava de ver sua pequena tropa de olhos e ouvidos atentíssimos. E quanto mais a audiência ficava capturada pela história, mais ele redobrava os esforços e os efeitos da narração. Era como se o tempo parasse.

Naquela mesma noite, na Verruga, já era tarde quando a família Liégean jantou as lasanhas, que acabaram assando demais. Depois, pouco antes de as crianças irem se deitar, o mais velho confessou, chorando, que não tinha feito o dever de casa e por isso tomaria bronca da professora. Greg teve que ajudá-lo na lição de matemática. Foi um festival de irritação e gritaria, de modo que Greg acabou fazendo ele mesmo o dever. Passado esse episódio, as crianças estavam agitadíssimas, e o pai precisou de uma dose enorme de paciência para botá-las na cama. Quando elas finalmente dormiram, ele foi até a cozinha, onde Karine estava terminando de lavar a louça. O silêncio frio era um indício do mau humor que reinava ali. Greg se esforçou para iniciar uma conversa:

— Ufa, todo mundo dormiu. Bem que a Natalia podia ajudar nessa coisa do dever.

— Bom, fica à vontade para falar com ela — respondeu Karine, num tom sarcástico. — Da última vez que comentei alguma coisa, ela ficou toda ofendida.

— De qualquer forma, o dever tinha que ser feito antes do jantar — disse Greg.

— Esse *tinha que ser feito* é uma indireta para mim? — perguntou Karine, mal conseguindo conter a própria irritação. — Você também *tinha que ter chegado* mais cedo em casa, né?

— Eu te mandei uma mensagem...

— Você acha que eu consigo ficar vendo mensagem com as crianças gritando no meu ouvido? Não tenho tempo nem de ir ao banheiro!

— Desculpa — disse Greg, querendo evitar a todo custo uma nova briga. — Da próxima vez eu ligo. Eu tinha que terminar uns relatórios. A coisa ficou tão burocrática, é uma canseira danada. Como se a gente já não tivesse papelada suficiente... A próxima pessoa que me disser que funcionário público não faz nada, eu dou na cara!

Karine, que também queria desanuviar a tensão, fez que sim, só para demonstrar interesse pela conversa insípida. Na verdade, não estava nem aí para aquela história de papelada e de intrigas de escritório. Queria um pouco mais de sonho na vida. No fundo, embora não pudesse dizer ao marido, o que queria era uma vida como a de Arpad e de Sophie. Quando já estava tudo limpo, Greg foi para a sala ver televisão.

— Vou tomar um banho rapidinho — disse Karine. — Depois a gente pode continuar a série.

Quando Karine reapareceu na sala, no entanto, já de robe, Greg tinha saído do sofá. Estava diante da porta, vestindo o casaco e com a guia do cachorro na mão.

— Aonde você vai? — perguntou ela, surpresa.

— Vou levar o Sandy para passear.

— A esta hora? Ele pode muito bem fazer xixi no jardim.

— Alguém levou ele depois do passeio da manhã? — perguntou Greg, sabendo qual seria a resposta.

— Não — disse Karine.

— Pois é, alguém tem que levar. Se eu não saio com ele, ninguém sai.

— Isso é uma crítica? — Karine se irritou.

— Não, só uma constatação.

— Foi você que quis um cachorro — lembrou ela.

— As crianças que quiseram — corrigiu Greg.

— As crianças também querem um pônei. Então quer dizer que daqui a pouco vamos ter um pônei na sala?

Greg deu de ombros. Era inútil argumentar. Assobiou para chamar Sandy e desapareceram juntos na escuridão.

Ao sair de casa, o plano dele era apenas dar uma volta pelo quarteirão, mas um passo foi levando a outro e ele logo se viu na route de la Capite, então continuou até o caminho particular que levava à casa de vidro. Foi mais forte do que ele. Entrou no bosque e se embrenhou entre as fileiras de árvores, como já tinha feito naquela manhã. Quando chegou às margens do bosque, amarrou a guia de Sandy em volta de um tronco, e o cachorro, já familiarizado com a manobra, se deitou tranquilamente sobre um tapete de folhas secas. Greg desapareceu no meio do mato, sendo guiado pelas luzes da casa, e em seguida se escondeu entre os galhos para observar o interior do grande cubo cujas portas envidraçadas ofereciam uma vista impressionante. E que espetáculo ele viu ali na sala! Sophie, nua no sofá, se entregava ao marido, que, por trás dela, imprimia os movimentos.

Greg os devorou com os olhos. Depois dessa cena, acompanhou os dois enquanto iam até o quarto. Imaginou que tomavam banho juntos. Em seguida, os viu andarem nus pelo quarto, indo e vindo com a escova de dentes na boca, antes de se deitarem na cama de conchinha. Eles ainda leram um pouco. Assim que a luz se apagou, Greg voltou para casa e se enfiou sorrateiramente na cama de casal, ao lado de Karine, que já dormia.

Na casa de vidro, depois que Sophie adormeceu, Arpad se levantou e foi até a cozinha. Não conseguia pregar os olhos, os pensamentos a mil. Pegou o celular e começou a ver as fotos que tinha tirado de manhã, na loja da Cartier. Ficou observando durante muito tempo o anel com formato de cabeça de pantera. Para botá-lo, era preciso enfiar o dedo através da boca do animal. Era um trabalho extraordinário de ourivesaria. Arpad estava convencido de que aquela pantera seria o presente perfeito para o aniversário de Sophie. No entanto, diante do preço astronômico da joia, hesitou e disse ao vendedor que voltaria depois.

Estava atormentado. Sabia que o certo era desistir da joia.

Já era hora de confessar tudo a Sophie. De acabar com aquela farsa.

Só que não podia fazer isso a uma semana do aniversário dela.

15 ANOS ANTES
Saint-Tropez
Setembro de 2007

Ele nunca mais voltaria a Saint-Tropez.

Estava deixando para sempre o lugar que tanto amava. Não podia mais ficar, era arriscado demais.

Em poucas horas, Arpad tinha passado uma borracha em uma parte de sua vida. Desapareceria de uma hora para outra, sem deixar rastros.

Começou por onde morava. Para a velhota que lhe alugava o apartamento mobiliado em cima do dela, alegou "uma questão familiar". Ela não fez nenhuma pergunta e aceitou de bom grado os dois meses de aluguel que ele lhe entregou dentro de um envelope, como aviso prévio. Depois, Arpad esvaziou o lugar e enfiou tudo que tinha no pequeno carro.

Em seguida, foi até o Béatrice, um dos lugares mais badalados da vida noturna de Saint-Tropez, onde trabalhava fazia um ano. Ele supervisionava toda a parte do bar e da recepção daquele restaurante da moda, que se transformava em boate no fim da tarde. Para o gerente, contou que tinha acabado de conseguir um emprego no setor financeiro: uma proposta irrecusável. O gerente foi muito compreensivo: "Arpad, não precisa pedir desculpa. Você passou cinco anos na faculdade. Eu nunca vi alguém formado em economia tomar conta de um bar. Fico feliz por você. Só gostaria que tivesse me contado que estava procurando um emprego fora daqui, porque aí eu já podia ter procurado alguém para te substituir."

Ele imaginara que encontraria Sophie no Béatrice, mas ela ainda não tinha chegado. Como não estava conseguindo falar com ela por telefone, resolveu percorrer as ruas de Saint-Tropez para procurá-la, mas foi em vão. Melhor assim, na verdade: ela não engoliria nenhuma das mentiras dele. Talvez devesse renunciar a ela para protegê-la.

***

A última parada de Arpad foi num posto de gasolina para encher o tanque. Enquanto completava o combustível, copiou dois números num bloquinho: o de Sophie e o de Patrick Müller, um banqueiro suíço que conhecera no Béatrice e que certamente poderia lhe ser útil. Assim que terminou de copiar os números, destruiu o cartão SIM e se livrou do celular, jogando-o numa lixeira. Nunca o encontrariam.

Em seguida, pegou a estrada na direção norte.

Nunca mais voltaria.

Era o que achava.

Capítulo 4
17 DIAS ANTES DO ASSALTO

~~*Domingo, 12 de junho*~~
~~*Segunda-feira, 13 de junho*~~
~~*Terça-feira, 14 de junho*~~
→ **Quarta-feira, 15 de junho de 2022**
Quinta-feira, 16 de junho
Sexta-feira, 17 de junho
Sábado, 18 de junho (fim de semana em Saint-Tropez)
Domingo, 19 de junho (fim de semana em Saint-Tropez)
Segunda-feira, 20 de junho (aniversário de Sophie)

Cologny.

...ta ainda estava mergulhada no breu. Greg corria num ritmo ...companhado por Sandy. As duas silhuetas, que tinham acabado ... da Verruga, logo chegaram ao bosque. Greg parou em meio às ...es, prendeu o cachorro a um tronco e se embrenhou na mata para ...ervar a casa de vidro — ainda apagada.

Ele se sentou no chão e tirou da mochila uma garrafa térmica de ...afé. Serviu uma xícara e ficou aguardando o início do espetáculo. De repente, uma luz foi acesa na cozinha. Sophie apareceu e preparou um café. Greg guardou a garrafa e pegou o binóculo. Notou que ela acordava cada vez mais cedo.

Sophie pôs-se diante da janela, com a xícara na mão. Estava de camiseta e short. Greg começou a admirar as pernas dela, examinando-as calmamente pelo binóculo. Foi subindo devagar, acompanhando o traçado dos tornozelos, das panturrilhas, dos joelhos, depois das coxas, então parou na tatuagem de pantera. Um toque começou a soar no bolso dele, quebrando o silêncio tranquilo do bosque. Era o telefone. *Merda!*, praguejou. Pegou o aparelho e viu, pelo número que apareceu na tela, que era do trabalho. Atendeu — não tinha escolha — e falou em sussurros, como teria feito se a esposa estivesse dormindo ao lado.

Ainda estava escuro lá fora, então o olhar de Sophie foi imediatamente atraído pelo feixe de luz nas margens do bosque. Durou apenas um instante, mas ela conseguiu identificar muito bem um clarão artificial. Abriu a porta e pensou ter ouvido uma voz masculina. O coração disparou: havia alguém na mata, logo ali. Ela deu um grito e acendeu todas as luzes.

***

Greg percebeu que havia sido descoberto. Foi correndo a[té o cachorro] para soltá-lo, mas os movimentos do animal fizeram co[m que a guia] desse um nó, de modo que Greg não conseguia desatá-la. [Começou a] entrar em pânico. Ouviu Sophie gritando por Arpad, e a luz [da cozinha] se acendeu.

Greg estava atracado com a guia. Quanto mais puxava, mais forte [ficava] o nó. Cachorro idiota! Não tinha faca, e era impossível cortar aqu[ele] couro tão grosso. Ele se virou para a casa de vidro e viu Arpad sair [da] cozinha e entrar no jardim aos berros:

— Quem está aí?

O nó da guia continuava atado. Greg estava tomado de pânico. Via a luz de uma lanterna se aproximando perigosamente e ouvia os gritos de Arpad, que devia estar tão assustado quanto ele. Mais uns metros e Greg seria pego. Sem saber mais o que fazer, desengachou a coleira e saiu correndo a toda a velocidade, puxando o cachorro junto e largando a guia na árvore.

Arpad chegou às margens do bosque e examinou os troncos com o feixe da lanterna. Viu uma sombra fugindo.

— Parado aí! — gritou, com o coração tomado de adrenalina. — Ei, você!

Greg estava correndo o mais rápido que conseguia. O medo lhe impulsionava, e Sandy penava para acompanhá-lo. Na estrada, acelerou ainda mais o ritmo e pegou a direção da Verruga.

Arpad desistiu de seguir a silhueta. Voltou para casa e chamou a polícia.

Já em casa, Greg largou o cachorro no primeiro andar e subiu às pressas até o quarto, para avisar Karine.

— Me ligaram do escritório, preciso sair agora.

Ela ainda estava dormindo, mas a frase a fez se sentar na cama imediatamente.

— Toma cuidado — disse ela em um tom doce. — Me liga quando tiver terminado.

Ele fez que sim e saiu ainda em trajes esportivos. Como dizia o protocolo, no caso de uma chamada de emergência era preciso chegar ao quartel-general o mais rápido possível. Entrou apressado no Audi do trabalho, estacionado em frente à casa, e dirigiu feito uma flecha. Já em disparada, segurando o volante com uma das mãos, pegou com a outra a sirene que ficava no chão do banco do carona e a colocou no teto do carro. Em seguida, acionou as luzes e a sirene do veículo descaracterizado.

Na casa de vidro, a agitação tinha feito Isaak e Léa acordarem. Arpad e Sophie estavam tentando acalmar os ânimos para não traumatizar as crianças.

— Não é nada grave, meus amores — garantiu Sophie. — Com certeza era alguém passeando. Mas, como eu não estava esperando, fiquei surpresa.

— Se era alguém passeando, por que vocês chamaram a polícia?

— Quando a gente fica na dúvida, é melhor averiguar. É para isso que serve a polícia — respondeu Arpad, como se aquilo fosse perfeitamente normal.

Sophie se fechou no quarto com as crianças e pôs um filme na televisão. Isaak, encantado, perguntou se não podiam chamar a polícia todos os dias, e Léa queria saber se, por conta dos acontecimentos, faltariam à aula.

— Hoje é quarta — lembrou Sophie —, vocês não têm aula, meu amor.

— Então a gente pode tomar café na cama? — perguntou Léa.

— Boa ideia — aprovou Sophie.

— E a gente vai poder ver os policiais? — disse Isaak, torcendo que sim.

— Com certeza — confirmou Sophie, esforçando-se para disfarçar a preocupação.

Léa tentou a sorte:

— Tudo bem se a gente comer bala no café da manhã?

— Não — respondeu Sophie, com um tom de irritação do qual logo se arrependeu.

O tom denunciava o nervosismo dela. Estava com um mau pressentimento.

No jardim, Arpad percorria o gramado, às margens do bosque. Não havia grade nem cerca. A natureza fazia a demarcação, o que, aliás, compunha o charme particular daquela propriedade. Ele pensou que talvez tivesse sido ingênuo de acreditar que estava seguro ali.

No carro de polícia, Greg desceu a toda a velocidade a encosta de Cologny e chegou ao cais à beira do lago Léman. Os carros dos trabalhadores da manhã foram abrindo passagem para o veículo de emergência, que saiu acelerando até a rotatória de Rive e depois continuou o trajeto até o bairro de Acacias, onde ficava o quartel-general da polícia.

Minutos depois, Greg entrou no vestiário do grupo de pronta intervenção, onde os colegas já se preparavam. Como sempre acontecia nessas horas, o ambiente era tenso, mas calmo. Era um momento de seriedade e concentração. Greg, como os outros policiais, vestiu o uniforme preto e o colete à prova de balas e pôs a balaclava na cabeça, mas sem desenrolá-la. Depois, por ser o comandante de plantão, deu uma explicação geral com base nas informações recebidas pouco antes por telefone.

— Saída para a rue des Pâquis. O pessoal da divisão de crimes foi prender um indivíduo na residência, mas o sujeito ofereceu muita resistência, enxotou os oficiais e agora está entrincheirado em casa. Nossa missão é tirá-lo de lá. Chegando ao local, teremos mais informações.

Os cerca de dez policiais entraram em três veículos, que partiram em fila. Atravessaram a cidade, projetando as luzes das sirenes nas fachadas dos prédios. No banco do carona do carro que ia à frente, Greg olhava desconfortável a própria imagem no retrovisor. Tinha escapado por um triz. Logo ele, o chefe do grupo de pronta intervenção da polícia, respeitado e admirado por todos, quase fora pego como um *voyeur* banal.

7h, na casa de vidro.

Duas viaturas de polícia estavam estacionadas em frente ao portão dos Braun. Dentro da casa, um agente pegava o depoimento de Sophie, enquanto outros três inspecionavam as margens do bosque, acompanhados por Arpad. No andar de cima, Léa e Isaak assistiam à televisão.

No bosque, os policiais não sabiam mais o que olhar. A ronda não levara a nada. Tinham examinado atentamente a zona limítrofe da vegetação rasteira em toda a extensão da propriedade dos Braun, mas sem encontrar indício algum. Havia a tal guia presa a uma árvore, mas também havia por perto uma bicicleta infantil toda enferrujada e embalagens de plástico aqui e ali. Mesmo naquela região o bosque era um verdadeiro depósito de lixo.

— O senhor está dizendo que o indivíduo estava atrás desse arbusto? — perguntou de novo um dos policiais a Arpad, para demonstrar que o levava a sério.

— Isso.

Por desencargo de consciência, o policial se agachou para analisar o solo pela enésima vez, mas a terra seca estava intacta, sem qualquer marca de pegada.

— Infelizmente, não podemos fazer grande coisa — explicou ele a Arpad. — Talvez fosse um vagabundo qualquer, ou então um ladrão à espreita. Mas acho que vocês podem ficar tranquilos. Duvido que fosse alguém querendo invadir a casa. Ladrões não entram na casa das pessoas na hora em que todo mundo está acordando. Eles preferem agir quando não tem ninguém, ou à noite, quando todos estão dormindo.

— Fico mais tranquilo, então — disse Arpad.

— Vocês têm alarme em casa? — perguntou o policial.

— Não.

— Pois deviam ter. Hoje em dia nem é tão caro.

— Vocês vão chamar a polícia científica? — perguntou Arpad.

— Pra quê? Não encontramos nenhuma impressão digital.

— Mas isso não é exatamente o papel *deles*, encontrar as impressões digitais? — perguntou Arpad. — Aquela guia presa na árvore é meio estranha, não é?

— Vou ligar para a divisão de roubos e furtos e informá-los — disse o policial, num falso tom de preocupação.

Então ele se afastou um pouco e telefonou para a central. Pediu para falar com o inspetor de plantão da divisão de roubos e furtos, ligada à polícia judiciária. Suspeitava que o inspetor fosse mandá-lo às favas, mas queria agir de modo impecável: nunca se sabia o que esperar daqueles sujeitos que moravam em bairros nobres — eles conheciam todo mundo das altas-rodas e não hesitavam em reclamar nas instâncias superiores quando achavam que não estavam sendo levados a sério.

O inspetor atendeu e o agente do serviço de emergência explicou rapidamente os fatos.

— Bom, resumindo, o que é que você tem? — perguntou o inspetor.

— Na melhor das hipóteses, uma guia de cachorro presa numa árvore em via pública.

— Uma guia presa numa árvore, você está falando sério? Como é que entraram na casa?

— Não, ninguém entrou na casa — especificou o agente. — Não houve arrombamento. A mulher estava tomando café e viu alguém do lado de fora, no jardim, que parecia estar espionando.

O inspetor riu, encerrando o caso e a conversa ao mesmo tempo.

— Vocês até que são legais e tal, mas eu já tenho que dar conta de trinta assaltos de verdade por dia. Essa senhora aí viu alguém passeando na floresta. Grande coisa!

*

8h.

No centro de Genebra, a rue de Pâquis estava isolada pela polícia. Um amplo perímetro de segurança mantinha os curiosos afastados do tumulto.

Com o rosto coberto pela balaclava, Greg saiu de um veículo de comando, dentro do qual tinha acabado de fazer um balanço da situação com os agentes de alta patente da polícia. Estava caminhando pela calçada para se reunir com seus homens quando deu de cara com a inspetora Marion Brullier, da divisão de crimes. Ela fazia parte da equipe de policiais que tinha sido enxotada de manhã cedo pelo sujeito alucinado. Greg a notou de imediato: uma mulher jovem e bonita, com um sorriso de desarmar qualquer um. Muito atraente.

— Não comenta com ninguém, mas vamos partir para o ataque — disse ele à inspetora. — Esse circo já durou tempo demais.

Greg não devia dar esse tipo de informação nem mesmo para uma colega, mas foi a única coisa em que pensou para alimentar uma conversa com ela.

— Acho uma boa ideia — disse Marion, sorrindo.

A única coisa que ela conseguia ver no interlocutor eram os olhos, que despontavam por trás da balaclava. Pareceu-lhe um olhar fulgurante. Gostou do sujeito.

— Como você se chama? — perguntou.
— Liégean.
— E o primeiro nome?
— Greg.
— Muito prazer, Greg. Sou a Marion.
— Adoraria tirar a balaclava para uma apresentação adequada, mas não posso.
— Melhor assim — disse Marion —, desse jeito guardamos a surpresa para a próxima vez.

Greg entendeu que a inspetora estava flertando. Era a primeira vez que isso acontecia com ele em plena operação. Ficou até meio desnorteado. Fazia tempo, aliás, que ninguém lhe dava bola, e tinha esquecido como era bom.

***

Na Verruga, Karine, toda animada, estava se preparando para ir trabalhar. Sophie tinha combinado com ela que a pegaria em casa naquele dia. Natalia, que cuidava das crianças na quarta de manhã, havia chegado na hora. Estava tudo caminhando bem.

— Bom dia para você, Natalia — disse Karine antes de sair de vez. — E não esquece: às dez horas os meninos têm o...

— ...treino de futebol — interrompeu Natalia. — Não se preocupa, eu já sei.

Karine então saiu. Ficou na frente da Verruga, segurando numa das mãos a bolsa e na outra o copo térmico, reembalado em papel de presente para ser dado a Sophie.

Passaram-se alguns minutos. Nem sinal de Sophie. Karine pensou em ligar para ela, mas não queria incomodar. Afinal, Sophie não era sua motorista, e talvez estivesse atrasada por causa das crianças. Ela pôs os óculos escuros, pois achava que assim ficava chique, e continuou esperando. Natalia, que a viu pela janela da cozinha, a chamou de modo insolente.

— Está tudo bem, Karine?

— Sim, sim, tudo bem — respondeu Karine, com um gesto de irritação, mandando Natalia de volta aos afazeres.

— Gostei dos óculos — disse Natalia enquanto fechava a janela.

Karine resolveu tirar os óculos: ainda não estava sol e ela não queria dar uma de caipira. Olhou as horas no relógio e então resolveu ligar para Sophie.

— Esqueceu de mim, minha linda? — disse Karine, brincando, com um tom meio inseguro, assim que Sophie atendeu.

— Ah, não! Desculpa...

Karine desabou. Sophie tinha mesmo se esquecido de pegá-la.

— Aconteceu uma coisa muito esquisita hoje de manhã — explicou Sophie —, não posso falar muito agora, mas depois te conto tudo.

Karine mal conseguia escutar, tamanha era a decepção.

— Não se preocupa — disse ela, e em seguida desligou com certa tristeza.

Foi andando em direção ao ponto de ônibus. No caminho, viu uma lixeira e, desgostosa, resolveu jogar fora o copo térmico.

***

Karine não era a única à espera de Sophie.

Bem perto do ponto de ônibus havia um café, e no estacionamento logo ao lado dele estava parado o Peugeot cinza. Sentado a uma mesa na varanda, o motorista fingia ler um jornal.

Ele vigiava os passos de Sophie, e naquela manhã ela estava atrasada.

Começava a conhecer os hábitos dela como a palma da mão.

Era ótimo vê-la de novo.

Na casa de vidro, Sophie andava de um lado para outro na cozinha.

— Não adianta nada ficar dando voltas aqui — disse Arpad, segurando-a com cuidado pelos ombros. — Por que você não vai para o escritório pensar em outra coisa?

— Estou preocupada... A gente tinha combinado de passar o fim de semana nos meus pais...

— Vou mandar instalar um alarme — prometeu Arpad. — Vou ligar para uma empresa de segurança hoje mesmo. Vão instalar antes do fim de semana.

— Mas quem era esse cara que estava de olho em mim?

— Você ouviu o que os policiais disseram — respondeu Arpad, diluindo o drama. — Não devia ser nada.

— Como assim, *não devia ser nada*? Alguém anda espionando a gente e você diz que não é nada?!

— Soph, ainda que fosse mesmo um ladrão à espreita, você acabou com toda a vontade dele de voltar, pode acreditar. Mas não se preocupa: hoje eu não arredo o pé daqui.

Às quartas, Arpad trabalhava de casa, de modo a passar mais tempo com as crianças. Então, com exceção de um breve bate e volta para levar Léa e Isaak às atividades, ficaria em casa o tempo todo.

Sophie aceitou sair para trabalhar, mas não estava tranquila.

Permaneceu com aquela sensação durante todo o trajeto de carro. E, ao andar do estacionamento do Mont-Blanc até o escritório, teve a impressão de que estava sendo seguida. Virou-se várias vezes, examinando as pessoas, mas não detectou nada de estranho. Estava uma pilha de nervos. Precisava falar com uma amiga, e a primeira pessoa em quem pensou foi Karine.

Quando Karine viu Sophie entrando na loja, percebeu na mesma hora que alguma coisa não ia bem.

— O que foi que aconteceu, Sophie?

Sophie conteve um soluço.

— Será que a gente pode tomar um café?

— Claro!

A loja tinha uma máquina de café para as clientes, mas, diante da situação, Karine disse às colegas que sairia rapidinho e levou Sophie ao Café des Aviateurs, do outro lado da rua.

— Desculpa por chegar assim — disse Sophie. — Suas colegas devem ter me achado uma doida.

— Claro que não — rebateu Karine, tranquilizando-a.

Por dentro, Karine estava inquieta, impaciente. Foi a ela que Sophie recorreu num momento de aflição. Mal via a hora de saber o que estava acontecendo, então a instigou:

— Me conta tudo, minha linda.

Desde que Sophie a chamara de *minha linda* no dia anterior, Karine repetia o epíteto sempre que podia, na esperança de que também pudesse desfrutar um pouco mais.

— Tinha um intruso lá em casa hoje de manhã — contou Sophie.

— O quê?

— Bom, não exatamente dentro de casa, mas é como se tivesse sido... Eu estava tomando café, umas seis da manhã, quando percebi que tinha um cara me espiando do bosque.

— E aí?

— Aí eu acendi todas as luzes e comecei a gritar. Arpad apareceu, mas o cara já tinha fugido.

Karine pôs a mão em cima da de Sophie.

— Ah, sinto muito! — disse. — Deve ter sido uma experiência horrível. Vocês chamaram a polícia?

— Claro. Eles foram até lá, inspecionaram o bosque e tal, mas não encontraram nada.

— E vão abrir uma investigação?

— Que nada! Disseram que não podiam fazer grande coisa: não tinha nenhum rastro, arrombamento, nada. Parecia que não estavam nem aí.

— Espera — disse Karine, revoltada. — A gente precisa falar com o Greg.

— Você acha?

— Claro. Ele com certeza vai poder fazer alguma coisa — afirmou Karine, orgulhosa de sua importância repentina. — Ele nunca comenta, mas tem um cargo importante.

Karine não revelou mais para não comprometer o segredo que cercava o cargo do marido. Os Braun sabiam que Greg era policial, mas, assim como a maioria das pessoas que o conheciam (à exceção de uns poucos amigos íntimos), ignoravam completamente quais eram as exatas funções dele. Por motivos de segurança, os membros do grupo de pronta intervenção precisavam agir com discrição máxima. Quando alguém perguntava, Greg dizia apenas que trabalhava para o serviço de emergência.

Karine, mergulhada no papel de investigadora, perguntou a Sophie:

— Você falou de um *cara*. Chegou a ver o homem? Acha que conseguiria identificá-lo?

— Não, estava escuro demais para identificar o que quer que fosse. Mas era um homem, disso eu tenho certeza. E não era alguém que estava passeando ou, sei lá, um vagabundo qualquer, como os policiais disseram: ele estava escondido numa moita, me observando. Era como se... Bom, pouco importa, você vai me achar maluca...

— De jeito nenhum — disse Karine, encorajando-a.

— Era como se ele estivesse me esperando.

— Meu Deus! — exclamou Karine. — Que horror!

— Nem me fale! É a primeira vez que fico com medo dentro de casa.

— Vou pedir ao Greg que passe na sua casa no fim do dia. Tenho certeza de que ele vai poder ajudar a esclarecer isso tudo.

— Obrigada, minha linda — disse Sophie, abrindo um sorriso.

O rosto de Karine se iluminou.

*

12h, na loja.

Enquanto engolia um sanduíche num quartinho sem janelas que servia de depósito, Karine leu no telefone uma matéria sobre uma importante operação policial que havia ocorrido de manhã cedo no bairro de Pâquis. Um homem alucinado precisara ser desalojado pelo grupo de pronta intervenção.

Leu os detalhes sobre o caso, mas já sabia do essencial havia um bom tempo. Greg telefonara para ela, como sempre fazia depois de cada operação.

Havia algumas fotos na matéria. Ela reconheceu o marido numa delas, apesar da balaclava e do uniforme que o deixavam anônimo em meio aos outros membros do comando. Alguns anos antes, eles tinham combinado um pequeno sinal, que só os dois conheciam, para que ela o distinguisse. Entre os diferentes distintivos que ficavam presos num velcro no uniforme, havia um com o grupo sanguíneo de Greg, A+. Ele sempre o prendia de cabeça para baixo. Karine examinou a foto com atenção, admirando o marido, impressionante na roupa de combate. Ele aparecia dando instruções a uma policial à paisana, que só se via de costas.

A realidade daquele instante roubado era do momento em que a inspetora Marion Brullier tinha ido cumprimentar Greg no fim da operação.

— Obrigada — dissera a ele, com os olhos brilhando.

— Estamos aqui para isso, Marion — respondera Greg. — Você já sabe onde nos achar da próxima vez.

Ele esboçara um sorriso por trás da balaclava, e Marion, embora não o tivesse visto, conseguira imaginá-lo, pelo movimento da boca.

— Pode deixar — garantira ela. — Na verdade, devo te fazer uma visita. Com certeza vou precisar de um relatório.

Greg sorriu de novo. Não sabia muito bem a que tipo de relatório ela se referia.

No fim da tarde, quando voltou para a casa de vidro, Sophie encontrou Arpad e Greg no jardim. Os dois inspecionavam o bosque, no lugar onde de manhã cedo ela havia visto a tal silhueta terrível.

— Ah, Greg, estou tão feliz de ver você aqui!

— Pelo visto meus colegas não te tranquilizaram muito, não é? — lamentou Greg.

Sophie deu de ombros.

— Segundo eles, não é nada de mais.

— Isso não justifica — rebateu Greg.

Estava segurando um desses saquinhos de plástico que a polícia usa para recolher provas. Dentro dele havia uma guia de cachorro.

— É a mesma que estava presa na árvore? — perguntou Sophie.

Greg fez que sim. Logo que chegou, foi levado até o bosque. Fingiu que era a primeira vez que via o lugar. E, quando Arpad apontou a guia de couro amarrada no tronco de um carvalho, Greg não mediu esforços: vestiu as luvas de látex e passou bastante tempo inspecionando o objeto. Agachado na mata, interpretou o especialista da polícia científica. O coldre da arma de serviço que ele portava aparecia por baixo da camisa. Uma verdadeira cena de filme. Ao avaliar que a paródia já havia durado tempo suficiente, Greg por fim pegou a guia e a depositou com cuidado no saquinho de plástico.

— Você acha que essa guia tem alguma relação com o tal cara? — perguntou Sophie.

— Para ser honesto, duvido bastante — respondeu Greg. — Por que uma guia? E por que ele largaria assim para trás uma prova dessas? De qualquer jeito, vou mandar para análise. Só por garantia. Melhor não descartar nenhuma pista.

— Obrigada — disse Sophie, grata por finalmente ser levada a sério.

Depois foi a vez de Arpad perguntar:

— Na sua opinião, o que esse cara queria? Só tem uma casa... Ele devia estar aqui por um motivo bem específico, não?

— Um ladrão — sugeriu Greg.

— Os policiais falaram que é improvável um ladrão tentar entrar numa casa no momento em que os moradores estão acordando.

— Mas ele podia estar só à espreita — comentou Greg. — Observando os hábitos de vocês.

— E o que é que a gente faz, então? — perguntou Arpad.

Greg saboreou aquele momento de superioridade: os Braun o escutavam com a maior atenção.

— Nada — disse ele. — E, principalmente, nada de ficar imaginando coisas!

— Você tem razão — concordou Arpad, balançando a cabeça. — Vem, vamos tomar alguma coisa.

Os três entraram na casa, e Sophie foi logo para a cozinha. Botou nozes numa tigelinha e abriu uma garrafa de vinho. Greg, na bancada, a observava de rabo de olho. Viu como as mãos dela usavam o saca-rolhas e a sobrancelha esquerda franzida de leve, revelando a concentração. O lábio inferior que ela costumava morder. Ele a deteve antes que ela enchesse uma terceira taça.

— Estou de plantão a semana inteira — disse ele. — Vou ter que ficar só na água.

— Posso oferecer alguma coisa mais interessante do que água — disse Sophie. — Suco? Coca-Cola?

— Uma Coca, então, por favor.

Sophie jogou uns cubos de gelo num copo, cortou com habilidade uma rodela de limão, abriu uma garrafa de Coca e pôs o copo em frente a Greg, dirigindo-lhe um sorriso. Se a cena estivesse sendo filmada, poderia servir de anúncio publicitário. Greg estava fascinado. No entanto, Arpad estragou aquele momento ao aparecer no campo de visão para beijar a esposa no pescoço antes de pegar as taças de vinho e levar todos até a sala.

Greg sentou-se no sofá, bem no lugar onde, na noite anterior, Sophie se entregara ao marido, sob os olhares dele, Greg. Ele acariciou discretamente o tecido.

Sophie se aconchegou numa poltrona funda bem em frente a ele e em seguida tirou os escarpins pretos, deixando-os no chão. Greg ficou admirando os pés dela, as unhas pintadas de vermelho. Depois perguntou:

— Hoje de manhã você estava onde, exatamente, quando viu esse sujeito entre os arbustos?

— Eu estava ali, na janela da cozinha — respondeu ela, apontando para a parede envidraçada atrás da qual ele a vira ao amanhecer.

Greg se levantou, foi até o lugar indicado e pôs-se no lugar da presa. Era esquisito reviver aquela cena invertendo os papéis. E o pior de tudo foi se dar conta de que os arbustos ficavam muito mais perto da casa do que ele havia imaginado. Com um pouco mais de claridade, ela com certeza o teria reconhecido. Pensou em como havia sido imprudente. Não podia mais continuar com aquilo.

Arpad explicou, então, que havia procurado uma empresa de segurança para instalar um alarme, mas que só tinham disponibilidade para a segunda-feira seguinte.

— A ideia do alarme é boa — aprovou Greg —, mas, como eu já disse, duvido que o ladrão volte em tão pouco tempo. Fiquem tranquilos e não mudem seus hábitos.

— Acho que vou comprar um revólver — confidenciou Arpad.

— Um *revólver*? — perguntou Greg, em tom de desaprovação.

— Você está louco? — Sophie se exaltou. — Não quero arma nenhuma aqui dentro de casa.

— Isso é realmente uma maluquice — insistiu Greg, de um jeito moralizador. — Você não quer que aconteça um acidente com as crianças...

Ele voltou ao sofá para terminar a Coca, depois aproveitou a ocasião para trocar os números de telefone com Sophie.

— Se acontecer qualquer coisa, me liga — insistiu ele. — Não faça cerimônia. Além disso, se quiserem, enquanto vocês ainda não têm alarme, posso fazer umas rondas pelo bosque quando for passear com o meu cachorro.

— Obrigada, Greg — disse Sophie, parecendo mais tranquila com essa sugestão.

Quando ele estava indo embora, Sophie se despediu com um beijo em seu rosto, em agradecimento. Não foi por pura convenção, mas um gesto realmente espontâneo. Para Greg, foi uma espécie de endosso. Pensou que aquela história de ladrão até que tinha um lado bom. Agora podia se aproximar dela.

No caminho de volta, avistou uma lixeira e jogou lá dentro a guia do cachorro. Diria que as análises não haviam dado em nada.

Naquela noite, quando saiu para passear com Sandy, ele tomou cuidado para não se aproximar muito da casa de vidro. Apesar disso, os Braun tiveram uma visita.

Aproveitando a escuridão da noite, o Peugeot cinza estacionou numa via agrícola perto do bosque. O homem que saiu do carro conhecia perfeitamente o lugar. Entrou em meio às árvores e foi se embrenhando até a casa de vidro.

O DIA DO ASSALTO

Sábado, 2 de julho de 2022

9h34.

O responsável pela loja abriu o cofre principal. Logo em seguida, o Boné prendeu as mãos dele com uma braçadeira de plástico e o obrigou a se deitar de bruços. Depois, foi abrindo as gavetas do cofre, uma por uma, sem tocar em nada. Procurava especificamente certas pedras preciosas e esboçou um sorriso vitorioso ao encontrá-las. Eram enormes diamantes rosa.

Pegou um saquinho de veludo e pôs os diamantes dentro. Valiam muitos milhões. Nervoso, não tirava os olhos do cronômetro.

Só tinham mais três minutos.

Capítulo 5
16 DIAS ANTES DO ASSALTO

~~Domingo, 12 de junho~~

~~Segunda-feira, 13 de junho~~

~~Terça-feira, 14 de junho~~

~~Quarta-feira, 15 de junho~~

→ **Quinta-feira, 16 de junho de 2022**

Sexta-feira, 17 de junho

Sábado, 18 de junho (fim de semana em Saint-Tropez)

Domingo, 19 de junho (fim de semana em Saint-Tropez)

Segunda-feira, 20 de junho (aniversário de Sophie)

8h20.

Na saída para pedestres do estacionamento do Mont-Blanc, Sophie e Karine apareceram no alto da escada rolante, entretidas numa conversa alegre e inesgotável. As duas estavam às gargalhadas. Já quase na hora de se despedirem, Sophie sugeriu a Karine que prolongassem aquele momento.

— E se a gente fosse tomar um café?

— Agora? — perguntou Karine, como se estivesse surpresa que alguém pudesse apreciar tanto a companhia dela.

— Se não for te atrasar... — disse Sophie, simpática.

— Vai ser um prazer — respondeu Karine. — Eu sou meio que a chefe ali na loja, sabe? Faço o que me der na telha.

Depois da mentira, ela pegou discretamente o telefone e enviou uma mensagem para a chefe.

Crianças doentes. Atrasada, desculpa.

As duas entraram no Café des Aviateurs e Karine escolheu uma mesa no fundo, para não correr o risco de ser vista por alguém do trabalho. Ficaram um bom tempo conversando. A cumplicidade entre elas era tão nítida que pareciam amigas de longa data. Então Sophie disse que já estava na hora de se despedir:

— Preciso ir, minha linda — Karine abriu um sorriso triunfante ao ouvir isso —, estou com uma tonelada de trabalho atrasado.

Na saída do café, Karine ficou observando enquanto Sophie se afastava. Contemplou-lhe o jeito de andar, a silhueta, o cabelo que ondulava perfeitamente e as longas pernas bronzeadas, ainda mais delicadas graças ao salto alto. Karine ficou se perguntando se era possível admirar e detestar alguém pelos mesmos motivos: aquilo era a própria definição da inveja.

Continuou observando até Sophie cruzar a porta do belo edifício de pedra onde ficava o escritório de advocacia dela. Na imaginação de Karine, tratava-se de um lugar luxuoso, todo revestido de madeira, com poltronas de couro. Quando chegava, Sophie era recebida com deferência pelo exército de subalternos, todos muito bem-vestidos, que a acompanhava até uma sala enorme, cujas janelas envidraçadas ofereciam uma vista indevassável para o lago Léman.

Entretanto, embora ficasse sem dúvida num endereço nobre, o escritório de Sophie não tinha nada de grandioso. No último andar do prédio, assim que ela empurrou a porta de entrada, esta só abriu pela metade, pois atingiu em cheio a porta de um armário.

— Desculpa! — gritou Véronique, a funcionária de Sophie, da própria sala. — Esqueci de novo de fechar a droga desse armário.

— Não tem problema — respondeu Sophie, afastando o obstáculo com a mão.

Era um gesto habitual. E não era culpa de Véronique: as salas tinham sido mal projetadas. Aquele famigerado último andar era uma construção recente, acrescentada ao prédio alguns anos antes e sem a menor sintonia com o restante do edifício: as salas eram exíguas, de teto baixo e com janelas estreitas que só proporcionavam uma vista boa se a pessoa fizesse contorcionismo. O escritório de Sophie se resumia a um corredor revestido de linóleo, que servia de passagem para três salas: a sala de Sophie, a de Véronique e, por fim, uma sala de reunião, raramente usada, na qual se acumulavam processos, por falta de espaço. Havia também uma cozinha minúscula e um banheiro. Resumindo, o lugar era apertado e mal planejado, mas Sophie alugava tudo por um bom preço. E o principal: achava que era perfeito para as necessidades dela. A localização era central, e ela havia decorado tudo com esmero. Sentia-se bem ali, o que era o mais importante. De todo modo, não precisava de mais espaço: eram só as duas no escritório, ela e a funcionária, Véronique, uma advogada jovem, esperta e trabalhadora. Sophie a adorava — enxergava nela o que tinha sido no começo da carreira.

Sophie foi até a própria sala e ligou o computador. A tela se acendeu e logo surgiu uma notificação da agenda, lembrando-a de uma reunião na manhã seguinte com um de seus principais clientes, Samuel Hennel.

Véronique, elevando a voz para ser ouvida da outra sala, perguntou à chefe, sem sair da cadeira:

— Você está pronta para amanhã?

— Para a reunião com o Samuel Hennel? — perguntou Sophie.

— Não, para o seu fim de semana em Saint-Tropez!

— Ainda nem fiz as malas. Vou fazer hoje à noite. E amanhã de manhã não vou nem passar aqui. Vou direto para a casa do Hennel. Como vou pegar a estrada por volta do meio-dia com o Arpad e as crianças, para não chegar tão tarde, preciso sair daqui hoje já com toda a documentação para o Hennel.

Véronique, que em geral estava sempre adiantada, apareceu no vão da porta com um imponente maço de folhas e o pôs na mesa da chefe.

— Botei uns marcadores para indicar as páginas que o sr. Hennel precisa assinar — explicou Véronique. — Também fiz uma lista para você, recapitulando todos os documentos. São formulários bancários comuns. Anotei tudinho.

Véronique era a eficiência em pessoa.

— Muito obrigada — disse Sophie, agradecida.

*

17h, na Verruga.

Greg parou o carro na frente de casa.

Ele adorava aquela casinha, ao contrário de Karine, que não parava de reclamar. Sentia-se bem ali, naquele vilarejo. Com toda a calma, a natureza... Além do mais, ainda tinha o jardim, pequeno, tudo bem, mas do qual ele cuidava com muito zelo e onde cultivava até uma pequena horta.

Antes de sair do carro, anunciou sua presença com algumas buzinadas sucessivas, sinal que os filhos nunca deixavam de reconhecer. A porta então se abriu e os dois meninos saíram correndo para abraçar o pai, seguidos por Sandy e por Agnès, a mãe de Karine, que tomava conta das crianças às quintas-feiras, depois da escola.

Greg tirou da mala algumas sacolas de compras pesadas e um buquê de flores para a esposa. A tropa feliz voltou para dentro de casa.

— Hoje o jantar vai ser escalope de vitela — disse Greg, enquanto deixava as compras na bancada da cozinha e botava as flores num vaso.

— Você fica para o jantar, Agnès?

— Obrigada, Greg, mas hoje tenho meu clube de leitura. Aliás, está na minha hora.

Ela deu um beijo nos netos e Greg a acompanhou até a porta. Ele então avistou um rádio-relógio no móvel da entrada.

— Eu já ia me esquecendo — disse Greg, pegando o relógio para entregar à sogra. — Está consertado. Era mau contato, dei uma soldada. Agora deve funcionar.

Ela sorriu para ele.

— Obrigada, você é um anjo.

— Agnès, você sabe que hoje em dia existem uns modelos bem mais modernos, né?

— Já faz quinze anos que eu tenho esse, e ele ainda funciona muito bem, está aqui a prova. Os vendedores de hoje querem que a gente jogue fora o que ainda tem conserto porque assim eles podem vender aquelas bugigangas. Na loja, queriam me vender um modelo "de desempenho superior"! É só um rádio-relógio, como é que pode ter um desempenho superior? Por acaso ele prepara café e escova seus dentes enquanto você ainda está despertando?

Greg caiu na gargalhada. Agnès abriu um sorriso divertido para o genro e foi embora. Ela o adorava. Achava que a filha o atormentava sem nenhum motivo. Segundo Agnès, os casais da nova geração faziam menos esforço para se entender. A verdade é que cada um precisava fazer um certo sacrifício para a coisa funcionar.

Greg acomodou as crianças com os respectivos cadernos à mesa da cozinha. Enquanto as ajudava com o dever de casa, começou a preparar os escalopes. Enfarinhou os pedaços de carne e deixou-os descansando num prato. Espremeu um limão, picou um pouco de salsa e preparou as alcaparras, deixando tudo pronto para assar a carne assim que Karine chegasse. Depois, improvisou um molho cremoso para o *tagliatelle*. Botaria a água para ferver no último instante. A massa era fresca e ficaria pronta em dois minutos. Assim que os meninos terminaram o dever, ele os mandou para o banho e aproveitou para tomar um também.

Quando Karine chegou, reinava em casa uma atmosfera serena. As crianças estavam brincando tranquilas, enquanto Greg terminava de preparar o jantar.

— O jantar vai ser servido em dois minutos — anunciou ele, despejando a massa numa panela com água fervente.

Karine notou as flores na mesa. Abriu um sorriso. Greg acionou o alarme do celular e pôs um escorredor na pia para despejar a massa em 1'49, 1'48, 1'47... Depois, lançou um olhar para a família. Se Sophie o tivesse reconhecido no dia anterior, ele poderia ter perdido tudo: o emprego, a esposa, os filhos. Imaginou a pior cena: ele sendo detido pelos colegas policiais, a prisão e a humilhação de ser considerado pelos vizinhos e por toda aquela pequena comunidade "o pervertido de Cologny". O que ele tinha na cabeça quando decidiu espiar uma mulher dentro da casa dela? Ficou se perguntando de onde vinha esse impulso.

A noite foi tranquila na Verruga.

Depois que as crianças dormiram, Karine e Greg foram para a sala ver uma série. Como Karine se levantou para preparar um chá, Greg lhe pediu uma Coca-Cola. Ela levou uma garrafa, que apenas colocou sobre a mesinha diante dele, sem nem sequer um copo. Ele pensou de novo na forma como Sophie lhe servira a bebida, com pedrinhas de gelo e uma rodela de limão. Karine se sentou de novo ao lado dele. Greg então olhou para os pés da esposa. Não eram de todo feios, mas nem de longe estavam tão bem cuidados quanto os de Sophie.

— Por que é que você não pinta as unhas? — perguntou Greg de repente.

— Vou pintar quando me sobrar algum tempo — respondeu Karine, sem desgrudar os olhos da tela.

*

Naquela noite, como em todas as quintas, Arpad foi jogar squash no clube de tênis de Cologny com Julien Martet, um amigo de longa data. Era o encontro semanal dos dois. Depois do jogo, jantavam juntos no restaurante do clube e se atualizavam sobre o que estava acontecendo na vida de cada um. Ao longo do jantar, falaram sobre carreira. Julien tinha um cargo importante num fundo de investimento. Tivera uma ascensão vertiginosa, o que fazia Arpad admirá-lo.

— Como estão as coisas lá no banco? — perguntou Julien.

— Tudo indo, mas estou começando a pensar em fazer outra coisa.

— Sério? Mas dentro do setor financeiro?

— Claro. É só que eu ando meio entediado lá no banco. Não me vejo fazendo a mesma coisa a vida inteira. Acho que eu me viraria bem trabalhando por conta própria.

— Você está sabendo que eu investi num projeto imobiliário na Costa Rica? — confidenciou Julien. — Talvez te interesse no âmbito pessoal. Ou de repente a alguns dos seus clientes?

— Sim, sim — aquiesceu Arpad. — Adoraria saber mais.

— Passa lá em casa no fim de semana, posso compartilhar com você todas as informações sobre o projeto.

— A gente vai para Saint-Tropez, passar o fim de semana na casa dos pais da Sophie.

— Então eu te ligo amanhã, quando estiver com o arquivo na minha frente.

Arpad chegou em casa perto das dez da noite.

Encontrou Sophie lendo na sala. Serviu duas taças de vinho e os dois conversaram um pouco. Do bosque, uma silhueta os espiava. O homem do Peugeot cinza tinha voltado. Escondido na escuridão, examinava atentamente o interior do cubo de vidro.

Na mesma hora, na Verruga, Greg e Karine tinham acabado de ver o terceiro episódio da série que estavam acompanhando. Karine subiu para se deitar, enquanto Greg saiu para passear com Sandy. Ele deu alguns passos na escuridão. O cachorro parecia estar gostando de andar sem a guia e saltitava conforme ia farejando uma ou outra pista. Ao mesmo tempo que o observava surrupiando uma coisa ou outra aqui e ali, Greg pensou que no dia seguinte devia sem falta comprar uma guia semelhante à que jogara fora, antes que Karine resolvesse fazer um monte de perguntas.

Quando chegou ao fim da rua, Greg, que tinha saído apenas com a intenção de passear um pouco com Sandy, de repente pegou a direção da casa de vidro. Não pôde se conter. Entretanto, depois dos acontecimentos da véspera, estava fora de cogitação correr riscos desnecessários, então enviou uma mensagem para Sophie.

Vou dar uma volta com o cachorro pelo bosque.

Ele foi ladeando a estrada e logo chegou às margens da floresta. Caminhou entre os troncos sem fazer qualquer barulho. Sandy ia farejando bem longe atrás dele, com o focinho enterrado nas folhas secas. Como sempre acontecia quando estava por ali, Greg sentia a excitação do caçador. Dali a pouco, conseguiu ver a casa que despontava atrás da vegetação. As persianas, porém, estavam todas baixadas. Sentiu uma pontada de decepção: o espetáculo tinha acabado. Greg já estava dando meia-volta quando congelou. Notou a presença de uma sombra a poucos metros de onde estava. Alguma coisa tinha se mexido na extremidade do bosque. O coração dele disparou de uma hora para outra.

A trinta metros de Greg, o homem, agachado para se esconder melhor, prendia a respiração. Esforçava-se para se camuflar no escuro, mas receava ter sido notado.

Com os sentidos em alerta, Greg perguntou:
— Tem alguém aí?
O homem ficou completamente imóvel, na esperança de enganar quem o perturbava.

Greg ergueu a lanterna e começou a sacudir os troncos e arbustos com o feixe de luz.
— Tem alguém aí?! — gritou mais uma vez.
O homem não tinha mais escolha: saltou do esconderijo, quebrando uns galhos, e começou a correr o mais rápido que pôde.
Greg sentiu uma descarga de adrenalina. Havia alguém espionando a casa dos Braun! Sua lanterna captou por um breve instante a figura que corria a toda a velocidade em meio à escuridão.
— Alto lá! — gritou ele. — Polícia! Pare agora!
Mas a sombra continuou a se esgueirar entre as árvores.
Greg saiu em seu encalço.

***

Quando o homem alcançou a extremidade do bosque, percebeu que havia despistado o perseguidor. Atravessou um campo até chegar a uma estradinha deserta, usada para o tráfego agrícola. Foi até o Peugeot cinza e se apressou a entrar no veículo. As portas estavam destrancadas e a chave já se encontrava na ignição. Ele sabia muito bem que essas pequenas precauções poderiam lhe salvar a pele em caso de perseguição. Ligou o carro e saiu a toda noite adentro. Escapara por um triz.

Quando as primeiras viaturas da polícia chegaram a Cologny, o Peugeot cinza já havia desaparecido pelos campos de Genebra. Greg avisou à central de emergência, que destacou algumas patrulhas policiais, bem como a unidade de cães, na esperança de encontrar algum rastro do invasor. Dois inspetores da polícia judiciária que estavam de plantão também foram enviados ao local.

Greg tinha perdido o rastro do suspeito às margens do bosque. Teve início, então, a caça ao tal homem. Os veículos de patrulha inspecionaram as estradas e os caminhos do entorno, vasculhando as sebes e a mata com a ajuda de holofotes. No interior do bosque, os instrutores soltaram os pastores-alemães. Um dos cachorros seguiu o rastro de algum cheiro até chegar a uma via agrícola e parou de repente.

O instrutor alertou Greg e os inspetores.

— Pela reação do cachorro, acredito que o suspeito tenha entrado num carro — explicou.

As patrulhas estenderam as buscas aos vilarejos vizinhos, à procura de um veículo do qual nada se sabia. Era como procurar agulha num palheiro. À meia-noite e meia, as buscas foram suspensas.

Na casa de vidro, quando Greg informou aos Braun que os colegas não tinham conseguido encontrar nada, Sophie se sentiu desesperadamente sozinha diante daquela ameaça fugidia. A presença de Greg a deixava mais tranquila, e, para mantê-lo ali mais um pouco, ela preparou café e serviu biscoitos. Sandy, que tinha sido trancado num quartinho do térreo para não atrapalhar o trabalho dos cães policiais, voltou para a cozinha e pressionou o focinho úmido na coxa de Sophie. Ela retribuiu com um carinho afetuoso.

Arpad, com a cara séria, engoliu o café de um gole só e perguntou a Greg:

— O que você acha que está acontecendo?

— Não faço ideia. Tinha um homem vigiando a sua casa. Agora resta saber por quê.

— Será que era o ladrão de ontem, que voltou para agora fazer alguma coisa? — sugeriu Sophie. — Será que estava esperando a gente dormir para agir?

— Acho que não — disse Greg.

— Por que não? — perguntou ela.

É claro que ele não podia revelar por que sabia que os dois episódios não tinham qualquer relação. Apenas respondeu:

— Estou com a sensação de que tem alguma outra coisa...

Greg estava intrigado. O que o tal homem queria espiar na casa dos Braun? Seria um ladrão à espreita, de olho naquela casa isolada? Ou havia mais coisa envolvida? Ele se virou para Arpad:

— Me desculpa, mas preciso fazer uma pergunta...

— Por favor.

— Tem alguém com raiva de você? Você anda preocupado?

— Não — respondeu Arpad, descartando a hipótese com um aceno de mão. — Não tenho nenhum inimigo e nenhum problema.

Greg ficou pensando. Depois concluiu que a hipótese não levaria a nada de produtivo.

— Vão dormir — sugeriu por fim a Sophie e a Arpad. — Tentem descansar. Podem ficar tranquilos. As persianas são robustas e a casa está toda protegida.

Sophie acompanhou Greg até a porta.

— Estou com medo — disse ela. — E se o cara resolver voltar esta noite?

Greg quis tranquilizá-la:

— Ele não vai voltar. Mas, se acontecer qualquer coisa, você tem meu número. É só ligar que eu chego em menos de dois minutos. Não pense duas vezes.

— Obrigada.

Ela pôs uma das mãos no ombro dele. Greg conseguia sentir a tensão de Sophie, e essa tensão o agradava, pois o deixava numa posição vantajosa. Ele então falou:

— Amanhã de manhã, por volta das seis, vou sair com o Sandy e dou uma volta pelo bosque.
— Já vou estar acordada. Passa aqui para tomar um café.
Ele fez uma certa cerimônia.
— Não quero incomodar.
— Você nunca incomoda.
— Então até amanhã.
Quando ela fechou a porta atrás dele, Greg, andando com o cachorro em meio à escuridão, pôde escancarar o enorme sorriso que pouco antes havia segurado. Conseguira um convite.

*

No mesmo momento, em Jussy, um vilarejo próximo.

O Peugeot cinza estava estacionado em frente a uma casa de fazenda. Era lá que o homem mantinha seu esconderijo, um apartamentinho que estava alugando para a ocasião. Ali estava seguro, ninguém iria atrás dele.

Nesse esconderijo, o homem examinava as fotos que tinha tirado nos dias anteriores. A casa de vidro, em diferentes ângulos, assim como cenas do cotidiano, capturadas pela teleobjetiva. Arpad na cozinha, Arpad com as crianças, Arpad na varanda, ao telefone.

O homem acendeu um cigarro e a chama do isqueiro iluminou seu rosto: era um sujeito bonito. Devia ter uns 50 anos. O olhar intenso transmitia a impressão de que era alguém fora do comum. Tinha um porte atlético e exalava força e audácia.

Fumava na janela, de olho nos arredores. Sempre em estado de alerta. Sempre à espreita. Aliás, era isso que explicava a longevidade dele naquele negócio. Mas, então, como se deixara ser surpreendido aquela noite? Não era do seu feitio. E quem era aquele cara no bosque gritando "Polícia!"? Será que era mesmo um policial? De onde o sujeito tinha saído?

O homem pensou que precisava redobrar a vigilância. Que não poderia se deixar distrair pela empolgação de estar em Genebra.

Dali a quatro dias, revelaria sua presença.

13 ANOS ANTES
Paris
Maio de 2009

Avenue Montaigne, no oitavo arrondissement *de Paris.*

Como jovem advogada, Sophie estava se adaptando ao escritório Thémard, Tournay & Associados, no qual trabalhava havia um ano.

Para ela, que tinha crescido em Saint-Tropez e estudado direito na Universidade de Aix-en-Provence, aquela nova vida longe da terra natal, ao sul, estava sendo uma etapa importante. Estava feliz na capital e adorava o trabalho. Thémard, Tournay & Associados era um escritório de prestígio. Sophie entrara para a equipe do dr. Thémard, um dos cinco sócios, um homem altivo e convencido da própria superioridade. Todos tinham que chamá-lo de doutor ao longo do dia, enquanto ele se permitia chamar os funcionários homens pelo nome e se referir às mulheres de um jeito ridículo, tratando cada uma por *filhinha*. Embora parcimonioso com o dinheiro, ele distribuía sem qualquer parcimônia os comentários mais desagradáveis. Sophie, contudo, decidira se resignar, ciente de que, nos escritórios de renome, os sócios gostavam de exibir poder sobre os subordinados. Fora isso, o trabalho era apaixonante, ela adorava o contato com os clientes e os colegas eram muito simpáticos. Acima de tudo, ela sabia que aquele era o caminho para a independência. Tinha o sonho de um dia montar o próprio escritório.

Sophie morava num apartamento no quarto *arrondissement*, pequeno porém confortável, na rue Saint-Paul, bem pertinho do Sena, onde recebia amigas com frequência. Naquela primavera, recebeu a visita de uma que não via fazia tempo: Céline tinha ido morar em Montreal dois anos antes para terminar os estudos e agora estava de volta à França. As duas haviam crescido juntas em Saint-Tropez. No verão, trabalhavam nos restaurantes do pai de Sophie. Céline fora recepcionista do Béatrice até se mudar para o Quebec, e foi Sophie quem a substituiu.

Na noite em que Céline chegou a Paris, as duas saíram só para tomar uma tacinha às oito, mas acabaram chegando em casa às quatro da manhã. Elas se jogaram no sofá e conversaram um pouco, depois Sophie foi dormir no quarto e deixou o sofá para a amiga. Céline abriu os olhos às sete da manhã. Estava um caco. Sophie logo apareceu, fresca e descansada: tinha acabado de sair do banho e estava enrolada numa toalha.

— Não sei como é que você consegue — disse Céline. — Eu estou aqui morta e você já está saindo para trabalhar.

Sophie achou graça.

— Vai lá para a minha cama — sugeriu. — Você vai ficar bem mais confortável.

Céline não se fez de rogada e desabou na cama da amiga. Sophie levou um café para ela e, em seguida, abriu o armário para escolher uma roupa. Quando tirou a toalha e ficou nua, Céline notou a enorme pantera na coxa dela.

— Você tem uma tatuagem?
— Como pode ver... — respondeu Sophie, evasiva.
— Desde quando?
— Tem dois anos.

Céline ficou admirando o desenho.

— E por que uma pantera?
— Para ser bem sincera, foi uma coisa de momento.
— E você não vai se arrepender?
— Talvez. Sei lá... Tomara que não. Não gosto de me arrepender, é como trair a mim mesma.
— Você é uma boa advogada. — Céline sorriu.

Sophie vestiu uma saia e a pantera desapareceu sob o tecido. Céline viu a amiga se transformar. Algumas horas antes, de calça de couro numa boate de Paris; depois, nua, revelando a tatuagem surpreendente; e, agora, vestida como uma perfeita advogada — uma camaleoa e suas admiráveis metamorfoses.

— Estou indo — disse Sophie depois de vestir a parte de cima. — Vê se dorme um pouco e fica novinha em folha para hoje à noite.

— Esta noite vai ser sopinha e cama às oito! — exclamou Céline.

Naquele dia, no meio da manhã, o dr. Thémard entrou agitado na sala de Sophie.

— Filhinha — disse ele —, o Samuel Hennel deve vir aqui hoje de manhã. Como sua colega Jessica supostamente está doente, preciso que alguém cuide de toda essa papelada *prestissimo*.

Samuel Hennel era um *marchand* riquíssimo que se mudara para Genebra fazia pouco tempo, por questões fiscais. Sophie não o conhecia, nunca havia trabalhado especificamente para ele, mas sabia que Thémard reclamava bastante. Dizia que o cliente ligava sem parar, que exigia a presença dele em Genebra e se aboletava no escritório sempre que ia a Paris.

Sophie avaliou a pilha de documentos que Thémard acabara de lhe entregar.

— Deixa comigo — disse, sem pestanejar.

Thémard a encarou: adorava a segurança da funcionária.

Sophie deu uma olhada rápida nos primeiros documentos da pilha e constatou que eram formulários administrativos a serem preenchidos por conta de um falecimento.

— Morreu alguém próximo do sr. Hennel?

— A esposa dele — respondeu Thémard. — Faz três meses.

— Pobrezinho — disse Sophie, compadecida.

— Em primeiro lugar, de pobre ele não tem absolutamente nada — vituperou Thémard. — E, em segundo, já faz três meses que ela se foi. Chega uma hora em que é preciso virar a página. Bom, então eu posso contar com você, filhinha?

— Claro — disse Sophie. — Vou cuidar de tudo.

Estava evidente que Sophie tinha futuro naquele ramo. Thémard decidiu desafiá-la:

— E se importa de me fazer mais um favorzinho?

— De modo algum.

— Quero que o receba. Sozinha. A vinda dele não estava prevista e eu tenho outra reunião. Ele vem às onze horas.

— Mas isso é daqui a uma hora — comentou Sophie.

— Tem algum problema?

— Nenhum — garantiu ela, com toda a calma.

— *Magnifico*! — disse Thémard, entusiasmado, antes de se despedir com um "*grazie mille*" e sair.

Quando estava de bom humor, tinha a irritante mania de salpicar as frases com expressões em italiano.

***

Uma hora depois, Sophie estava recebendo Samuel Hennel em uma das salas de reunião do escritório. Era um homem que já havia passado dos 75 anos, muito elegante, com uma vasta cabeleira grisalha.

— Cadê o Thémard? — perguntou sem rodeios ao ver na sala apenas aquela jovem advogada que não conhecia.

— Ele precisou resolver um assunto urgente — explicou Sophie. — E pediu que eu o substituísse.

A visita parecia contrariada.

— Mas eu preciso vê-lo sem falta. Volto hoje à noite para Genebra, tem uma batelada de documentos que ele está vendo para mim e...

Sophie o tranquilizou:

— Estou com seus documentos aqui, sr. Hennel. Está tudo pronto, não se preocupe. Meus sentimentos por sua esposa.

Hennel se sentou a uma grande mesa de trabalho e Sophie lhe apresentou, um por um, todos os documentos já preenchidos, de modo que só lhe restava assinar. Ele parecia triste. Apagado. Rubricava tudo em silêncio. Na sala, só se ouvia o barulhinho da caneta deslizando no papel. Foram tantas assinaturas que um machucado prévio em seu dedo indicador acabou se reabrindo. Algumas gotas de sangue sujaram o documento. Ele pegou um lenço, apertou-o no dedo por uns instantes e continuou a assinar. Sophie o interrompeu:

— Vou procurar alguma coisa para cuidar disso aí.

Samuel recusou:

— Não é nada, não. Eu me cortei ontem.

— É alguma coisa, sim — objetou Sophie. — O senhor está sangrando.

Sem esperar uma resposta, ela saiu um instante e voltou trazendo a bolsa de primeiros socorros do escritório. Desinfetou o corte e botou um esparadrapo. Ele não reclamou. Assim que terminou, Sophie esboçou uma reprimenda ao cliente:

— O senhor precisa se cuidar, sr. Hennel.

— Pra quê? Era a Ludmila quem cuidava de mim.

Como tinha preenchido os formulários de falecimento, Sophie sabia que Ludmila era a falecida esposa dele.

— Bom — disse ela —, com certeza a Ludmila não iria querer que o senhor sangrasse até a morte por causa de um corte bobo.

Samuel Hennel sorriu.

Sophie pegou uma nova pilha de formulários.

— De onde veio isso? — perguntou Hennel, com um tom subitamente desconfiado. — Não me lembro de ter mandado para vocês esses documentos...

O ambiente, que por um breve momento tinha ficado mais descontraído, parecia pesado de novo. Sophie ficou pálida, imaginando que Samuel Hennel iria reclamar com Thémard, que descontaria nela.

— Fui eu que acrescentei — admitiu ela.

— Eu sabia que o dr. Thémard jamais faria isso.

Sophie tentou se justificar:

— São documentos a respeito de sua esposa que, mais cedo ou mais tarde, as autoridades vão pedir que o senhor preencha. Achei que estava fazendo bem em acrescentá-los logo. Só queria simplificar sua vida... Peço desculpas...

Diante dessas palavras, a fisionomia dele mudou.

— Por que está pedindo desculpa? — perguntou ele, medindo-a dos pés à cabeça. — É justamente o contrário: eu que agradeço, e muito, a sua iniciativa, doutora. Esse maldito desse Thémard sabe onde me encontrar quando precisa de dinheiro, mas quando se trata de me ajudar um pouco nunca consigo falar com ele!

Tomada de uma inspiração súbita, Sophie imitou o tom pedante de Thémard:

— *Hai voluto la bicicletta, adesso pedala!*

Samuel Hennel soltou uma risada alta e alegre. O rosto agora estava iluminado.

— Há quanto tempo não me faziam rir! Você quer sair para almoçar?

*

Cerca de um ano depois, no verão de 2010, as autoridades francesas decidiram submeter a expatriação fiscal de Samuel Hennel a um rigoroso controle. Ele teve que administrar a situação a partir de Genebra, pois havia passado por uma operação de quadril que o impedia de viajar por um tempo. Ligava para o dr. Thémard várias vezes por semana, mas o advogado geralmente o transferia para Sophie, que se desdobrava para tranquilizá-lo. Quando as ligações com Sophie não pareciam mais suficientes, Hennel, que se sentia em Genebra como um leão enjaulado, pediu que Thémard fosse vê-lo na Suíça. Sophie transmitiu o pedido ao chefe.

— Quer dizer que depois de me encher o saco para eu ir até Genebra, ele agora está em cima de você! — disse Thémard, irritado.

— Ele está preso em casa — argumentou Sophie.

— E que diferença isso faz? Já expliquei dez vezes, por telefone, que a gente transmitiu ao fisco todas as informações necessárias.

— É que essa situação gera angústia. Acho que um encontro ao vivo poderia fazer bem.

Thémard lançou a Sophie um olhar de pássaro curioso.

— Quem é você, afinal de contas? Porta-voz dele?

— Não dá para resolver tudo por telefone. É importante saber cuidar um pouco dos clientes.

Sophie tinha razão, e Thémard sabia disso. Ele se rendeu:

— Muito bem, então eu vou. Organiza tudo para mim, pode ser? E, já que está insistindo tanto, você vem comigo.

A viagem para a Suíça aconteceu na semana seguinte. Sophie e Thémard fizeram um bate-volta de trem. Saíram bem cedo da estação de Lyon e chegaram a Genebra no fim da manhã. Pegaram um táxi e foram direto até a casa de Samuel Hennel, que os esperava para almoçar. Ele morava numa mansão no coração de uma impressionante propriedade à beira do lago, na comuna de Collonge-Bellerive.

Thémard engoliu a comida e repassou com pressa os diferentes elementos do processo que preocupavam o cliente. Hennel tinha pedido que preparassem a refeição e todos os detalhes com muito zelo, mas Thémard estava mal-humorado demais para valorizar esse tipo de cuidado. Não quis a sobremesa, aceitou a contragosto um café e depois anunciou que precisavam ir embora. No táxi que os levou para o centro da cidade, disse a Sophie:

— Percebeu como foi inútil termos vindo até aqui nos encontrar com ele? Um blá-blá-blá sem fim.

O almoço tinha sido tão rápido que Thémard e Sophie ainda dispunham de três horas livres até o horário do trem da volta. O tempo estava bonito, e Sophie imaginou que poderia passear um pouco pela cidade, mas Thémard, bancando o estraga-prazeres, lhe disse ao descerem do táxi:

— Faça uma gentileza: vá procurar um chocolate para o Hennel. Depois entregue a ele pessoalmente. Você vai descobrir que nesse nosso meio são os pequenos mimos que contam. Ele é louco por aqueles chocolates com *kirsch*, sabe? Aqueles bombons com recheio de licor.

Sophie obedeceu, contrariada. Foi a duas lojas, mas não ficou convencida com as opções que lhe mostraram. Queria alguma coisa mais simbólica. Uma planta, de repente? Numa floricultura, acabou encontrando um lindo bonsai. Samuel Hennel lhe contara certa vez que a esposa era apaixonada pelo cultivo dessas pequenas árvores japonesas.

Sophie comprou o bonsai, pegou um táxi e voltou para Collonge-Bellerive. Diante da mansão, pediu que o motorista a esperasse, já que seria só o tempo de entregar o presente. Ela deixou o bonsai com a governanta e logo voltou para o táxi, mas, enquanto ainda estavam saindo pelo caminho de cascalho, a governanta correu atrás deles.

— Espere! — disse a Sophie, quase sem fôlego, pela janela aberta. — O sr. Hennel quer vê-la.

O táxi deu meia-volta, e poucos instantes depois Sophie estava diante do dono da casa, que lhe lançou um olhar de curiosidade.

— Foi o dr. Thémard que pediu a você que comprasse isso? — perguntou ele.

— Foi, sim, ele imaginou que o senhor ficaria feliz com essa lembrancinha.

— A senhora é uma mentirosa — disse Hennel, sem tirar os olhos dela —, não acredito em uma palavra do que está dizendo.

— Me desculpe, não entendi — disse Sophie, ofendida.

— Já faz anos e anos que o Thémard me dá sempre os mesmos chocolates recheados horrorosos. E, além disso, nunca comentei nada com ele sobre os bonsais... — Como Sophie não disse nada, ele continuou: — A senhora tem um tempinho?

— Não muito. Meu trem sai às cinco.

— Bom, tem um tempinho, sim — cortou Hennel, virando-se para a governanta. — Pague o táxi e mande-o embora, por favor. Vamos levá-la à estação. — Depois, virando-se de novo para Sophie, perguntou: — Posso lhe oferecer um café?

— Sim, obrigada.

*

Passado o verão, os problemas de Samuel Hennel com o fisco francês levaram a uma contenda com o banco de Genebra onde ele havia depositado seu dinheiro. Seria necessário ir pessoalmente até o banco para debater a questão. Thémard chamou Sophie à sala dele.

— Vá até Genebra cuidar desse assunto — ordenou ele, nitidamente de mau humor.

— Sozinha? — perguntou Sophie, surpresa.

— Pois saiba que o Hennel insistiu que fosse você. Sem mim. Confesso que acho ótimo, não posso passar meu tempo indo à Suíça a toda hora. Não sei o que foi que você fez com ele, mas o fato é que o homem está encantado.

— Só fiz o meu trabalho. Ele deve ter gostado.

Thémard lhe lançou um olhar de fastio.

— Você sabe, filhinha, que não precisa ter sempre uma resposta na ponta da língua?

— E o senhor sabe que não precisa fazer sempre uns comentários desagradáveis?

Thémard se mostrou ofendido:

— Cuidado com o tom, filhinha. Não admito que... Lembre-se de que eu sou o seu chefe.

— Exatamente. Por isso mesmo deveria dar o exemplo.

Thémard, como sempre fazia quando se irritava, empurrou os óculos com aro de tartaruga com a ponta do dedo.

— Já chega! Não morda a mão que te alimenta! Você está indo por um péssimo caminho, Sophie! É melhor resolver essa história com o banco na Suíça imediatamente. Seu emprego está em jogo!

***

Dois dias depois, Sophie desembarcou em Genebra. Um motorista a aguardava quando ela desceu do trem e a acompanhou até um sedã preto. Samuel Hennel já estava no assento de trás. Os dois foram direto para o banco.

Ao longo do trajeto, Samuel foi recapitulando com Sophie a situação da qual ela já sabia tudo.

— É inacreditável — disse ele. — Os franceses querem bloquear meu dinheiro, e o banco suíço está disposto a colaborar com eles.

— Vai dar tudo certo — garantiu Sophie.

— Não tenho um pingo de dúvida quanto ao seu talento — afirmou Hennel, bajulando-a.

Quando chegaram ao banco, Sophie e Samuel foram levados até uma sala de reunião. Ao entrarem ali, Sophie ficou pasmada ao ver quem os atenderia. O homem parecia tão incrédulo quanto ela.

— Sophie? — disse ele.

— Arpad?! — exclamou ela.

Os dois ficaram se olhando um instante, em silêncio.

— Vocês se conhecem? — perguntou Samuel, por fim, achando graça daquele reencontro.

— Nos conhecemos de Saint-Tropez — explicou Sophie.

Naquele mesmo dia, ao sair do banco, Sophie não se conteve e virou para observar a fachada do prédio. Arpad estava diante da janela do terceiro andar. Os dois trocaram olhares e sorriram.

Samuel Hennel flagrou aquela breve conexão.

— Parece cena de filme — disse ele, em tom de brincadeira.

— Foi bom esbarrar com ele — minimizou Sophie. — Fazia muitos anos que a gente não se via.

— Vocês tiveram algo sério?

— A gente saiu durante um tempo. Na época ele trabalhava para o meu pai.

— Seu pai é dono de banco?

— Não, de restaurantes.

— Ah, fico bem tranquilo de saber que o executivo que me atendeu no banco foi treinado num restaurante — brincou Samuel.

— Depois que se formou em Londres, o Arpad passou uma breve temporada em Saint-Tropez. Para financiar a estadia, ele arrumou um emprego em um dos restaurantes do meu pai, onde eu também estava trabalhando enquanto cursava a faculdade de direito.

— Mas você não me respondeu: vocês tiveram algo sério?

— Digamos que a gente se gostava bastante.

— E por que é que terminaram?

— Minha nossa — disse Sophie, achando graça —, o senhor está parecendo uma comadre!

Ele começou a rir. Sophie continuou:

— Bom, imagine só que esse idiota sumiu do mapa da noite para o dia.

— Seja como for, *esse idiota* ainda mexe com você...

Antes de pegarem o trem de volta a Paris, Sophie e Samuel almoçaram no restaurante italiano do Hôtel des Bergues.

— Preciso pedir desculpa — disse ele. — Quando insisti com o Thémard para que você viesse hoje, eu tinha plena noção de que o irritaria... Mas fiz isso por interesse próprio... Porque eu queria ver você em ação, sozinha. Queria saber se eu estava tomando uma boa decisão...

Sophie lançou um olhar circunspecto para ele.

— Que decisão? — perguntou.

Samuel Hennel tinha feito uma pausa deliberada, esperando que ela fizesse a pergunta, para só então continuar:

— De propor a você que trabalhe para mim. Por conta própria.

— Que eu vire sua advogada? — Sophie, que de maneira alguma esperava aquela proposta, se engasgou. — Thémard vai ficar uma fera.

Samuel sorriu.

— Isso quer dizer que você aceita?

— Não sei, não sei. É uma mudança e tanto.

— Acho que você já está pronta para tomar as rédeas do seu destino. Tem uma oportunidade em Genebra à sua espera.

— Eu viria morar aqui?

Ele fez que sim.

— A regra número um quando alguém quer montar o próprio negócio é ter vários clientes, ou seja, várias fontes de renda. Eu já estou velho, então você precisa ter outras fontes de renda além de mim, para não ficar na mão quando eu não estiver mais aqui. E eu posso te ajudar nisso.

— Como?

— Em Genebra, tem toda uma colônia de franceses abastados que ficariam muito felizes de contar com os serviços de uma advogada como você.

— Tenho certeza de que eles já têm advogados.

— Tem razão. Mas é só porque ainda não conhecem você.

*

Depois de pensar bastante durante uma semana, Sophie aceitou a proposta de Samuel Hennel e pediu demissão do Thémard, Tournay & Associados.

Foi o início de uma nova vida para ela, em Genebra. Samuel Hennel a apresentou aos amigos e à própria rede de contatos, basicamente franceses afortunados como ele, atraídos pela tranquilidade e pelo bom ambiente fiscal da Suíça. Embora o escritório de advocacia de Sophie ainda nem existisse oficialmente, ela já tinha vários clientes. Inscreveu-se na Ordem dos Advogados como estrangeira e encontrou, graças a Samuel Hennel, um lugar com preço ótimo para montar o escritório, num endereço muito distinto: a rue du Rhône. Foi assim que se instalou no último andar daquele belo edifício de pedra.

No entanto, para além das questões profissionais, a decisão de Sophie de se estabelecer em Genebra estava acima de tudo ligada a Arpad. Finalmente tinham se reencontrado! Ele havia sumido do mapa três anos antes, deixando-a de coração partido.

Era o homem de sua vida. Isso estava tão na cara que ela nem fingiu procurar um lugar para morar: mudou-se direto para o apartamento dele, no bairro de Florissant.

Quem os via juntos se perguntava como era possível que tivessem se perdido de vista durante três anos. Quando falavam sobre isso, eles próprios achavam difícil entender o que havia acontecido.

— Depois que saí de Saint-Tropez, tentei muito te ligar — garantiu Arpad. — Mas nunca conseguia completar as ligações. Liguei até para o Béatrice, deixei recado e tudo. Acabaram me dizendo que você tinha ido passar férias na Itália. Achei que você não estava nem aí para mim.

— *Que eu não estava nem aí para você?* Eu estava louca por você! Eu é que não conseguia mais ligar para o seu celular. Era como se seu número não existisse.

— Fui roubado — mentiu Arpad.

— E sobre a Itália — explicou Sophie —, é que eu fiquei meio deprimida depois que você foi embora, aí resolvi acompanhar uma amiga à Toscana, para mudar um pouco de ares. Ninguém me deu nenhum recado seu quando voltei ao Béatrice.

Sophie se sentiu culpada pela ausência. Se tivesse ficado em Saint-Tropez, não o teria perdido.

— Foi a tristeza que levou você a fazer essa tatuagem de pantera na coxa? — brincou Arpad.

Ela sorriu

— A tatuagem eu fiz meio que sem pensar. Você não gosta?

— Pelo contrário!

Os dois estavam tão felizes pelo reencontro que puseram aquele hiato de três anos na conta de um infeliz acúmulo de circunstâncias.

Mas os acúmulos de circunstâncias estão envoltos em aparências.

E as aparências enganam.

Capítulo 6
15 DIAS ANTES DO ASSALTO

~~*Domingo, 12 de junho*~~
~~*Segunda-feira, 13 de junho*~~
~~*Terça-feira, 14 de junho*~~
~~*Quarta-feira, 15 de junho*~~
~~*Quinta-feira, 16 de junho*~~
→ **Sexta-feira, 17 de junho de 2022**
Sábado, 18 de junho (fim de semana em Saint-Tropez)
Domingo, 19 de junho (fim de semana em Saint-Tropez)
Segunda-feira, 20 de junho (aniversário de Sophie)

5h, na casa de vidro.

Sophie abriu os olhos. A noite tinha sido curta. Ela ficou pensando no que havia ocorrido na véspera e no intruso que Greg enxotara. A seu lado na cama, Arpad dormia, como sempre, um sono profundo. Ela desceu até a cozinha. Nem ousou abrir as persianas. Pela primeira vez, sentia medo dentro da própria casa. De repente, o celular dela apitou. Era uma mensagem de Greg.

Estou dando uma volta no bosque. O café continua de pé?

Às seis horas, quando Arpad se levantou, encontrou Greg na cozinha, no maior papo com Sophie. Os Braun iam passar o fim de semana em Saint-Tropez, mas Sophie estava preocupada em deixar a casa vazia por dois dias.

— Não sei se a gente devia ir — disse Sophie, olhando para Arpad.

— Soph, a gente vai para lá comemorar seu aniversário! A família toda vai...

— Meu aniversário é só na segunda. A gente podia ir no fim de semana seguinte.

— Sua irmã está vindo especialmente para isso, e seu pai já deve ter montado toda uma programação.

— E se esse cara resolver voltar no fim de semana?

— Olha, se alguém quiser mesmo alguma coisa daqui, prefiro que apareça quando a gente não estiver.

Sophie sabia que Arpad tinha razão. Além disso, era ridículo cancelar o fim de semana em Saint-Tropez. Todo mundo estava aguardando ansiosamente, a começar por ela.

— Só estou preocupada de deixar a casa vazia, sem vigilância — disse ela. — Seria tão melhor se o sistema de alarme já tivesse sido instalado...

— Vão instalar na segunda — garantiu Arpad. — Vai ser um alarme conectado a um serviço de intervenção, com câmeras no jardim. Vamos poder inclusive acompanhar tudo a distância, pelo celular. Isso aqui vai ficar parecendo Fort Knox. E quer saber do que mais? Nesse meio-tempo vou contratar a empresa de segurança para fazer umas rondas enquanto estivermos fora.

Greg interveio:

— Guarda o seu dinheiro, que eu tenho uma ideia melhor. Eu mesmo posso vir dar uma olhada na casa.

— Tem certeza de que isso não vai te atrapalhar? — perguntou Arpad.

— Eu moro pertinho, não é transtorno algum. Deixem as persianas baixadas e podem viajar tranquilos. Vou estar por aqui.

Às sete horas, Léa e Isaak acordaram. Os acontecimentos da noite não perturbaram em nada o sono deles, que ignoravam tudo o que havia ocorrido. Tomaram o café no maior bom humor. Estavam animados para passar o fim de semana em Saint-Tropez.

— A gente vai sair que horas? — perguntou Isaak ao pai. — Vamos faltar aula?

— Vamos sair mais ou menos ao meio-dia — respondeu Arpad. — Pegamos vocês na escola e saímos direto.

— E o que é que a gente vai comer? — perguntou Léa, preocupada.

— Vai rolar um piquenique no carro! — anunciou Arpad.

As crianças se empolgaram.

— Então vamos matar aula depois do almoço? — perguntou Isaak.

— Isso — confirmou Arpad. — E as professoras de vocês já estão sabendo.

As crianças começaram a bater palmas, mas Léa percebeu que a mãe estava meio esquisita.

— Está tudo bem, mamãe?

— Tudo, sim, querida — garantiu Sophie, forçando um sorriso. — Só estou um pouco cansada hoje.

Arpad mudou de assunto:

— Meus amores, se já terminaram de comer, já podem ir se arrumar para a escola.

Os dois subiram contentes para se vestir.

— Tudo bem? — perguntou ele a Sophie.

— Tudo, não se preocupa.

— Eu sei que essa viagem a Saint-Tropez está deixando você angustiada, mas vai fazer bem para todos nós.

Ela assentiu.

— Quem diria que um dia você insistiria pra gente passar o fim de semana nos meus pais, hein?

— Glória àqueles que te criaram.

Ela voltou a sorrir, e ele a beijou.

— Querida, preciso ir agora. Tenho uma reunião cedo lá no banco.

— Tudo bem, você me disse ontem.

— Mas fico chateado de te deixar sozinha...

— Não se preocupa, pode ir.

— Tem certeza?

— Vai logo, dá o fora daqui para não se atrasar.

Eles se beijaram de novo.

Arpad, belíssimo em seu terno e gravata, saiu da casa e entrou no Porsche, rumo ao centro da cidade. Na saída da estradinha particular, não notou o Peugeot cinza escondido atrás dos arbustos. O motorista ficou olhando Arpad desaparecer. Não era ele que o interessava. Estava esperando Sophie.

Ela só apareceu meia hora depois, dirigindo o próprio carro. O homem seguiu-a discretamente. Sophie deixou as crianças na escola e depois parou para tomar um café no salão de chá de Cologny, onde sentou-se na varanda. O homem ficou observando-a do estacionamento. Em seguida, às nove e quinze, ela foi para Collonge-Bellerive, a comuna vizinha, e desapareceu atrás do portão de uma imponente propriedade à beira do lago Léman.

Pouco depois, o Peugeot cinza parou diante do portão. O motorista desceu para verificar o nome que aparecia no interfone. Pesquisando na internet, descobriu que o proprietário da casa era um residente francês, velho e rico. *Um cliente de Sophie*, pensou. Nada de muito interessante, então foi embora.

Enquanto o Peugeot cinza se afastava, Sophie estacionava o carro diante da mansão com vista para o enorme parque. Uma funcionária foi recebê-la com deferência e a levou até a varanda, onde Samuel Hennel a aguardava.

— Sophie! — exclamou ele, vendo a advogada chegar. — O dia já estava lindo, e agora com a sua chegada ficou mais bonito ainda!

Ele se levantou imediatamente e beijou a mão dela com elegância. Ela achou graça da afetação habitual dele.

— Que exagero, Samuel. Tudo bem?

— Estou bem, acho que sim. Posso oferecer alguma coisa para você beber?

— Um café, por favor.

Samuel se virou para a empregada, que tinha ficado afastada, e ela acenou com a cabeça. Sophie se sentou à mesa e ficou admirando a paisagem. O lugar tinha uma beleza imponente. Samuel se sentou diante dela e perguntou de supetão:

— Você viu a correspondência do fisco? Devo me preocupar?

— Você passa bastante tempo na França — comentou Sophie. — Eles já têm muito com que se coçar.

— Mas você vai dar um jeito nisso, não é?

— Claro — garantiu Sophie.

Samuel entregou a ela um registro detalhado das vezes em que havia estado na França. Um total de quatro meses, ao longo de dois anos.

— Você acha que eu devo me livrar do chalé em Megève? E comprar, em vez disso, alguma coisa na Suíça?

— Acho que seria melhor, sim — admitiu Sophie.

Enquanto ela tirava da pasta de couro os documentos preparados por Véronique, ele fez uma falsa careta de assustado.

— Mas que tanta papelada é essa? — perguntou.

— São vários documentos. Dei uma olhada em tudo, só falta você assinar nos lugares marcados.

Ele suspirou de um jeito teatral. Não tinha muitas distrações, de modo que as visitas da advogada o alegravam.

— Calma, Sophie! Me conceda primeiro um momentinho de descanso e o prazer de uma conversa descontraída com você. Já, já a gente cuida disso tudo aí.

Sophie soltou a risada resplandecente que ele tanto adorava e, em seguida, avistou uma cigarreira na mesa.

— Posso pegar um? — perguntou.

— Claro que pode! — respondeu Samuel, abrindo a cigarreira para mostrar a fileira de cigarros.

Sophie pegou um. Samuel logo acendeu o isqueiro e lhe estendeu.

— Obrigada — disse ela, exalando uma baforada branca.

— Nunca vejo você fumando, Sophie. Está preocupada com alguma coisa?

Sophie se deu conta de que o cliente a conhecia bem. Ficou em dúvida se deveria comentar sobre o incidente da noite anterior, mas acabou desistindo. Preferiu não falar nada e direcionar a conversa para um assunto anódino.

11h30, na casa de vidro.

Já estava quase na hora de saírem para Saint-Tropez. Arpad botava as malas no carro quando recebeu uma ligação de Julien Martet, o amigo e parceiro de squash.

— O projeto da Costa Rica vai se concretizar mais rápido do que eu pensei — explicou Julien, antes de fazer um breve discurso e fornecer alguns números.

— Talvez eu tenha alguns clientes interessados — disse Arpad —, mas hoje estou fora do escritório. Posso te dar um retorno na segunda?

— Claro, sem problemas. Consigo mandar a documentação por e-mail, se você quiser.

— Quero, sim, mas manda para o meu e-mail pessoal. Melhor.

Os dois desligaram, e logo em seguida Arpad recebeu um e-mail de Julien com o folheto oficial detalhando o projeto imobiliário. Uma imagem gerada por inteligência artificial mostrava os futuros edifícios à beira-mar e um texto inicial, destinado aos investidores estrangeiros, enaltecia as qualidades e os encantos da Costa Rica.

Arpad de repente se viu naquele lugar: sol o ano inteiro, praia à tarde com as crianças. Já fazia um tempo que estava a fim de uma mudança. Precisava se reinventar. Podia investir o próprio dinheiro naquele empreendimento imobiliário. Um investimento que talvez lhe permitisse mudar de vida. Ele e sua pequena família morando à beira-mar na Costa Rica. Começou a sonhar. O que Sophie acharia da ideia?

Foi justo nesse instante que Sophie chegou em casa, arrancando Arpad dos pensamentos que o envolviam.

— Está tudo bem? — perguntou ela, achando graça ao sair do carro. — Parece que você está no mundo da lua...

Ele a beijou e a abraçou.

— Eu estava sonhando — disse ele.
— Com o quê?
— Com nossas próximas férias.
— Ah, é? E para onde?
— Estava pensando na Costa Rica.
— *La pura vida*! Nada mal, hein?

Ele decidiu interromper ali o assunto. Era melhor não perturbar Sophie com as ideias que tinha de recomeço.

— As malas já estão no carro — disse ele —, tudo pronto pra gente ir.

Os dois entraram no carro de Arpad. Só precisavam buscar as crianças na escola e, na sequência, seguiriam para o Sul da França. Sophie pegou a mão do marido. Sentia-se segura com ele. O fim de semana lhes faria bem.

*

17h.

O carro dos Braun acelerava pela Provença. Mais uma hora e chegariam a Saint-Tropez.

Em Genebra, na sede do grupo de pronta intervenção policial, Greg e a equipe estavam se desvencilhando do equipamento pesado. Tinham passado o dia garantindo a segurança de um chefe de Estado que estava na cidade para uma conferência internacional. Protegeram o comboio do dignitário desde a saída do avião, no aeroporto de Genebra, depois fizeram a escolta até a ONU e, em seguida, até o Hotel Intercontinental, cujo entorno havia sido interditado para a ocasião. Greg, que coordenara todas as operações, se destacou especialmente pelas habilidades de comando. Suspeitavam, inclusive, que ele estava sendo cotado para substituir o chefe do grupo, que se aposentaria no ano seguinte.

Greg já estava quase indo embora quando lhe disseram que alguém queria vê-lo. Uma inspetora da polícia judiciária precisava da assinatura dele num relatório de intervenção. Era Marion Brullier. Greg a acompanhou pelo amplo saguão de entrada do quartel-general da polícia.

— Que relatório é esse? — perguntou Greg.

— Isso é com você — respondeu Marion.

Ela cravou os olhos nele, que quase perdeu o chão. Agora que a via fora do papel de policial, Greg achou que ela parecia muito nova — o que não o incomodava nem um pouco. Que idade devia ter? Nem 30 anos. Tudo nela era um convite ao desejo: o corpo firme, a vivacidade, a liberdade. Ao despi-la com os olhos, viu tudo que Karine já não representava mais para ele.

— Quer beber alguma coisa? — propôs Marion.

Greg checou as horas.

— Eu adoraria, mas preciso correr.

— Então fica pra próxima — disse Marion. — Você me dá seu telefone? Vai que...

— Vai que *o quê*? — perguntou Greg.

— Vai que eu precise, para o relatório...

Ele ditou o número e Marion, antes de ir embora, ainda disse:

— Verdade seja dita: você fica bem melhor sem a balaclava.

Greg sabia perfeitamente que estava num terreno escorregadio. E não apenas com Marion.

Antes de voltar para casa, fez um desvio até a casa de vidro. Tinha a chave reserva que Arpad lhe entregara. Com os Braun viajando, ele estava livre.

Sabia muito bem o que faria ali durante o fim de semana.

O DIA DO ASSALTO

Sábado, 2 de julho de 2022

9h36.

Depois de tirar todos os diamantes do cofre, o Boné correu até a sala dos fundos da joalheria, onde estavam os três reféns.

— Já podemos ir — falou para o comparsa, com bastante calma. — Vou só dar uma olhada se a rua está livre.

O Balaclava assentiu e o Boné foi discretamente até a vitrine espiar a rua.

A tensão começava a aumentar.

A saída da joalheria e a fuga eram os momentos mais perigosos do assalto.

10 ANOS ANTES
Genebra
Junho de 2012

6h30.

Arpad e Sophie estavam terminando a corrida diária pelo parque Bertrand, no bairro de Champel. Já em casa, no apartamento da avenue Eugène-Pittard, começaram a se arrumar para o trabalho. Um dia que parecia igual a todos os outros. No entanto... Pela primeira vez em cinco anos, desde que tinha fugido de Saint-Tropez, Arpad precisaria enfrentar o destino que lhe fora traçado.

Naquela manhã, eles foram andando até a cidade velha, que ficava muito perto, e tomaram o desjejum num café da place du Bourg-de-Four. A conversa girou em torno das férias seguintes. O verão já tinha chegado e eles ainda não haviam planejado nada. Os hotéis estavam ficando cheios, então precisavam agir logo.

— Onde você se imagina? — perguntou Sophie.
— Numa praia — respondeu Arpad. — À beira do Mediterrâneo.
— Mas onde? Na Sardenha? Na Espanha?
— Sinceramente, não faço ideia.
— Então tá, você tem o dia inteiro para pensar, sr. Braun. Hoje à noite a gente decide.

Eles se levantaram da mesa. Arpad notou que os garçons e os outros clientes olhavam para eles. Os dois atraíam os olhares, como se tivessem algo de irresistível.

Cada um foi para um lado, em direção aos respectivos trabalhos.

Sophie pegou a rue de la Fontaine para chegar à rue du Rhône, onde tinha montado o escritório de advocacia. Arpad a observou enquanto ela se afastava. Notou que quem passava não conseguia tirar os olhos dela. Ficou bem claro que não era o casal que atraía os olhares: era Sophie. Era ela que todos notavam, era ela que todos examinavam.

Sophie tinha uma aura, um magnetismo, um brilho que ele não tinha. Em todos os relacionamentos anteriores, era Arpad quem brilhava, mas neste era ela quem o eclipsava, a ponto de ele às vezes penar para encontrar um lugar ao lado dela. O único consolo — e ele se odiava por pensar isso — era que ganhava mais. Ela ainda estava na fase de fazer o escritório decolar, enquanto ele, no banco, somando o salário, o bônus por desempenho e o bônus de fim de ano, ganhava muitíssimo bem. A cada vez que girava o cartão de crédito entre os dedos, porém, ele não sabia direito se era para agradá-la ou para aumentar a própria confiança.

Arpad seguiu a pé até o banco privado em que trabalhava, na rue de la Corraterie. Gostava daquele belo edifício cheio de história e do interior luxuoso. Chegando ao terceiro andar, que abrigava o departamento "Clientes França, Bélgica e Luxemburgo", sob a responsabilidade dele, cumprimentou o chefe, Patrick Müller, e depois foi para a própria sala.

Ao chegar à Suíça, cinco anos antes, em setembro de 2007, Arpad tinha deixado para trás duas importantes etapas da vida. A primeira fora em Londres, onde ele nascera e crescera, filho de pai inglês e mãe suíça — ele, piloto de avião na British Airways, e ela, funcionária de uma grande empresa farmacêutica. A segunda etapa, mais curta, se desenrolara em Saint-Tropez.

O passado estava presente na sala de Arpad sob a forma de dois porta-retratos. A primeira foto era de vinte anos antes e tinha sido tirada no aeroporto de Heathrow. Lá estava Arpad criança, ao lado do pai no uniforme de piloto, os dois posando diante de um Boeing 747. O pai, agora, já estava aposentado, assim como a mãe. Os dois aproveitavam para passar parte do ano viajando. A outra foto, desenterrada por Sophie, era de seis anos antes. Arpad estava em frente ao Béatrice, em Saint-Tropez, com os amigos da época.

De Londres, Arpad se lembrava da infância feliz numa bela região nos arredores da capital. Lembrava-se das idas ao centro da cidade quando era adolescente. Dos estudos de finanças na prestigiosa London School of Economics. Da boate ultrasseleta em que teve a primeira experiência como barman. No verão de 2006, logo depois de se formar, ele conseguiu um emprego num importante banco da City. Então veio o acidente que mudou tudo. E, com isso, a decisão de deixar Londres para trás.

Na época, quando Arpad anunciou aos pais que iria morar em Saint-Tropez e trabalhar no Béatrice, a mãe ficou horrorizada.

— Você se formou numa universidade de prestígio e vai se enfiar numa boate de uma cidade de segunda categoria?

— É um restaurante, mãe. Um restaurante bastante chique, aliás. Enfim, está super na moda. Fora isso, Saint-Tropez não é bem o que eu chamaria de cidade de segunda categoria. Não entendo por que você está reagindo assim.

A resposta de Arpad era só para fazer média. A mãe tinha botado o dedo na ferida.

— Arpad, você sabe muito bem o que eu quero dizer — insistiu ela. — O que me preocupa é o motivo da sua decisão.

— O motivo? E quem é que precisa de motivo para ir morar à beira do Mediterrâneo, num dos lugares mais bonitos da Côte d'Azur?

— Não precisa fazer cena com a gente, Arpad. Você sente vergonha do que fez. Sente vergonha e está sem coragem de dar as caras de novo. Está na hora de virar a página, filho.

— Não é tão simples assim — respondeu ele, abaixando a guarda. — Você acha que eu vou arrumar emprego em algum banco depois do que aconteceu? O sr. Stankowitz vai infernizar minha vida, onde quer que eu esteja.

— A gente já pagou a ele o que devia — lembrou a mãe de Arpad.

— Eu sei, e isso me envergonha.

— Pois não se envergonhe. Todo mundo faz besteira pelo menos uma vez na vida. Você precisa tomar as rédeas da situação, aceitar seus erros e seguir em frente.

— É isso o que estou fazendo.

— Não, o que você está fazendo, com essa ideia de ir para Saint--Tropez trabalhar num restaurante, é se esconder.

A mãe tinha razão.

E, depois da fuga de Londres, ainda teve a fuga de Saint-Tropez. Em setembro de 2007. Por instinto, Arpad tinha se dirigido para Genebra.

*

Cinco anos antes.
Setembro de 2007.

Na manhã de uma terça-feira, ao chegar ao banco, Patrick Müller recebeu no celular uma ligação de um número desconhecido.

— Bom dia, sr. Müller. Aqui é Arpad Braun, do restaurante Béatrice, em Saint-Tropez. Não sei se o senhor se lembra de mim…

É claro que Patrick Müller se lembrava dele. Tinha passado uma parte do mês de julho em Saint-Tropez, como fazia todos os anos. No Béatrice, que já frequentava havia muito tempo, imediatamente notou um funcionário novo atrás do balcão. Pelo jeito como ele se comportava e interagia com os clientes, logo entendeu que Arpad não pertencia ao mundo da noite. Os dois foram com a cara um do outro, e certa noite Müller lhe perguntou:

— O que é que você está fazendo aqui?

— Ué, eu trabalho aqui — respondeu Arpad, sem entender direito o sentido da pergunta.

— Pois eu nunca vi um barman assim… Você é diferente. Tem alguma coisa, uma aura… Você é ator, é isso? E está trabalhando aqui enquanto espera o papel da sua vida?

Arpad sorriu.

— Eu estudei finanças. Meu sonho é virar executivo de algum banco. Então, estou aqui esperando o emprego da minha vida.

Patrick Müller deslizou um cartão de visita no balcão.

— Quando passar por Genebra, me liga. Estou procurando gente que nem você para trabalhar na minha equipe.

Dois meses depois, Arpad telefonou para ele. Estava em Genebra procurando emprego. Patrick Müller marcou um encontro para o mesmo dia. Arpad não tinha experiência na área, mas o carisma dele era inegável, e Patrick Müller precisava justamente disso na equipe: de um vendedor capaz de amansar os clientes difíceis. Como tinha visto o jovem em ação no Béatrice, estava convencido de que ele faria maravilhas. Quinze dias depois, Arpad começava uma nova vida no banco.

A mudança precipitada para Genebra fez com que os pais de Arpad ficassem mais uma vez preocupados. A verdade é que havia um vínculo inegável com a Suíça: uma parte da família materna dele morava em

Lausanne. Na infância, ele costumava passar o verão na casa da avó ou do tio. Contudo, os pais de Arpad tinham a sensação de que havia algo errado. Durante muito tempo, mesmo depois de ele ter sido contratado pelo banco, a mãe vivia fazendo perguntas.

— Arpad, o que foi que aconteceu em Saint-Tropez?

— Nada, por quê?

— Tenho a impressão de que você fugiu. — Ela se conteve para não dizer "outra vez".

— Não aconteceu nada, mãe. Surgiu a oportunidade de trabalhar num banco e eu agarrei.

Ele não podia revelar a verdade. Nem para ela nem para Sophie.

*

Cinco anos depois, já no conforto do banco, Arpad acreditava que tinha fugido para sempre de Saint-Tropez. Naquele dia, porém, depois do trabalho, Sophie voltou a tocar no assunto das férias, diante de uma taça de vinho rosé. Arpad emendou algumas sugestões:

— A gente podia ir para a Grécia. Fazer uma viagem para as Cíclades.

— É turista que não acaba mais.

— Que tal a Sicília, então? Uma viagem para as Eólias e depois para Taormina.

— É barco que não acaba mais — disse Sophie, que não parecia convencida.

— E se fôssemos de carro até a costa amalfitana? E depois a Capri?

— É carro que não acaba mais...

Arpad não acreditava que Sophie tivesse puxado o assunto das férias sem ter uma ideia em mente. Ele a incentivou a falar:

— Soph, tenho certeza de que você já tem as férias todas planejadas. Por que não fala logo a verdade?

Ela então começou:

— Queria que a gente fosse a Saint-Tropez. Quero te apresentar aos meus pais.

— Saint-Tropez? — Arpad quase engasgou.

Ele ficou pálido, e Sophie reparou na mesma hora.

— É a ideia de conhecer meus pais que deixa você assim?

Ele tentou se recompor.

— Pelo contrário, vou adorar conhecê-los.

Mas Sophie não era boba.

— Deixa de conversa fiada. Estou vendo muito bem que você ficou desconfortável. Tem algum problema com Saint-Tropez?

Arpad entendeu que precisava inventar rápido uma história plausível e enterrar o assunto.

— Tenho medo de que o seu pai me deteste por eu ter saído do restaurante sem aviso prévio — disse ele.

A mentira funcionou.

— Você se dá muita importância, meu amor. Meu pai nem se lembra disso.

— Como é que você sabe?

— Eu já falei com ele. Você não ficou muito tempo, e sua saída passou despercebida. Desculpa te decepcionar. Além disso, os gerentes dos vários restaurantes estão acostumados a essa rotatividade, então compartilham entre eles uma lista de candidatos. Para quem trabalha com restaurante, a coisa mais normal do mundo é funcionário largando o emprego.

Naquela noite, Arpad custou a dormir. Sophie queria ir a Saint-Tropez, e ele não tinha como impedi-la. O passado vinha no encalço dele.

*

A viagem para Saint-Tropez aconteceu no finzinho de julho.

Eles passaram uma semana na residência dos pais de Sophie, Jacqueline e Bernard, que moravam numa casa incrível, no meio de uma floresta de pinheiros, com vista para o mar.

Para Sophie, tudo correu às mil maravilhas. Com o charme característico, Arpad conquistou de imediato os pais dela, que não lhe pouparam elogios.

Para Arpad, por outro lado, o reencontro com Saint-Tropez foi, a princípio, sinônimo de ansiedade. Estava com medo que o descobrissem, mas acabou se dando conta de que o tempo fizera seu trabalho.

Os anos iriam passar.
    Ele voltaria outras vezes a Saint-Tropez.
    Abaixaria a guarda.
    A vida confortável em Genebra o deixou despreocupado.
    A preocupação passou a ser Sophie. O casal, os planos de casamento e também, acima de tudo, a necessidade que Arpad sentia de brilhar ao lado daquela mulher que captava tanta luz.
    Com o tempo, Sophie desabrochava cada vez mais. No entanto, quanto mais deslumbrante ficava, mais eclipsava Arpad. Ele também precisava existir. Por sorte, o trabalho no banco lhe permitia se manter equiparado a ela. Tinha sido promovido, passara a ser o braço direito de Patrick Müller. Continuava ganhando bem mais do que a esposa, o que era importante para ele. Arpad considerava esse elemento vital para a sobrevivência do relacionamento. Como ela o superava em todo o resto, tudo ficaria bem desde que ele a dominasse em termos financeiros.
    No entanto, Bernard, o pai de Sophie, estragaria tudo.

Capítulo 7
14 DIAS ANTES DO ASSALTO

~~Domingo, 12 de junho~~

~~Segunda-feira, 13 de junho~~

~~Terça-feira, 14 de junho~~

~~Quarta-feira, 15 de junho~~

~~Quinta-feira, 16 de junho~~

~~Sexta-feira, 17 de junho~~

→ **Sábado, 18 de junho de 2022 (fim de semana em Saint-Tropez)**

Domingo, 19 de junho (fim de semana em Saint-Tropez)

Segunda-feira, 20 de junho (aniversário de Sophie)

Era início da manhã em Saint-Tropez.

Arpad estava terminando uma corrida pelas falésias, entre as rochas e o mar. Tinha acabado de percorrer uns quinze quilômetros naquela paisagem encantadora. Estava na hora de voltar à realidade da família dos sogros.

Quando avistou a casa dos pais de Sophie, caminhou os últimos cem metros, para retomar o fôlego.

A mansão tinha vista para o Mediterrâneo. O cenário era idílico, mas a arquitetura da construção refletia o mau gosto ostensivo dos anos 1980. A casa era motivo de orgulho para Bernard, o pai de Sophie. Ele adorava lembrar a qualquer um disposto a ouvi-lo que a havia *construído*, como se ele mesmo tivesse botado a mão na massa. Quantas e quantas vezes Arpad não se vira encurralado na varanda pelo sogro, que o atordoava com as mesmas histórias: "Não se encontra mais uma vista dessas em Saint-Tropez. Quando *construí* essa casa, a gente fazia o que queria. Não precisava de licença nem de toda essa papelada ridícula!" Enquanto falava, Bernard bloqueava a porta de acesso à varanda com o corpo grandalhão, privando a pessoa de qualquer possibilidade de se esquivar da conversa. Sophie precisava intervir para libertar Arpad. Ela aparecia na varanda e o repreendia:

— Pai, não vai me dizer que você está enchendo o Arpad de novo com as suas histórias sobre a construção da casa!

O orgulhoso Bernard se transformava de repente num menininho pego no flagra com a mão num pote de geleia. Aquele homem forte e imponente, todo durão, com um humor típico dos donos de boate, que adorava controlar, dominar e possuir e cujo mantra era "Quem paga manda", ficava pequenininho diante da filha. Tanto que Arpad se sentia obrigado a ajudar o sogro:

— Eu adoro essas histórias — garantia à esposa.

Como ele jogava o jogo do sogro feito ninguém, Sophie lançava ao marido um olhar de cumplicidade, querendo dizer que logo mais lhe seria grata. Bernard, por sua vez, exclamava:

— Está vendo só? Ele gosta!

Arpad abriu a porta da casa.

Silêncio total. Todos ainda dormiam, inclusive Sophie. Era nítido que ela estava conseguindo descansar lá. Melhor assim. Contudo, a tranquilidade de Arpad durou pouco: mal teve tempo de preparar um café e Jacqueline, a sogra, já estava na cozinha, toda animada com a ideia de ver a família reunida. A irmã de Sophie, Alice, e o marido dela, Mark, chegariam antes do almoço.

— Já de pé, Arpad? — perguntou Jacqueline, que adorava constatar o óbvio.

— Pois é — disse ele, que nunca sabia como responder.

— Que dia lindo!

— Estamos com sorte — comentou Arpad, esforçando-se para alimentar a conversa.

Jacqueline enveredou por um monólogo. Era a especialidade dela. O único capaz de fazê-la calar-se era o marido. Quando já estava cansado de ouvi-la, ele dizia: "Mas que falatório, minha Jaja." E Jaja parava de falar na mesma hora.

Foi justamente Bernard quem apareceu na cozinha e interrompeu a esposa para se apropriar da conversa:

— Me conta uma coisa, Arpad. E essa história do cara que estava espionando a casa de vocês? Eu não quis falar nada ontem, na frente das crianças...

— Fez bem — atalhou Arpad, na esperança de encerrar o assunto.

Bernard continuou, porém, impassível:

— Eu achava que a Suíça era um lugar tranquilo.

— E é.

— Pelo visto, nem tanto.

— Você tem razão, Bernard.

O sogro adorava ter a última palavra, e Arpad adorava permitir que isso acontecesse. Dessa vez, porém, Bernard preferia justamente estar enganado.

— É ótimo você me dar razão, Arpad, mas confesso que isso não me deixa tranquilo. Fico preocupado com a minha filha e os meus netos. E com você também, claro. Essa história me preocupa.

— Como eu já disse, Bernard, parece que era alguém à espreita para roubar em outro momento. E, na minha opinião, o sujeito não vai mais voltar depois de quase ter sido pego duas vezes.

— Mas tem uns caras que entram na casa mesmo quando tem gente e amarram todo mundo! — argumentou o pai de Sophie.

— Os policiais descartaram essa hipótese. Ao que parece, os caras que fazem isso nem perdem tempo espiando antes. Não se preocupa, estou levando isso tudo muito a sério. Pedi a um vizinho nosso, que é policial, para fazer umas rondas e ficar de olho. Ah, foi só falar nele, ele acabou de me mandar uma mensagem.

Pouco antes, Arpad enviara um SMS a Greg e pedira notícias. E o policial respondera naquele instante.

Está tudo bem. Estou justamente aqui na área, dando uma voltinha.

A seiscentos quilômetros de Saint-Tropez, Greg guardou de novo o celular no bolso. Estava diante da casa de vidro. Tinha estacionado o carro no pátio. Sandy, pretexto que usara com Karine para sair de casa, estava no porta-malas e ficaria ali mais um tempinho. Greg pôs a chave na fechadura. Havia esperado muito por aquele momento e entrou na casa como se entrasse num templo. Tinha levado uma mala de plástico reforçado e uma caixa de ferramentas.

Todas as persianas da casa estavam fechadas, de modo que ninguém podia vê-lo ali na fortaleza. Andou pelo primeiro andar. Checou a cozinha, depois a sala. Estava curioso mesmo era para ver os cômodos que ainda não conhecia. Passou um bom tempo no escritório de Arpad, vasculhando todas as gavetas. Não encontrou nada de interessante.

Subiu para o segundo andar. Só deu uma olhadela rápida nos quartos das crianças, depois foi direto para a suíte do casal. Assim que entrou, sentiu uma espécie de comoção. O quarto era bem diferente do que conseguia ver do posto de observação, no meio dos arbustos. Era maior, mais equipado. Observou com inveja a cama enorme, com a cabeceira em madeira entalhada. Depois se aventurou pelo closet, onde começou a examinar as roupas. Escolheu uma ou outra peça, ao acaso, e as acariciou e cheirou. Em seguida foi a vez dos sapatos. Achou o escarpim que Sophie havia usado no aniversário de Arpad e ficou extasiado. No banheiro, analisou os produtos de beleza dela. Encontrou um frasco do perfume e apertou o difusor: ao sentir aquele aroma, era como se ela estivesse ali.

De volta ao quarto, foi até a mesinha de cabeceira. Identificou sem dificuldade o lado de Sophie e abriu as gavetas com volúpia. Mergulhou os olhos, depois as mãos, em busca dos tesouros da intimidade dela. Encontrou um lubrificante, um vibrador e um par de algemas. Ficou surpreso e decepcionado por não encontrar também uma chibata ou um chicote, mas ficou curiosíssimo para saber qual dos dois — se Arpad ou Sophie — ficava preso à cabeceira da cama durante o sexo.

Para além do prazer que lhe proporcionava, os motivos de Greg para aquela inspeção da suíte eram bem concretos. Ele havia levado para o segundo andar a caixa de ferramentas e a mala. Depois de analisar o ambiente, escolheu um dos armários. Como precisava de um pouco de altura, pegou uma cadeira no quarto de uma das crianças e a posicionou em frente ao armário.

Estava pronto para começar.

Enquanto isso, o homem do Peugeot cinza bebia água mineral sentado a uma mesa na varanda, sem levantar suspeitas em meio aos vários clientes. Observava atentamente o entorno. Precisava conhecer o local como a palma da mão. No sábado, havia um fluxo constante de transeuntes, o que era ótimo para ele. A joalheria ficava a alguns passos dali.

O homem já visualizava tudo o que aconteceria naquele lugar dali a exatamente duas semanas.

O plano parecia perfeito.

Era início da noite em Saint-Tropez.

Em um restaurante na praia de Pampelonne, Bernard se exibia em meio à família, fazendo sinais aos garçons para que trouxessem mais champanhe e caviar. Ao mesmo tempo que incentivava os convidados a se empanturrar, Bernard os alertava:

— Guardem espaço para o jantar, isso é só o aperitivo!

Vinha esperando por aquele momento havia algumas semanas: era a comemoração dos 40 anos de Sophie. O clã estava completo para a ocasião. Alice, a irmã de Sophie, e o marido dela, Mark, tinham chegado de Cannes naquele dia. A noite era da aniversariante, mas sobretudo de Bernard. Tinha planejado cada detalhe.

Mark, o genro perfeito, um norte-americano de Nova York, cirurgião plástico numa clínica particular em Cannes, se sentou ao lado do sogro, como sempre, para fazer o papel de cachorro obediente. Dizia que não via a hora de *lhe dar netos* (não falava "de ser pai" e sim "de lhe dar netos", como se fizesse isso por Bernard). Alice, por sua vez, falou sobre as fertilizações *in vitro* que não tinham funcionado, mas garantiu que da vez seguinte daria certo, ela sentia. Depois ainda explicou, de um jeito meio pedante, que só falaria em francês com as crianças, enquanto Mark falaria só em inglês, "assim eles vão ser automaticamente bilíngues".

Arpad, que tinha ido andar um pouco na praia, ficou observando a mesa a distância. De repente sentiu alguém encostar nele. Era Sophie. Parecia feliz, o que era o mais importante. Ele se inclinou na direção dela e cochichou-lhe no ouvido, imitando Alice: "Se a gente tiver filhos, o Mark vai falar com eles só em inglês e eu só em francês, assim eles vão ser automaticamente uns babacas." Sophie caiu na gargalhada. Quando ria, ficava mais bonita do que nunca.

* * *

Em Genebra, Greg, Karine e as crianças tinham ido jantar na casa dos pais de Karine, um apartamento no bairro de Malagnou. Em torno da mesa redonda da sala de jantar, falavam dos temas mais aleatórios: livros, política municipal e assuntos candentes da atualidade.

Estavam começando a comer o carneiro quando Greg sentiu o celular vibrando no bolso. Lançou um olhar discreto para a tela: era uma mensagem de Marion Brullier.

Tá sozinho?

Não, respondeu Greg. Digitou as três letras com o polegar, deixando o celular debaixo da mesa. Mais por educação do que por uma questão de discrição. Ainda bem que fez isso! A mensagem seguinte foi uma foto de Marion com os seios de fora.

Em pânico diante da ideia de ser pego no flagra, Greg imediatamente pôs o celular de novo no bolso. Karine notou seu movimento ansioso.

— Está tudo bem?
— Coisa de trabalho — gaguejou ele.
— Mas você não está mais de plantão — lembrou Karine.
— São meus colegas, mas nada a ver comigo. Temos um grupo com os outros oficiais.

Greg sentia o celular vibrando dentro do bolso. Inúmeras vezes. Marion insistia. Era a primeira vez que ele recebia aquele tipo de foto.

Em Saint-Tropez, o aniversário seguia a todo o vapor. A família começou a jantar. Bernard não queria um menu fechado, e sim que todos pudessem escolher, mesmo que ele acabasse escolhendo por todo mundo. Enquanto o garçom anotava os pedidos, ele interpelava os convidados:

— Mark, Mark, não acredito que você vai dispensar uma bela lagosta. E você, Arpad, devia escolher o *entrecôte* com trufas! Dizem que dá para dois, mas não é tão grande, não.

Em Genebra, na casa dos pais de Karine, o jantar tinha terminado. As crianças estavam assistindo a um filme na sala, enquanto os adultos, ainda à mesa, tomavam chá. Greg só tinha uma ideia na cabeça: ver as mensagens de Marion. Sem aguentar mais, ele se levantou, com o pretexto de ir dar uma olhada nas crianças, e se trancou no banheiro. A tela anunciava com alarde sete mensagens de Marion.

Mensagem 1: Gostou?
Mensagem 2: Por que você não responde?
Mensagem 3: Quero você.
Mensagem 4: Está chateado?
Mensagem 5: Foto de Marion completamente nua.
Mensagem 6: Outra foto de Marion completamente nua, numa pose lasciva.
Mensagem 7: Boa noite, querido, espero que esteja aproveitando.

As fotos eram de boa qualidade. Greg ficou admirando cada uma delas várias vezes. Depois, começou a responder:

Desculpa, eu estava...

Ele se interrompeu. *Eu estava com quem?*, ficou pensando. Com minha mulher? Na casa dos meus sogros? Todas as respostas pareciam idiotas. A verdade é que ele não sabia direito como agir. Nunca tinha feito aquilo. Aquilo *o quê?* Trocar mensagens obscenas, enganar Karine? As duas coisas. Depois de pensar um pouco e de hesitar, decidiu responder imagem por imagem e presentear Marion com uma foto dele. Tinha acabado de tirar a roupa quando se deu conta de que o observavam. Seis rostos o encaravam. Logo acima da pia, numa prateleirazinha de vidro, ao lado de um tubo de hidratante para as mãos e de uma pilha de toalhas de pano, havia um porta-retratos. Greg nunca tinha reparado naquela foto, tirada nas últimas férias em que haviam esquiado. Lá estavam os sogros, Karine, as crianças e ele, todos sorrindo alegremente.

Aquilo teve um efeito brutal. Greg se recompôs, apagou as mensagens de Marion e voltou para junto da família.

***

Meia-noite, em Saint-Tropez.

Na praia de Pampelonne, o jantar terminou com um imenso bolo de vários andares, cheio de velas. Sophie soprou as velas com a ajuda das crianças. Em seguida, Bernard e Jacqueline deram a ela um presente dentro de uma caixinha de veludo: um par de brincos de diamante. Ao ver a joia, Sophie e Alice emitiram interjeições de admiração, mas que não expressavam os mesmos sentimentos.

Arpad observou a esposa enquanto ela botava os brincos. A joia lhe caiu muito bem. Bernard tinha bom gosto. Ou talvez fosse Sophie quem deixava tudo mais bonito. O que mais preocupava Arpad, porém, era como superar o presente dos sogros. O aniversário mesmo de Sophie caía na segunda-feira, dali a dois dias. Na segunda, então, ele voltaria à loja da Cartier para comprar o anel de pantera. Pouco importava o preço.

Os alto-falantes do restaurante pararam de reproduzir a terrível música de parabéns que acompanhava o bolo e começaram a tocar "Only You", dos Platters. Sophie agarrou Arpad pela cintura e os dois esboçaram uns passos de dança. Ela o beijou e abraçou o mais forte que pôde. Amava muito o marido. Os pombinhos foram interrompidos pelos gritos de Bernard, que anunciava uma surpresa. Ele pediu que os convidados virassem para a praia. A noite estava um breu e o mar se confundia com o céu. De repente, de um barquinho a alguns metros na água, fogos de artifício iluminaram a escuridão.

As crianças gritaram de alegria. Boa parte dos clientes se levantou das mesas para admirar os estrondos faiscantes. Até os garçons pararam para aproveitar aquele momento. Enquanto todos os olhares convergiam para o mar, Bernard, por sua vez, estava de costas para os fogos, a fim de contemplar o tanto de gente que acabara de impressionar. Para ele, o espetáculo eram os outros.

Já era tarde quando o pequeno grupo voltou para casa. Todos queriam dormir, menos Bernard, que pediu aos genros que lhe fizessem companhia. Os três se sentaram na varanda, e o sogro pegou a bebida e os charutos. Mark foi logo aceitando a grapa e o Cohiba que o sogro lhe estendeu. Arpad não estava muito animado com a ideia de fumar, mas Bernard lhe enfiou na boca o enorme charuto e começou o sermão:

— Meu caro Arpad, você não vai recusar uma maravilha dessas!

Houve um momento bem-vindo de calma e silêncio. O cricrilar dos grilos preenchia a noite. Os charutos ficavam vermelhos, as bocas soltavam baforadas densas e os copos eram rapidamente esvaziados, então Bernard os enchia de novo. Olhando para os genros com carinho, ele disse:

— Vocês não esperavam pelos fogos de artifício, hein?

Arpad deu a resposta que ele queria:

— De jeito nenhum.

— Custou uma baba — disse Bernard —, mas valeu cada centavo. Vocês viram a cara das pessoas?

A conversa foi resvalando aos poucos para o assunto *dinheiro*. Como o tema não era nenhum tabu para os norte-americanos, Mark alimentou de bom grado a conversa, falando sem constrangimento quanto ganhava. Foi então que, sem dúvida com uma ajudinha do álcool, revelou a prática não muito ortodoxa que exerce no consultório: dava descontos para os clientes que pagavam em dinheiro vivo. Fosse para botar próteses de mama ou simplesmente para aplicar injeções de Botox, as pacientes sempre ficavam contentes em pagar em dinheiro e ter um desconto no valor total. É claro que Mark não declarava essa renda ao fisco, embolsando o dinheiro sem pagar os devidos impostos.

Arpad ficou perplexo.

— Você está fazendo caixa dois? — perguntou, incrédulo. — Logo você, Mark, o cirurgião acima de qualquer suspeita?

Já Bernard estava achando o máximo.

— Muito bem, meu filho! — exclamou, cheio de admiração.

Mark sorriu, triunfante.

— É importante ter seu próprio dinheiro — explicou Bernard.

— Com *seu próprio dinheiro*, você quer dizer *dinheiro não declarado*? — perguntou Arpad.

— Quero dizer não deduzido da renda — explicou o sogro. — É bom compartilhar sua grana com o Estado, mas sem exageros.

— Caixa dois é um negócio bem antigo — disse Arpad.

— Não vem bancar o santo — repreendeu Bernard. — Vocês, banqueiros suíços, eram os campeões de esconder dinheiro, até abaixarem as calças para os ianques. *No offense*, Mark.

— *No worries* — garantiu o norte-americano.

— O que eu queria dizer — retomou Arpad — é que hoje em dia ficou muito complicado, quase impossível, ter dinheiro não declarado.

Bernard deu de ombros, em sinal de desaprovação.

— Os otários que acabam sendo pegos são os idiotas que não declaram nada ao fisco e andam por aí de Ferrari. Eu, com os meus restaurantes, passei a maior parte da vida embolsando o dinheiro sem declarar e nunca me pegaram. Não é complicado, basta ser organizado, entender um pouco de contabilidade e, principalmente, ser discreto.

Bernard, que nunca havia tocado nesse assunto com os genros, falou em tom de confidência, mas Arpad já sabia daquelas práticas havia muito tempo. Sophie lhe contara tudo.

Quando Arpad enfim foi para o quarto, Sophie já dormia — mas acordou ao sentir o marido deitando-se na cama.

— O que é que vocês ficaram fazendo até tão tarde? — perguntou ela.

— Seu pai deu uma palestra sobre o caixa dois dele — respondeu Arpad.

— Ah, não, não é possível! — Sophie suspirou.

— Pois é!

Ela ficou preocupada.

— Você não falou que eu já tinha te contado tudo não, né?

— Claro que não.

Ela se aninhou junto ao marido.

— Soph — disse ele —, eu comprei seu presente, claro, mas só vou te dar na segunda, no dia mesmo do aniversário. Não queria dar na frente de todo mundo.

Ela fixou os olhos nos dele e pegou o rosto de Arpad entre as mãos:

— Meu amor, você pode me dar até um colar de miçangas, que eu vou ficar feliz.

Ele sorriu e ela começou a beijá-lo no pescoço. Sophie estava cheia de desejo, mas Arpad não tinha cabeça naquele momento. A esposa, então, desistiu e ficou fazendo cafuné no marido, até ele cair no sono. Imaginou ter visto certa preocupação no rosto dele, que logo se desfez quando o sono chegou.

Em Genebra, no esconderijo de Jussy, o homem do Peugeot cinza não pregava o olho. Estava analisando fotos da família Braun. O toque do celular atrapalhou o silêncio. A uma hora daquelas só podia ser o Estoniano.

— O cliente está perdendo a paciência — disse o Estoniano.
— Estou aqui — respondeu o homem.
— Em Genebra?
— Isso. Está tudo previsto para daqui a exatamente duas semanas.

O homem não costumava dar muitos detalhes, especialmente pelo telefone. No entanto, aquele era um caso específico: estava demorando para cumprir o contrato e precisava tranquilizar o outro. Era um profissional respeitadíssimo no ramo, de modo que não podia manchar a reputação.

— Você nunca demorou tanto para fazer um serviço — disse o Estoniano.
— Dessa vez é diferente — explicou o homem.

O outro achou graça da resposta e rebateu:
— No fundo, no fundo, você é bastante sentimental.

O Estoniano desligou, contente de saber que a ordem seria executada dali a pouco tempo.

No esconderijo, o homem pegou uma foto de Sophie e a beijou.

O DIA DO ASSALTO

Sábado, 2 de julho de 2022

9h36.

A rue du Rhône, onde ficava a loja da Cartier, parecia tranquila. Na verdade, a joalheria estava totalmente cercada pela polícia. Os membros do grupo de pronta intervenção, à espreita nos veículos, apenas esperavam o sinal para atacar e pegar os assaltantes em flagrante.

Num Audi estacionado na esquina do Quai du Général-Guisan com a place du Lac, Greg e o parceiro de equipe, encolhidos nos bancos reclinados, espiavam a vitrine da loja. Com binóculos, Greg observava o interior do estabelecimento. Notou a silhueta de Arpad, com o boné na cabeça, observando a rua do lado de dentro da vitrine.

Fazia seis dias que Greg tinha descoberto tudo.

Seis dias que aguardava aquele momento.

Para ferrar com Arpad.

Finalmente!

Capítulo 8

13 DIAS ANTES DO ASSALTO

~~*Domingo, 12 de junho*~~
~~*Segunda-feira, 13 de junho*~~
~~*Terça-feira, 14 de junho*~~
~~*Quarta-feira, 15 de junho*~~
~~*Quinta-feira, 16 de junho*~~
~~*Sexta-feira, 17 de junho*~~
~~*Sábado, 18 de junho (fim de semana em Saint-Tropez)*~~
→ **Domingo, 19 de junho de 2022 (fim de semana em Saint-Tropez)**
Segunda-feira, 20 de junho (aniversário de Sophie)

Domingo de manhã, na Verruga.

Karine despertava aos poucos. A luz penetrava através das persianas. Estava tudo calmo. Num gesto automático, ela deslizou a mão para o lado de Greg na cama, imaginando que ele já não estaria lá. Entretanto, para grande surpresa dela, sentiu o corpo do marido, que continuava dormindo ao lado. Toda feliz, ela rolou suavemente para se aconchegar ao corpo dele. Fazia algumas semanas — incluídos sábados e domingos — que ele nunca estava ali quando ela acordava. Algumas semanas que ele saía bem cedinho para correr — a nova mania dele.

Enroscada nas costas musculosas do marido, Karine se sentiu bem. As crianças já estavam acordadas: dava para ouvir os risos dos meninos na sala e as vozes abafadas do desenho que estavam vendo na televisão.

Greg abriu o olho e sentiu que a esposa o abraçava. Gostou da sensação. Virou-se para Karine, que sorriu, e a beijou. Sentiu desejo por ela. Demonstrou ao mesmo tempo carinho e iniciativa, mas ela repeliu as investidas do marido.

— Espera — murmurou ela —, as crianças estão acordadas…

Fizeram silêncio. Greg também ouviu o barulho da televisão no andar de baixo.

— Eles estão na sala — concluiu, antes de enterrar a cabeça entre os seios da esposa.

Ela o afastou com delicadeza.

— Dá para ouvir tudo, não fico à vontade.

A rejeição de Karine gerou um momento de hesitação entre os dois. Ela resolveu a história mudando de assunto.

— Fica aí — disse para Greg enquanto se levantava da cama. — Vou fazer um café pra gente.

Ela vestiu um robe e desceu a escada. Beijou os filhos, que estavam devorando cereal com chocolate em frente à televisão. Ficou chateada por ter rejeitado Greg. Quando voltou para o quarto, com as xícaras de café, estava decidida a transar com ele, mas a cama já estava vazia. Greg tinha entrado no banho. Ela ficou pensando se devia entrar lá com ele, mas acabou decidindo ir até a cozinha preparar o café da manhã.

— A gente precisa se reconectar um pouco — declarou Karine a Greg naquela manhã.

— É verdade — concordou o marido.

Como ele não avançou com a conversa, ela continuou:

— Os Braun estão passando o fim de semana em Saint-Tropez. A gente também devia fazer isso de vez em quando.

— Eles foram visitar os pais da Sophie — especificou Greg.

— Sim, tudo bem, mas o fato é que estão lá em Saint-Tropez, enquanto a gente continua aqui.

— Se seus pais morassem em Saint-Tropez, a gente iria para lá também.

Karine se irritou com a falta de entusiasmo do marido, que devia estar um tanto rancoroso por conta da rejeição de mais cedo.

— Não tem nada a ver com meus pais, Greg. Estou falando de deixarmos as crianças com alguém e viajarmos só nós dois. Podemos achar um hotelzinho legal e passar uns dias longe da rotina. Eu queria…

Karine se interrompeu, sem querer terminar a frase. Greg a incentivou a falar sem rodeios.

— Você queria o quê?

Que merda, pensou Karine. *Por que não posso dizer o que estou pensando de verdade?*

— Eu queria que a gente se parecesse mais com os Braun — soltou ela.

— É o que eu mais queria — afirmou Greg.

Karine ficou surpresa com a resposta do marido. O silêncio que se seguiu foi constrangedor, então ela disse:

— Falando nos Braun, eles voltam hoje. A gente podia propor a eles comermos uma pizza hoje à noite.

Greg aprovou a ideia. Na mesma hora, Karine pegou o celular e enviou uma mensagem a Sophie.

***

A algumas centenas de quilômetros da Verruga, um Porsche com placa de Genebra acelerava pela estrada em direção a Lyon. Arpad estava ao volante, com os olhos no asfalto, mas a mente bem longe. Todos estavam em silêncio. As paisagens da Provença tinham encantado e depois embalado o sono das crianças, que dormiam feito pedra no banco de trás. No banco do carona, Sophie estava meio sonolenta, e um breve solavanco na pista a despertou. Ela pegou a mão do marido.

— Obrigada — disse ela.

— Por quê? — perguntou Arpad, surpreso.

— Por ter se sacrificado pela enésima vez, passando o fim de semana com os meus pais.

— Entre fogos de artifício e diamantes, salvaram-se todos. Podia ter sido bem pior.

Ela riu, mas sabia que Arpad estava se escondendo por trás do comentário bem-humorado. Suspeitava que a pane sexual da véspera pudesse estar ligada a algo que ocorrera no fim de semana. Abordou a questão sem rodeios.

— O que foi que aconteceu ontem à noite?

Arpad se esquivou.

— Nada, eu só estava cansado.

— Mas o cansaço nunca te impediu de nada.

Ele gostou do elogio, e ela insistiu:

— O que está te preocupando, meu amor? Não venha me dizer que não é nada...

Depois de pensar um pouco, Arpad começou a falar:

— Os resultados do banco no primeiro semestre vão ser uma merda.

— Igual a todos os bancos — comentou Sophie. — O mercado financeiro está no vermelho desde janeiro.

— Verdade, mas os chefões deram a entender a todo o departamento que nossos bônus de fim de ano podem ir por água abaixo.

Sophie apertou a mão do marido.

— É isso que está preocupando você?

— O que me preocupa é que, com as nossas despesas, eu não consigo economizar muita coisa. Eu conto com o bônus. Ontem à noite, seu pai e o Mark ficaram se gabando de fazerem caixa dois. Então eu me dei conta de que não faço nada disso. Acho que me senti meio inferior...

— Arpad, meu amor, me prometa que não vai se estressar com essa história de dinheiro. E não se preocupe: meu escritório está indo bem, fora que...

Ela se deteve. Arpad sabia que ela ia mencionar o dinheiro do pai. Sophie então prosseguiu:

— Fora que estamos juntos, é isso que eu tenho de mais precioso. Se fosse preciso, eu moraria até num trailer com você.

Arpad esboçou um sorriso.

— Você está rindo do trailer, é? — perguntou ela.

— Na sexta, o Julien me ligou.

— Julien Martet?

— É. Queria me contar de um investimento na Costa Rica. Quando eu vi o folheto... me deu muita vontade de...

— De investir?

— De morar lá.

Ela não conseguiu disfarçar a surpresa. Não esperava por uma declaração daquelas.

— Você consegue se imaginar na Costa Rica? — perguntou Sophie.

— Sinceramente? Acho que sim. Tenho vontade de levar uma vida mais simples, sem pressão, sem um bando de clientes enchendo o saco, sem depender das flutuações do mercado. Uma vida longe dos olhares dos outros, das expectativas, das obrigações. Só nós quatro.

— Você está falando sério? — indagou Sophie, nitidamente desconcertada. — Você estaria disposto a largar tudo? Abandonar tudo o que a gente tem aqui?

— Por que não? Eu adoro nossa vida aqui, não me entenda mal. Mas o que é que nos prende a uma vida em que a gente passa o dia inteiro trancado num escritório, esperando umas férias aqui, outras ali, mendigando um aumento, enquanto podíamos estar morando num lugar ensolarado, passando todas as tardes na praia? Na verdade, acho que eu preferia ganhar menos, me contentar com menos e ter mais liberdade.

Sophie não sabia o que responder. Claro que a vida parecia mais agradável num país de clima quente e ensolarado o ano inteiro, mas o que eles tinham construído em Genebra não era de se jogar fora. Ela não estava pensando na casa nem no estilo de vida que levavam, mas neles dois. Achava que tinham um equilíbrio harmonioso. Por que bagunçar tudo?

Arpad percebeu que o desejo de ir para a Costa Rica tinha deixado Sophie um tanto perturbada.

— Eu te amo — disse ele. — Sou muito feliz do seu lado, e é isso que importa.

Sophie sorriu e apertou a mão dele com força.

— Eu também. E eu te amo justamente porque você não acha que a vida está ganha.

O celular de Sophie apitou, indicando que havia chegado uma mensagem.

— É a Karine Liégean. Está chamando a gente para comer uma pizza hoje à noite.

*

19h, na casa de vidro.

Em vez de irem até um restaurante, Sophie acabou convidando os Liégean para comer uma pizza na casa de vidro, de modo que poderiam aproveitar a piscina. Apesar da hora, ainda fazia um calor sufocante. Antes de comer, todos mergulharam. Greg exibiu com orgulho o corpo todo sarado. Sophie ficou tão impressionada que disse:

— Nossa, você está em forma mesmo.

Ele bancou o modesto. Difícil era tirar os olhos de Sophie, tão perfeita de biquíni. E aquela pantera na coxa...

Depois de comerem a pizza, as crianças foram brincar no jardim e os adultos ficaram conversando à mesa. Arpad resolveu abrir uma segunda garrafa de vinho.

— Antes que eu me esqueça... — disse Greg, botando na mesa a chave reserva que tinham lhe entregado.

— Obrigada — agradeceu Sophie. — A gente só viajou em paz graças a você.

— Olha, eu não fiz grande coisa. Só dei umas voltas enquanto passeava com o Sandy. E continuo achando que foi só um ladrão sem muito talento que veio dar uma espiada e não vai voltar tão cedo.

Greg tinha finalmente se apaziguado com a ideia de que o ladrão de quinta-feira à noite estava apenas de passagem.

— E a guia? — perguntou Arpad. — Você teve alguma notícia?

— Falei com o laboratório na sexta — mentiu Greg. — Eles não encontraram nada ali. Como eu imaginava, já devia estar lá fazia muito tempo. Coisa de criança, com certeza.

Greg percebeu o jeito como Sophie o escutava quando ele falava na condição de policial. Aquilo o fazia se sentir importante. Teve uma vontade repentina de falar que não era um simples policial, mas que pertencia a uma unidade de elite, que era um desses tipos que usa balaclava e armas pesadas e intervêm quando a coisa degringola. Que dali a pouco tempo se tornaria chefe da unidade. Estava prestes a abrir o jogo quando Arpad disse:

— Ainda bem que vão instalar o alarme amanhã. Vamos ficar tranquilos de uma vez por todas.

Karine mudou de assunto de repente:

— E os planos de vocês para as férias? — perguntou.

— A gente vai para Saint-Tropez, como sempre — respondeu Sophie. — Chegamos a pensar também numa semana na Grécia, mas ainda não reservamos nada. E vocês?

— Vamos alugar uma casa na Provença, com os meus pais. Mas eu queria muito passar um fim de semana romântico com o Greg. Deixar as crianças com alguém e viajar, *só nós dois*.

— Um fim de semana romântico, que ótima ideia! — aprovou Sophie, cuja reação encheu Karine de orgulho. — Já faz um século que eu e o Arpad não fazemos isso. Para onde vocês vão?

— Ainda não decidimos. Alguma sugestão?

— Madri é uma cidade incrível. Ou Milão, de repente? Vocês podem ir de carro, é bem prático.

Naquela noite, na Verruga, enquanto tirava a maquiagem, Karine ficou pensando na sugestão de Sophie.

— Não é ruim a ideia de Milão — disse a Greg, que estava no quarto. — A gente podia mandar as crianças para a Provença, ficar com os meus pais, e nós dois íamos à Itália. Depois encontrávamos com eles.

Greg estava distraído. Percebia muito bem o efeito que Sophie causava na esposa. Karine sempre se exaltava ao falar dela. E não era ele quem iria censurá-la, pois Sophie lhe causava o mesmo efeito. Como ele não respondeu nada, Karine pôs a cabeça no vão da porta e se surpreendeu ao ver o marido ainda vestido.

— Você não vem dormir?

— Já vou. Ainda preciso passear com o Sandy.

Na casa de vidro, Sophie tinha acabado de se deitar na cama de casal. Arpad já estava deitado, lendo. Ela tirou o livro das mãos dele e começou a beijá-lo.

Sentiu que ele estava um pouco reticente, como já esperava: uma apreensão causada pela pane do dia anterior.

Para consertar uma pane, primeiro é preciso entender a causa, e ela já havia entendido. Na estrada, voltando de Saint-Tropez, ele tinha falado do bônus do banco, que estava ameaçado. Naquele ano, provavelmente ganharia menos do que ela, o que seria um baque no orgulho masculino dele. Arpad precisava retomar as rédeas da situação. Dominá-la de um jeito ou de outro.

Guiada pela intuição, Sophie abriu a gaveta da mesinha de cabeceira, pegou as algemas e se prendeu à cabeceira da cama.

— Vem cá, meu amor — disse ela.

Com um gesto animalesco, Arpad levantou a camisola dela, tirou sua calcinha e a penetrou. Ela sorriu: o reparo tinha funcionado.

Mas os Braun não estavam sozinhos no quarto.

A umas centenas de metros da casa de vidro, um carro estava estacionado numa estradinha. Dentro da mala, Sandy sofria, resignado. No banco do motorista, Greg mantinha os olhos cravados numa tela conectada a um receptor.

O transmissor estava no quarto dos Braun, integrado à minúscula câmera que Greg havia aparafusado, no dia anterior, na estrutura do armário. O equipamento altamente sofisticado pertencia ao grupo de pronta intervenção e era utilizado para missões confidenciais de observação. A divisão tinha uns vinte daquele tipo. Ninguém repararia que estava faltando um, pensou ele.

Greg agora conseguia ver e ouvir o que acontecia no quarto do casal. Conseguia ver Sophie amarrada à cabeceira da cama. Estava ao mesmo tempo atordoado e maravilhado com o espetáculo.

7 ANOS ANTES
Genebra
Abril de 2015

Era uma tarde quente de primavera.

O parque Bertrand fervilhava de gente: pessoas passeavam, corriam, caminhavam, crianças desciam nos escorregas e casais estavam estendidos no gramado.

Um casal tinha sentado num banco de uma alameda ladeada por castanheiras, em frente ao grande tanque de areia. Ela, grávida, estava sentada folheando os classificados. Já ele estava deitado, a cabeça apoiada na coxa esquerda da companheira, lendo *O mestre e Margarida*. Sophie e Arpad.

Sophie estava perto de completar 33 anos. O primeiro filho nasceria em setembro. Uma ultrassonografia recente revelara o sexo do bebê: um menino. Já tinham escolhido o nome, Isaak, mas, por superstição, só o revelariam depois do nascimento.

Os dois tinham se casado um ano antes. Fizeram um casamento civil na prefeitura de Genebra, mas a festa mesmo foi em Saint-Tropez — uma concessão que Arpad fez a Bernard, porque o sogro teria ficado doente só de pensar que não poderia organizar o casamento da filha querida no próprio feudo.

A etapa seguinte era mudar de casa: o apartamento da avenue Eugène-Pittard ficaria apertado para os três. Sophie, que preferia sem dúvida se mudar ainda grávida, e não com um recém-nascido nos braços, procurava com afinco um novo ninho para a família. As visitas que tinham feito até ali não haviam sido muito animadoras, mas ajudaram a delimitar a pesquisa: eles gostavam do bairro de Champel, adoravam o fato de estar perto do parque. Foi o que orientou as buscas de Sophie. Tinha enfim encontrado o que queria, mas ainda não falara nada a Arpad. O apartamento era exatamente como nos sonhos deles. Ela sabia muito bem disso porque já tinha ido até lá, sem o conhecimento do marido. Um apartamento antigo, amplo, com pé-direito alto, que lembrava um pouco o estilo haussmaniano. Ficava na avenue Bertrand, uma das ruas que margeavam o parque. Era tudo perfeito, menos o preço, por isso ainda não havia comentado nada com o marido. Estava esperando a hora certa e agora sentia que era o momento perfeito.

Embora cada um estivesse ocupado com a respectiva leitura, os dois continuavam conversando. Ela sacudia as páginas do jornal que já conhecia de cor, de tanto ler e reler, e ia comentando os anúncios, como se os visse pela primeira vez, o que era parte do estratagema que montara.

— Tem um bem bonitinho, mas fica em outro bairro.

— Eu prefiro Champel — respondeu Arpad, sem largar o livro.

— Bom, de todo modo, não tem elevador. Não serve pra gente.

— Não serve — repetiu Arpad, no automático.

Sophie virou as páginas do jornal e de repente pareceu fazer uma descoberta.

— Acho que encontrei alguma coisa! — exclamou, com uma voz tão convincente e determinada que Arpad se sentou para olhar o jornal.

Sophie apontou para um anúncio com o logotipo de uma corretora de luxo, bastante conhecida, e começou a ler:

— *Apartamento na avenue Bertrand, com vista para o parque... Quatro quartos, cozinha moderna, sala de jantar, salas adjacentes...* Parece incrível!

O preço que estavam pedindo aparecia na descrição.

— Não é para alugar, coração — disse Arpad, num tom um tanto categórico.

Até então, os dois nunca tinham debatido a ideia de comprar um imóvel. E ela foi logo dizendo:

— E se a gente comprasse? Aí seria nossa casa de verdade.

Sentindo que Arpad não a estava levando a sério, ela acrescentou:

— Em vez de ficar pagando aluguel, por que é que a gente não investe logo?

— Meu amor, eu até ganho muito bem, mas não tenho tantas reservas assim para comprar um apartamento desse nível. Você já viu quanto estão pedindo?

— Eu tenho um pouco de dinheiro guardado — disse Sophie.

A princípio, ele a achou ingênua: sabia muito bem o tamanho do patrimônio dela, que era modesto. Pelo menos era o que Arpad pensava.

Mas Sophie estava decidida a lhe revelar finalmente um dos segredos que guardava.

No dia seguinte, ela combinou de se encontrar com Arpad ao meio-dia, na place de Bel-Air. Como o lugar ficava no meio do caminho entre o escritório de Sophie e o banco em que ele trabalhava, Arpad deduziu que almoçariam juntos ou que iriam a uma loja de móveis para bebês, como na semana anterior. Entretanto, assim que se encontraram no lugar combinado, Sophie levou Arpad para dentro do Crédit Suisse, cujo prédio ficava na mesma praça.

— Aonde a gente está indo? — perguntou Arpad, desnorteado.
— Preciso contar uma coisa.

Sophie se apresentou diante de um balcão, onde um funcionário só fez acenar com a cabeça. Depois, ela foi andando até o elevador. Demonstrava conhecer o lugar como a palma da mão. Eles desceram para o subsolo e foram até a sala dos cofres. Lá, foram recebidos por um outro funcionário, que já parecia conhecer Sophie. Tinham que seguir o protocolo, então ela se identificou, ele destrancou uma porta blindada e os levou até uma ampla sala, cujas paredes exibiam cofres de diferentes tamanhos.

Conforme seguia a esposa, Arpad ficava cada vez mais perplexo. O funcionário parou diante de um dos cofres, enfiou uma chave numa das fechaduras e depois saiu discretamente. Sophie tirou outra chave do bolso e a enfiou na segunda fechadura. Em seguida, abriu a porta do cofre e se afastou um pouco para que Arpad visse o que havia lá dentro.

Ele ficou completamente atônito.

*

— Você vai precisar me explicar — disse Arpad, largando-se numa cadeira.

Estavam no escritório de Sophie. Sozinhos e longe de ouvidos indiscretos, podiam enfim conversar. Não tinham trocado uma palavra desde a saída do banco, pouco antes. Era como se tivessem ficado em apneia ao percorrer os metros que separavam o Crédit Suisse do escritório de

Sophie. O silêncio denunciava ao mesmo tempo a magnitude do choque de Arpad e do segredo de Sophie.

Ela começou a botar na mesa umas bandejinhas de sushi, como se nada tivesse acontecido. Arpad, porém, estava sem cabeça para comer. Só conseguia pensar no que tinha visto dentro do cofre: maços de notas de dinheiro. Centenas de milhares de euros, talvez 1 milhão ou até mais. Sophie entendeu que estava na hora de falar, então se sentou ao lado de Arpad e pegou a mão dele.

— Meu pai juntou muito dinheiro fazendo caixa dois — explicou ela. — Dos restaurantes, mas também das operações imobiliárias. Eu já desconfiava, porque sempre o via pagando tudo em dinheiro. Você já o viu usando cartão de crédito, por acaso?

— Nunca — admitiu Arpad, e imediatamente lhe vieram à cabeça imagens de Bernard tirando notas e mais notas de dinheiro dos bolsos, como se eles não tivessem fundo.

Sophie continuou:

— Eu desconfiava, mas nunca pensei muito nisso. Até o nosso casamento. Um dia depois da festa, meu pai veio conversar comigo.

— Eu lembro — disse Arpad —, vocês saíram para jantar.

Sophie assentiu.

— Ele me explicou que queria nos dar um bom presente, nos ajudar, a mim e a você, para a gente se estabelecer na vida e tal, mas disse que não tinha um saldo alto na conta. Só que tinha bastante dinheiro vivo guardado em segredo. Pediu que eu arrumasse um cofre num banco assim que voltasse para Genebra. Foi o que eu fiz. Então, umas semanas depois, ele e minha mãe foram até Genebra nos visitar.

— A gente foi passar o dia em Gruyères — lembrou Arpad.

— Essa visita foi só um pretexto — disse Sophie. — Era para me entregar o dinheiro. Meu pai queria vir à Suíça pessoalmente fazer isso, para evitar que eu passasse pela fronteira com uma quantia dessas.

— E aí? — perguntou Arpad.

— Aí que esse dinheiro está no cofre há mais de um ano, e eu não sei o que fazer com ele.

— Por que você não me contou nada na época? — perguntou Arpad, magoado por ter ficado à parte do segredo.

— Não sei. Fiquei com medo da sua reação. Não queria que você julgasse o meu pai. Também tinha medo por você. Pelo seu trabalho.

É dinheiro não declarado, não queria te envolver nisso, para não comprometer sua carreira no banco.

Arpad ficou perturbado diante daquela revelação. Só não sabia se estava assim por causa do segredo em si ou pelo fato de a esposa superá-lo economicamente. Sophie, por sua vez, estava aliviada por ter falado, mas a reação do marido a transtornou.

— É melhor a gente devolver esse dinheiro — disse ela, com lágrimas nos olhos. — Não quero que essa grana estrague nada entre a gente. Além disso, eu sou advogada, caramba! Posso ser expulsa da Ordem.

Retomando o papel de marido protetor, Arpad tomou a dianteira:

— Seria uma idiotice devolver — ponderou ele. — Seu pai não iria gostar, e o que é que ele faria com isso? Já pra gente, pode ser uma bela ajuda...

— Também acho — disse Sophie. — Por isso tive a ideia de comprar um apartamento.

Arpad descartou a ideia na mesma hora.

— A gente precisa manter a discrição. Usar esse dinheiro nas nossas despesas do dia a dia. Supermercado, restaurante. Nas compras de sempre. Mas não para comprar um apartamento, porque isso levanta suspeitas.

— Mas esse apartamento da avenue Bertrand é tão maravilhoso! — disse Sophie, desesperada, sem querer dar o braço a torcer. — Eu já imagino a gente ali... Foi feito para nós dois! Quando você for lá, vai ter certeza disso na hora!

— Você já visitou o apartamento? — perguntou Arpad.

Ela fez cara de culpada.

— Eu queria ter certeza do que estava fazendo antes de te contar tudo. Já faz um tempo que estou vendo alguns apartamentos, para encontrar o melhor. E é esse, eu garanto. Confia em mim. Vai ser tão bom!

Sophie tinha um bom senso de oportunidade. Sem dúvida, vinha amadurecendo a história do apartamento e do dinheiro do pai, pois esperara todo aquele tempo para falar com o marido sobre o assunto. Arpad queria encontrar uma solução. Não tanto por querer confiar no instinto da esposa, mas sobretudo porque queria brilhar aos olhos dela. Era o momento de provar do que era capaz. De impressioná-la.

***

Uma semana depois, quando chegou do trabalho, Sophie encontrou Arpad esperando-a na sala. Era relativamente cedo, e ela se surpreendeu com a presença dele ali àquela hora.

— Está tudo bem? — perguntou.

Arpad não respondeu, mas parecia muito bem-humorado. Tinha botado uma garrafa de suco de laranja num balde com gelo e estava servindo a bebida em taças, como se fosse um champanhe dos bons.

— Como você está grávida, vamos ter que comemorar com suco de laranja.

Ela ficou olhando para ele intrigada.

— E o que é que a gente está comemorando, hein?

— Acho que eu descobri — explicou ele.

Sophie não estava entendendo aonde ele queria chegar.

— Descobriu o quê?

— Uma forma de comprar o apartamento.

Arpad começou a falar. Estava bem animado, e Sophie adorava vê-lo daquele jeito.

— Para justificar a compra de um apartamento desses, a gente vai precisar aumentar nossa renda. Vamos, então, aproveitar sua atividade de advogada para injetar o dinheiro do seu pai no circuito oficial.

— Como? — perguntou Sophie.

— Graças a um maravilhoso método de pagamento: os *boletos*!

Sophie se mostrou cética, e Arpad lembrou como funcionava o método. Criado nos anos 1900 pelo poderoso banco postal suíço, o boleto de pagamento era um talão que permitia a transferência de dinheiro a uma pessoa física ou jurídica na Suíça. No documento só aparecia a identidade do beneficiário, já a do pagador não era indispensável para que acontecesse a transferência. Bastava se apresentar a um guichê dos Correios com o talão e a quantia correspondente em espécie que a transação era efetuada sem que ninguém perguntasse nada. Com exceção do destino final, era impossível traçar o caminho do dinheiro.

— Você vai emitir faturas falsas — continuou ele — em nome de clientes reais, existentes, mas que você mesma vai pagar, na verdade, em espécie, numa agência dos Correios, por meio dos boletos. Você vai botar essas faturas na sua contabilidade e elas vão entrar no seu faturamento. Ninguém vai verificar se os clientes receberam de verdade essas faturas.

Não é para botar nenhum valor absurdo, só manter os montantes de sempre e ir aumentando o número de faturas aos poucos. Tem que aumentar progressivamente.

— Mas eu cobro em francos suíços — lembrou Sophie. — E o dinheiro do meu pai está em euros.

— Para substituir os euros por francos, vamos fazer o câmbio com uma certa frequência, em diferentes agências — explicou Arpad. — Ninguém vai se espantar de ver a gente a toda hora: há dezenas de milhares de trabalhadores transfronteiriços aqui, gente que trabalha na Suíça e mora na França, e todo mês essas pessoas precisam trocar o salário que recebem.

Arpad parecia muito seguro de si. Tinha um lado de garoto rebelde que agradava muito a Sophie. Apesar disso, ela comentou:

— Tem uma parte dessa sua estratégia que não funciona. Se para manter a discrição a gente for aos poucos integrando o dinheiro não declarado ao circuito oficial, vamos ter que esperar um tempo para comprar o apartamento da avenue Bertrand. Só que aí vamos acabar perdendo a oportunidade!

— Não se a gente pagar bem menos do que o preço anunciado — disse Arpad. — E se esse preço estiver de acordo com nossos recursos atuais. Assim não vamos levantar nenhuma suspeita.

— E por que a gente pagaria bem menos pelo apartamento? — perguntou Sophie.

— Porque a gente teve uma baita sorte! — exclamou Arpad. — Falei com o corretor que está cuidando dessa venda. Eu também consigo fazer minhas investigaçõezinhas. Descobri uma informação sobre o proprietário do apartamento.

— O que você descobriu?

— Você vai ver. Temos uma reunião com ele às seis.

— Reunião? — repetiu Sophie, quase incrédula.

O apartamento dos sonhos dela estava prestes a se tornar realidade.

Duas horas depois, Arpad e Sophie cruzaram o parque Bertrand de mãos dadas, desembocando altivamente na avenida homônima, que consistia na verdade em uma rua encantadora e tranquila, de mão única, onde só passava um carro por vez. De um lado, havia uma fileira de árvores centenárias e, do outro, um prédio antigo, todo de pedra, onde eles entraram.

O apartamento ficava no quinto andar. O proprietário ainda morava lá. Edward Wallon, um homem na casa dos 50 anos, os recebeu calorosamente.

Começaram fazendo um tour pelo apartamento e Arpad compartilhou de imediato o entusiasmo de Sophie. O imóvel era incrível, espaçoso e bem planejado. Mantinha um interessante contraste entre épocas: piso de madeira, sancas no teto, mas com uma cozinha e banheiros ultramodernos. Depois, foram até a sala conversar. Como Sophie estava admirando o tecido do sofá, Wallon lhes disse, em tom de brincadeira:

— Os móveis não estão incluídos, mas podemos negociar.

Arpad aproveitou a chance para abordar o motivo da visita.

— Pois é, sr. Wallon, não viemos aqui só para visitar o apartamento.

— Sim, estou sabendo. O corretor me disse que vocês gostariam de fazer uma proposta pessoalmente. Vamos ao que interessa.

— Sr. Wallon, espero que não se ofenda com o que vou dizer.

— Vá em frente.

— Fiquei sabendo que o senhor decidiu vender o apartamento porque está se divorciando.

Edward Wallon fechou a cara.

— Exatamente. E o que isso tem a ver com a nossa negociação?

Arpad não se intimidou, apenas seguiu em frente:

— Também soube que este apartamento pertence integralmente ao senhor.

— Você é da polícia, sr. Braun?

— Só consultei o registro de imóveis, sr. Wallon. Tudo isso é público...

Se pouco antes a atmosfera era descontraída, o clima passara a ficar mais pesado. Sophie não estava entendendo nada, e Wallon mal conseguia disfarçar a irritação.

— O senhor poderia ir direto ao ponto, sr. Braun, em vez de ficar girando em círculos?

— Sr. Wallon, sei que o seu divórcio é complicado, uma vez que sua futura ex-mulher vai acabar pedindo uma boa parte do valor da venda deste apartamento.

Wallon estava fervendo por dentro, xingando em silêncio o corretor fofoqueiro que com certeza tinha lhe exposto a vida particular para o primeiro que apareceu. Apesar de tudo, deixou Arpad continuar e apresentar a proposta.

— O que o senhor acha de abaixar o preço de venda oficial? Podemos pagar a diferença em espécie.

Todos ficaram em silêncio por um tempo, até que Wallon perguntou:

— De quanto estamos falando?

Arpad conteve um sorriso.

— Um terço do preço — propôs ele. — O senhor nos venderia por um terço a menos. É claro que o senhor receberia o valor total que está pedindo, mas ninguém ficaria sabendo. E, quando sua ex-mulher vier pedir o dinheiro da venda, só vai ter direito a parte do valor que foi pago oficialmente.

Wallon não parecia convencido.

— Ela vai fazer um escarcéu. Vai me azucrinar a vida, falando da diferença entre o preço anunciado e o preço da venda.

— O senhor tem o direito de vender pelo preço que quiser. É o que se chama, na Suíça, de liberdade econômica. Não há nenhuma lei que o impeça de vender barato para irritar sua futura ex-mulher. Além disso, o corretor pode confirmar os vários problemas do apartamento. Vários consertos que precisam ser feitos… Tem que mexer na parte elétrica, hidráulica, e por aí vai. E, por falar no corretor, eu fico encarregado de pagar integralmente a comissão dele.

Wallon entendeu que o corretor estava na jogada. Observou Arpad por um bom tempo e então exclamou de repente:

— Negócio fechado!

Os dois trocaram um longo aperto de mão.

— Ao champanhe! — disse Wallon, levantando-se da poltrona.

Quando ele saiu da sala, Arpad, com um sorriso de orelha a orelha, enfim se virou para Sophie. Imaginou que estaria orgulhosa dele, mas ela o encarou com um olhar sombrio e furioso.

— Como é que você pôde fazer uma coisa dessas? — perguntou, irritada.

Arpad ficou confuso.

— O apartamento é nosso! — disse ele. — Qual é o problema?

— Estamos prestes a passar a perna na esposa dele. Esse é o problema! Ela vai ficar na pior por nossa causa.

— Quem foi que disse que ela vai ficar na pior? Tudo indica que foi ela quem abandonou o barco... Ela pode ter trocado esse coitado por outro cara e agora vai fazer de tudo para sugar até o sangue do futuro ex-marido.

— Para com isso, Arpad! Esse tipinho machão não combina com você.

— Bom, Sophie, é você quem vive falando que a gente precisa agarrar as oportunidades. Se isso te ofende tanto, então a gente não compra o apartamento, pronto. Podemos aproveitar e devolver logo o dinheiro ao seu pai, já que você está aí tão cheia de princípios!

*

Dois meses depois, no início de julho, Arpad e Sophie se mudaram para o apartamento da avenue Bertrand. Com a barriga bem mais arredondada, Sophie comandava os passos da equipe de mudança, enquanto Arpad carregava um monte de caixas.

Era o começo de uma nova vida.

Capítulo 9
12 DIAS ANTES DO ASSALTO

~~Domingo, 12 de junho~~
~~Segunda-feira, 13 de junho~~
~~Terça-feira, 14 de junho~~
~~Quarta-feira, 15 de junho~~
~~Quinta-feira, 16 de junho~~
~~Sexta-feira, 17 de junho~~
~~Sábado, 18 de junho (fim de semana em Saint-Tropez)~~
~~Domingo, 19 de junho (fim de semana em Saint-Tropez)~~
→ **Segunda-feira, 20 de junho de 2022 (aniversário de Sophie)**

Sophie abriu o olho.

A luz do dia entrava pelas frestas da persiana do quarto. Ela se virou instintivamente para a mesinha de cabeceira, onde o despertador indicava que eram seis e meia. Tinha dormido mais que de costume. O sono dela estava sendo recuperado.

Sentiu de repente o dedo de Arpad lhe acariciar a nuca e depois descer pelas costas nuas.

— Parabéns! — murmurou ele.

Ela sorriu e se virou para o marido.

6h50.

Greg desconectou a tela, colocou-a no banco do carona e em seguida ligou o carro. Estava atrasado, levaria uma bronca da esposa, e nem tinha levado Sandy para fazer xixi. Paciência, coitado do cachorro. Ele precisava de um álibi: deu uma parada rápida na padaria, para comprar uns croissants. Ótima intuição. Quando voltou à Verruga, encontrou Karine num péssimo humor. As crianças estavam insuportáveis e não queriam se sentar à mesa para tomar o café da manhã.

— Aonde você foi?! — gritou ela. — Você saiu de carro?

— Croissants! — respondeu Greg, balançando o saco da padaria.

As crianças berraram de alegria e a tensão diminuiu um pouco. Greg aproveitou a oportunidade para abrandar a raiva da esposa:

— Deixa que eu cuido das crianças agora de manhã. Posso levá-las para a escola… Assim você vai tranquila para o trabalho.

Karine ficou feliz. Não queria perder a carona de Sophie logo no dia do aniversário da amiga.

7h45.

Na casa de vidro, Sophie soprou uma vela com os filhos à mesa do café da manhã. Foram interrompidos pelos técnicos da empresa de segurança, que, conforme o combinado, tinham ido instalar o sistema de alarme.

— Eu cuido disso aqui — sugeriu Arpad a Sophie. — Você pode levar as crianças para a escola?

— Claro. Mas tem certeza de que não vai te atrapalhar? Qualquer coisa eu fico...

— Não, tudo certo, eu já tinha avisado lá no banco que estaria fora até o início da tarde.

8h10.

Karine estava impaciente no ponto de ônibus. Nenhuma notícia de Sophie. Como apareceu um ônibus, ela se resignou a entrar nele, por mais decepcionada que estivesse. Não podia esperar mais tempo, do contrário chegaria atrasada ao trabalho. Entretanto, quando estava prestes a subir, ouviu uma buzina. Era Sophie ao volante. Karine se aproximou da janela aberta do carro.

— A senhora pediu um táxi? — perguntou Sophie, sorrindo.

Karine retribuiu o sorriso e disse:

— Parabéns!

— Obrigada. Entra aí!

Ela não se fez de rogada e se sentou no banco do carona.

— Você apareceu bem na hora, tenho um presentinho para te dar.

— Presente? Não precisava.

— É só uma lembrancinha — minimizou Karine, tirando da bolsa um saquinho de seda que Sophie abriu quando parou no sinal vermelho.

Era uma delicada pulseira feita de fio azul-celeste, com uma pedrinha azul-escura.

— É um amuleto da sorte — explicou Karine.

— Que lindo! — exclamou Sophie, já amarrando a pulseira no braço.

— Você vai fazer alguma coisa hoje à noite? — perguntou Karine.

— Arpad vai me levar para jantar no restaurante japonês do Hôtel des Bergues.

— Ótima pedida — disse Karine, querendo bancar a conhecedora, embora nunca tivesse pisado lá.

— Nunca fui lá — comentou Sophie. — Para ser bem sincera, eu preferia comer uma massa num restaurante italiano mais simples. Mas você sabe como é o Arpad, ele tem essa mania de grandeza.

— Ah, mas 40 anos não é todo dia, né? Você pensou em fazer alguma festa?

— Não sei... Não sei se estou a fim. Eu gosto de ficar quietinha no meu canto, com o meu marido e as crianças.

Karine a invejou ainda mais por essa frase do que pela casa, pelo carro ou pelo estilo de vida de Sophie. Claro que ela amava Greg e os próprios filhos, mas passar uma noite com todos eles juntos tinha virado sinônimo de tédio nos últimos tempos. Sentiu vontade de desabafar. De dizer "Se eu não falar sobre as crianças com o Greg, não temos mais nenhum assunto", mas desistiu. O que saiu da boca de Karine foi reflexo da admiração que ela sentia pelos Braun:

— Qual é o segredo de vocês?

— Nosso segredo?

— É, o seu e o do Arpad. Vocês parecem tão felizes juntos.

O segredo deles? O real segredo ficava no subsolo do Crédit Suisse, na place de Bel-Air. Pertinho do banco privado no qual Arpad trabalhava. Tudo bem escondido e seguro dentro de um cofre anônimo, entre centenas de outros, cujo número de identificação só quem sabia eram Sophie e Arpad: cofre número 521.

Foi até lá que Arpad se dirigiu naquele dia, assim que terminaram de instalar o alarme. Depois de ter revelado a existência do dinheiro, sete anos antes, Sophie registrou o nome do marido no banco e lhe contou onde guardava a chave. Arpad precisava ter acesso, caso acontecesse alguma coisa com ela. Ele havia jurado, de todo modo, que jamais usaria o dinheiro sem um acordo prévio entre os dois. Tinha jurado também para si mesmo. Queria muito ter conseguido manter a promessa.

Ficou olhando os maços de dinheiro. Com o passar dos anos, o cofre foi esvaziando de maneira considerável. E misteriosamente voltara a se encher. Na primeira vez que Arpad contou, quando Sophie lhe revelou tudo, havia vários milhões de euros. Arpad então se deu conta de que Bernard era muito mais rico do que ele imaginava e que, além disso, devia estar seriamente preocupado, a ponto de querer se livrar de uma quantia daquelas. Talvez estivesse se sentindo na mira do fisco francês. A maior parte do dinheiro foi usada para pagar o apartamento de Champel. Arpad pediu a Sophie que não contasse ao pai que tinham pagado com aquele dinheiro, temendo que Bernard lhe pedisse que lavasse mais dinheiro ainda.

— Nem comenta com o seu pai que eu sei disso tudo — recomendou Arpad. — Quero ficar longe dessa história. E, se ele perguntar alguma coisa, você diz que está gastando o dinheiro aos poucos, com viagens e restaurantes.

Sophie entendeu a seriedade da questão.

— Fica tranquilo, ele não vai ficar sabendo de nada.

— E não aceita mais dinheiro dele, por favor. Não quero mais ser cúmplice dessas tramoias.

— Pode deixar.

Sophie, porém, estava mentindo. Tinha aceitado mais uma vez o dinheiro do pai. E foi pega em flagrante por Arpad.

*

Três anos antes.
Fevereiro de 2019.

No belo apartamento da avenue Bertrand onde a família Braun prosperava, o momento era de caos: Isaak, de 3 anos, e Léa, de 1, gritavam na sala. Sophie e Arpad, já de casaco na soleira da porta, não conseguiam esconder o nervosismo. No meio da desordem e da tensão, duas figuras apaziguadoras: Bernard e Jacqueline, os pais de Sophie.

— Vão logo — disse Bernard —, vai ficar tudo bem.

— Vão, meus queridos — acrescentou Jacqueline. — Vocês não querem me fazer a idiotice de perder o voo...

Arpad e Sophie pegaram as malas e saíram do apartamento. Um táxi os esperava na rua. Foram juntos até o aeroporto, mas pegariam voos diferentes. Arpad estava indo para Montreal passar uns dias na filial do banco no Quebec e Sophie, para Londres com Samuel Hennel, que tinha acabado de vender parte de uma galeria de arte para um comprador inglês, e ainda precisavam acertar alguns detalhes. Enquanto os dois estivessem fora, Bernard e Jacqueline ficariam no apartamento de Champel, tomando conta dos netos.

Duas ou três semanas depois, Arpad foi até o cofre do Crédit Suisse retirar dinheiro para pagar o aluguel do chalé deles em Verbier. Também era graças ao milagre do dinheiro não declarado que eles alugavam todo ano, no inverno, um impressionante chalé de luxo, que se transformava na casa deles durante os fins de semana e as férias.

Quando abriu o cofre, Arpad resolveu contar o dinheiro, só para ter uma ideia de quanto ainda restava. Foi quando descobriu que tinham botado mais centenas de milhares de euros ali dentro. O sangue dele congelou: Sophie havia aceitado mais dinheiro do pai. Arpad pôs a esposa contra a parede naquele mesmo dia à noite. Os dois começaram a brigar.

— Quer dizer que seu pai aproveitou que estava vindo à Suíça e te entubou mais dinheiro?! — gritou Arpad.

Ela primeiro bancou a ingênua:

— Não, claro que não!

— Para de me tratar que nem um imbecil! Tem centenas de milhares de euros a mais no cofre.

Sophie ficou paralisada. Não podia continuar negando.

— Eu não sabia que você andava contando o dinheiro — replicou ela.

— É para ter certeza de que você não sai por aí gastando à toa!

Ele se arrependeu na mesma hora daquela alfinetada inútil. Sophie o fuzilou com o olhar.

— Que comentário patético, Arpad.

— Desculpa… Falei sem pensar… Mas promete para mim que isso acabou, Sophie. Chega desse dinheiro do seu pai. Vão acabar pegando a gente.

*

Três anos depois, diante do cofre que estava prestes a vasculhar para comprar o presente de aniversário de Sophie, Arpad se deu conta de que as únicas grandes brigas entre os dois tinham sempre envolvido dinheiro.

Sophie acabou obedecendo ao pedido de Arpad. Passado aquele episódio de 2019, nunca mais houve novos aportes. E aos poucos o estilo de vida luxuoso deles estava consumindo vorazmente aquela fortuna.

Arpad pegou um maço de notas e tirou a quantia de que precisava para comprar o anel na Cartier. Nos últimos meses, vinha fazendo retiradas com frequência. Começava a recear que Sophie percebesse. Precisava devolver algum dinheiro para o cofre quanto antes.

17h30, no quartel-general da polícia de Genebra.

Greg tinha encerrado o expediente. No vestiário do grupo de pronta intervenção, acabara de trocar o uniforme pelos trajes civis quando lhe anunciaram uma visita.

— Uma inspetora da divisão de crimes quer falar com você a respeito de um relatório.

Ele soube na mesma hora de quem se tratava.

Encontrou Marion Brullier na parte externa do prédio da unidade de elite. Ela estava toda emperiquitada, de sainha de couro e salto alto. Com certeza não tinha ido trabalhar com aquela roupa. A mulher foi logo fazendo uma proposta:

— Quer beber alguma coisa?

Claro que ele queria.

Havia muitos bares perto da sede da polícia, mas ele a levou a um lugar mais afastado e discreto, onde não corria o risco de cruzar com colegas que pudessem conhecer Karine.

— Você não respondeu às minhas mensagens — disse Marion, em tom de crítica, quando se sentaram à mesa.

— Desculpa...

— Eu é que peço desculpas. Percebi que você não está interessado. Eu tinha... tinha entendido errado. Fiz um papelão mandando aquelas fotos idiotas. Não vou mais fazer isso.

Ele pegou na mão dela.

— Eu adorei as fotos. Você me atrai muito... Posso ser totalmente sincero com você?

— Claro.

Greg já ia começar a falar sobre a esposa e os filhos, mas achou melhor se abster. Em vez disso, falou:

— Sou capaz de abater uma pessoa a trezentos metros de distância, mas não me peça para fazer fotos minhas.

Ela abriu um sorriso malicioso.

— Posso te ensinar.

Ele entrou no jogo:

— Ah, é?

— Não sou só uma boa policial... Eu domino vários truques.

— Domina, é? Que tipo de truque? — perguntou Greg, e na mesma hora lhe veio à mente a imagem de Sophie algemada, oferecendo-se a Arpad.

— Hum, é disso que você gosta, seu safado? — murmurou ela.

Greg ficou muito excitado. Imaginou-a prisioneira dele, imaginou-a como Sophie. As ideias foram se embaralhando na mente de Greg, deixando-o perigosamente despreocupado, justo quando havia alguns problemas à espreita. A centenas de metros dali, na sede do grupo de pronta intervenção, o responsável pelos equipamentos estava contando e recontando as câmeras de observação. Faltava uma.

Enquanto isso, o homem do Peugeot cinza caminhava de um lado para outro na rue du Rhône, em frente ao prédio em que ficava o escritório de Sophie. Era o grande dia. Fazia uma semana que ele havia chegado a Genebra, uma semana que esperava por aquele momento.

Sophie estava no saguão do prédio, falando ao telefone com Arpad.

— A que horas você chega? — perguntou ele. — Já estou em casa e abri um champanhe, as crianças estão brincando com a babá. Só falta você.

Ela mentiu:

— Vou ficar presa aqui no escritório mais um tempinho. Tenho que terminar de escrever uma nota para um cliente. Deixa eu correr.

— Vê se não perde sua própria festa! — provocou Arpad.

— Claro que não, prometo!

— Senão eu tomo o champanhe com a babá e saio com ela.

— Me espera, seu bobo!

Os dois riram. Ela desligou e, ao empurrar a porta pesada do prédio, se deparou com a rua banhada de sol.

Assim que o homem a viu, foi até ela.

— Parabéns, Sophie!

Sophie virou o rosto, que imediatamente se iluminou. Então pulou nos braços dele.

— Fera! — gritou ela. — Fera!

Os dois se deram um longo abraço.

Ele estava feliz de reencontrá-la. Fazia três anos que não se viam. Agora que a olhava bem de perto, pôde constatar que ela não tinha mudado. Pelo contrário: o tempo a deixara ainda mais bonita, se é que isso era possível.

Ele também estava radiante. Sophie ficou impressionada com a beleza dele. Parecia que o tempo não o afetara. O rosto estava bronzeado, e através da camiseta dava para imaginar o corpo atlético de sempre.

— Vamos — disse ela —, reservei uma mesa pra gente num lugar ótimo, à beira do lago. Bons drinques, música boa.

O bar com mesas na calçada ficava pertinho dali. O lugar estava na moda, e Fera de início se sentiu intimidado pela clientela: achou que não estava bem-vestido. Devia ter comprado uma camisa mais de acordo. Não queria fazer feio. No entanto, Sophie, como sempre, logo o deixou à vontade.

— Você está vindo de onde? — perguntou ela. — O que te traz aqui? Quanto tempo vai ficar?

— Uma pergunta de cada vez. — Fera sorriu. — Eu acabei de chegar a Genebra. Estava na França, mas você sabe disso se recebeu minhas últimas cartas.

— Guardei todas elas. Com o maior carinho.

— Arpad está bem?

— Está bem, sim. Está tudo bem com a gente.

— Parece, mesmo. Você está com uma cara ótima. Nunca esteve tão bonita.

Sophie estava acostumada a receber elogios, mas dessa vez ficou vermelha.

— Obrigada — murmurou.

— E as crianças?

— Nossa, elas estão crescendo tão rápido. Olha só...

Ela pegou o celular para mostrar fotos da família. Fera, no entanto, olhava muito mais para ela do que para a tela do telefone.

— Você ainda não me disse o que veio fazer em Genebra — disse Sophie de novo.

Ele abriu um sorriso de orelha a orelha e respondeu, como se fosse óbvio:

— Você. Só você. Eu precisava te ver de novo. San Remo não podia ser a nossa última vez.

*

Três anos antes
San Remo
Fevereiro de 2019

Depois de passarem três dias juntos, faltava uma hora para se despedirem. O momento da separação era sempre difícil para Fera, mas daquela vez foi particularmente doloroso: Sophie lhe dissera que queria dar um basta naquela história. Que não podia mais continuar. Não podia mais fazer aquilo com o marido e os filhos. Contra eles, Fera sabia que não tinha como lutar.

Ele sugeriu que caminhassem um pouco pela praia. Apesar das aparências, era tímido. Por fim, se atreveu a pegar a mão de Sophie, que deixou. Caminharam em silêncio e, quando chegou a hora da despedida, ela começou a chorar. Fera ficou feliz de ver as lágrimas, significavam que tinha sido importante para ela.

De San Remo, Sophie foi dirigindo o carro alugado até Nice, onde pegaria o voo para Genebra. Ligou para Arpad antes de chegar ao aeroporto.

— E Londres, como foi? — perguntou ele.

— Correu tudo bem. Acho que o Samuel ficou satisfeito. Estou acabada, louca para voltar para casa.

*

À mesa na calçada do bar, Fera repetiu para Sophie:
— San Remo não podia ser nossa última vez!

Ela não disse nada. Ele então lhe entregou um cartão, um daqueles comemorativos que são vendidos nos supermercados. Arrependeu-se de não ter usado um envelope que combinasse. Ela o abriu e, ao ler as palavras que Fera tinha escrito, sentiu o coração disparar.

Minha Pantera,

Você não foi feita para levar uma vida enjaulada. Você se acostumou a isso, feito um animal no zoológico. Mas sua rotina e seu cotidiano são verdadeiras grades. Sua felicidade não passa de uma ilusão.

Não se esqueça do lembrete certeiro de Viscontini. Vem comigo, ainda quero te fazer aproveitar a liberdade.

Te amo,
Seu Fera.

— Parabéns! — disse Fera. — Eu vim até Genebra para te encontrar e dar um presente.

*

Naquele mesmo dia, na noite quente que caiu sobre Genebra.

Na varanda do restaurante japonês do Hôtel des Bergues, com vista para a cidade e o lago Léman, Sophie soprou a vela que tinham botado no suflê de chocolate.

— Parabéns, meu amor — sussurrou Arpad.

Ela pegou na mão dele por baixo da mesa.

— Obrigada. Obrigada por tudo.

— Você não tem nada que me agradecer — disse Arpad. — Ainda nem viu seu presente… Vai que você detesta…

Ela sorriu.

— Você é o meu presente, bobinho.

Ele botou a mão no bolso interno do paletó e tirou uma caixinha. Ao abrir, ela viu um colar de miçangas, que ele mesmo fizera: era uma referência à conversa que haviam tido em Saint-Tropez. Ele usara um cordão de elástico, no qual enfiara conchinhas de tamanhos variados, previamente coloridas de rosa e azul.

Sophie pôs o colar no pescoço. Nem com um colar de diamantes teria ficado tão bonita.

Em seguida, Arpad entregou à esposa uma segunda caixinha. Ela a abriu e, ao ver a pantera cintilante, com pedras preciosas, ficou sem voz. Botou o anel no dedo e se levantou da cadeira para beijar o marido.

— Você é minha pantera — disse Arpad.

— Para sempre — prometeu Sophie.

Ela o beijou mais uma vez. Depois, ficou um bom tempo observando a joia no dedo, fingindo admiração. Estava completamente transtornada. Era com certeza o presente mais suntuoso que já havia ganhado.

Apesar disso, não era nada perto do que Fera lhe dera algumas horas antes.

1 ANO ANTES
Genebra
Junho de 2021

No cartório, Sophie e Arpad assinaram a escritura de compra e venda. O tabelião exibiu o sorriso costumeiro ao anunciar:

— Sr. e sra. Braun, a partir de agora, vocês são os proprietários dessa casa.

Sophie e Arpad se beijaram, na maior alegria. A casa de vidro era deles! Em seguida, apertaram a mão do vendedor, como manda o protocolo. Era um arquiteto conhecido na região, que havia projetado e construído a casa alguns anos antes. Uma casa moderna, toda de vidro, cercada por um incrível jardim e rodeada ainda por um bosque. O arquiteto tinha morado nela por um tempo com a família, mas os filhos, já crescidos, haviam deixado o lar, de modo que o lugar acabara ficando grande demais só para ele e a esposa.

Para Arpad e Sophie, a aventura daquela nova morada havia começado cerca de um ano antes.

Sophie queria trocar o apartamento da avenue Bertrand por uma casa com jardim. Gostava da vida urbana e do bairro de Champel, mas, como Genebra oferecia o privilégio de poder viver no campo, a apenas quinze minutos do centro da cidade, achava uma pena não aproveitar. Ainda mais porque o mercado imobiliário estava aquecidíssimo: o apartamento deles havia valorizado muito. Sophie sentia que precisavam agarrar aquela oportunidade. Arpad também sentia, mas por questões de ordem prática: com a venda do apartamento, conseguiriam deixar o dinheiro de Bernard totalmente limpo. Depois, poderiam usá-lo como se tivesse sido ganho de forma legal.

Logo surgiu um comprador para o apartamento. A venda foi feita num espaço de poucas semanas, tempo suficiente para Sophie e Arpad acharem um lugar para alugar no bairro e se mudarem provisoriamente, até encontrarem a nova casa. E essa aquisição se apresentava sob os melhores auspícios: considerando o dinheiro já oficializado e as taxas de empréstimo historicamente baixas, podiam sonhar alto. No dia em que Sophie e Arpad, ao visitarem casas à venda, se depararam com a casa de vidro em Cologny, foi amor à primeira vista.

Arpad sentiu que a vida dele estava prestes a se transformar.

SEGUNDA PARTE

Os dias anteriores à descoberta de Greg

Capítulo 10
11 DIAS ANTES DO ASSALTO

~~Segunda-feira, 20 de junho (aniversário de Sophie)~~
→ Terça-feira, 21 de junho de 2022
Quarta-feira, 22 de junho
Quinta-feira, 23 de junho
Sexta-feira, 24 de junho
Sábado, 25 de junho
Domingo, 26 de junho *(a descoberta de Greg)*

19h, em Cologny.

Karine abriu a porta da Verruga, exausta do dia de trabalho na loja. Como já esperava, os meninos estavam se estapeando na sala, enquanto a babá permanecia largada no sofá.

Tirou o jantar do congelador e acendeu o forno. Botou a mesa para três pessoas.

— O papai não vem? — perguntou o filho mais velho ao constatar que faltava um prato.

— Ele está preso no trabalho — explicou Karine.

Diante da porta do apartamento de Marion, Greg releu a mensagem que tinha enviado a Karine.

Operação de última hora. Desculpa. Vou chegar tarde.

A mensagem era tão vaga quanto as ideias dele naquele momento, o que refletia a hesitação que sentia. Percebeu que havia escrito "desculpa", sendo que nunca se desculpava por uma operação ou urgência de trabalho. Não estava pedindo desculpa porque chegaria tarde, e sim pelo que estava prestes a fazer.

Marion morava em Carouge, num apartamento no nono andar de uma torre. Greg tocou a campainha e ela abriu, exibindo um amplo sorriso e pouca roupa. A luz era baixa, as persianas estavam fechadas e ela havia acendido umas velas. Fazia muito tempo que Karine não o recebia dessa forma, pensou Greg.

— Seu apartamento é uma graça — disse ele, e foi logo se sentando no sofá.

Ela sorriu diante daquele comentário bobo, que denunciava o nervosismo do convidado, e decidiu tomar as rédeas da situação. Sentou-se em cima dele e começou a beijá-lo.

— Eu quero você agora mesmo — sussurrou Greg.

Ela se levantou para levá-lo até o quarto. Não imaginou que a coisa rolaria tão rápido. Mas por que não? Greg a deteve: reparou que o pé do armário da sala serviria ao propósito dele.

— Quero fazer aqui — disse, tirando em seguida um par de algemas do bolso de trás da calça.

*

Eram sete e meia da noite quando Arpad chegou à casa de vidro. Nunca chegava tão tarde. Percebeu que havia um Peugeot cinza, com placa da França, estacionado no pátio e ficou se perguntando quem seria. Entrou pela porta da frente, esgotado. Sophie, que o vira chegar, o esperava com uma taça de vinho.

— Desculpa — disse ele, botando a pasta de couro no chão —, tive um dia de merda lá no banco. Os mercados despencaram, acabamos de ter uma reunião de crise que durou duas horas. Amanhã vou ter que demitir quatro pessoas da minha equipe.

— Ah, não! — Sophie se solidarizou, entregando a ele uma taça de Bordeaux.

— Obrigado. De quem é aquele carro lá fora?

— Temos um convidado surpresa. Você vai gostar.

Um lampejo de curiosidade iluminou o rosto contrariado de Arpad.

— Quem é? — perguntou ele.

— Adivinha.

— Me dá uma pista — pediu Arpad, entrando no jogo.

— Saint-Tropez — respondeu Sophie.

— Se for o seu pai, está longe de ser uma boa surpresa — sussurrou Arpad, que parecia ter recuperado o bom humor.

Sophie começou a rir.

— Estou falando de Saint-Tropez dos bons e velhos tempos.
— Então tem a ver com o Béatrice?
— Na mosca.

Arpad parou para pensar por tanto tempo que Sophie o pegou pela mão e o levou até a sala. Ele ficou atônito.

O fantasma tinha voltado.

O DIA DO ASSALTO

Sábado, 2 de julho de 2022
2 horas e 45 minutos antes do início do assalto

6h45, no quartel-general da polícia.

Greg sempre ficava nervoso antes de uma operação — algo que considerava essencial para se manter vivo caso as coisas degringolassem. Dessa vez, porém, por mais que não quisesse admitir, era diferente: estava especialmente agitado. Tinha dormido mal.

Foi o primeiro a chegar à sede do grupo de pronta intervenção. No vestiário, se preparou sozinho. Vestiu o uniforme preto de um jeito quase ritualístico. O traje de combate. Esperaria o fim da reunião com a equipe para vestir o colete à prova de balas, a balaclava e o capacete tático.

Ficou um bom tempo se olhando no espelho, até que os primeiros colegas o interromperam. Enquanto os outros trocavam de roupa e se preparavam, ele foi para a sala de reunião.

Aquele seria o dia do enfrentamento.

Capítulo 11
10 DIAS ANTES DO ASSALTO

~~Segunda-feira, 20 de junho (aniversário de Sophie)~~

~~Terça-feira, 21 de junho~~

→ **Quarta-feira, 22 de junho de 2022**

Quinta-feira, 23 de junho

Sexta-feira, 24 de junho

Sábado, 25 de junho

Domingo, 26 de junho (a descoberta de Greg)

6h30, na casa de vidro.

— Foi legal encontrar o Fera, né?

Na cozinha dos Braun, a pergunta de Sophie ficou sem resposta. Ela girava em torno de Arpad, que tomava o café em silêncio.

Pela primeira vez em muito tempo, ele tinha acordado antes de todos. Sophie abriu os olhos quando o marido estava saindo do quarto, e foi logo se levantando também. Sentiu um clima estranho no ar. Por causa de Fera. Sabia que o jantar não era boa ideia, mas o amigo insistira. Queria conhecer a vida em família que ela levava, ver onde morava, encontrar Arpad. Ela não conseguiu dizer não. Nunca soube dizer não a ele.

Arpad não estava com a menor vontade de falar. No entanto, fez um esforço para articular algumas palavras.

— Muito legal reencontrar o Fera — disse ele, sem nenhuma convicção. — Você esbarrou com ele na rua, por acaso?

— É, dei de cara com ele quando estava saindo do escritório. Na mesma hora ele quis saber notícias suas. Estava louco para ver você.

Arpad duvidava que Fera tivesse ido a Genebra por acaso. Um péssimo pressentimento o rondava.

— Você não estava com uma cara muito boa durante o jantar — disse Sophie, preocupada.

Como se arrependera daquele jantar idiota! Arpad começaria a desconfiar de alguma coisa. Tudo podia ter sido bem simples, mas a partir de agora ela teria que lidar com essa complicação a mais, redobrando os esforços para abrandar a vigilância do marido.

— Estou mal com essa história de ter que demitir essas pessoas hoje — mentiu Arpad.

As demissões! Sophie tinha se esquecido completamente disso. Com certeza era por isso que o marido estava com aquela cara, e não por causa de Fera. Ela não precisava se preocupar. Além do mais, o jantar havia sido ótimo.

Era quarta-feira, os filhos não tinham aula. Arpad costumava trabalhar de casa às quartas e se encarregava de levar Isaak ao treino de futebol e Léa à aula de tênis.

— Você pode levar as crianças às atividades hoje? — perguntou Arpad. — Eu queria chegar ao banco antes das pessoas que preciso demitir, para evitar aquelas conversas banais de elevador que terminariam comigo dizendo "passa lá na minha sala daqui a pouco, que eu tenho uma notícia ruim pra te dar".

— Claro, pode ir — respondeu Sophie. — Deixa que eu cuido das crianças. Não tenho nenhum compromisso agora de manhã. O que posso fazer para deixar você mais animadinho? Quer sair para jantar hoje à noite? Podemos chamar o Julien e a Rebecca.

— Por que não só nós dois? Num italiano. Uma massinha e um bom vinho.

— Adorei a ideia, perfeito. — Sophie sorriu.

Ele a beijou e foi embora.

Arpad saiu de carro, passou pelo portão da casa de vidro e pegou a estradinha que levava até a route de la Capite. Não notou o Peugeot cinza que o esperava no cruzamento.

Fera, ao volante, arrancou assim que viu o carro de Arpad. Ficou surpreso ao vê-lo sair de casa tão cedo, não era o horário habitual dele. Isso pouco importava, no entanto. Tinha feito bem em chegar ali cedo. Seguiu Arpad. Direção: o centro de Genebra.

No mesmo dia de manhã, na Verruga.

Quando se levantou, Karine ficou surpresa ao encontrar Greg preparando o café da manhã na cozinha. Ele a recebeu com um *cappuccino*.

— Você não foi correr? — perguntou, espantada.

— Quis cuidar da minha família querida — disse Greg.

Tinha acordado eufórico depois da noite com Marion. Nem sentira necessidade de dar uma olhada no que estava acontecendo na casa dos Braun. Ao ver Karine diante dele, quase se sentiu culpado por não se sentir culpado. Era uma sensação estranha: sempre desprezara os pais de família infiéis, mas agora que tinha cruzado essa fronteira não sentia que estivesse traindo a mulher. Simplesmente tinha saído em busca de algo que ela não podia lhe oferecer.

Greg sabia muito bem qual seria a reação de Karine se ele aparecesse com um par de algemas para prendê-la. Faria cara de nojo e diria: "Que porcaria é essa?" No passado, ele já tinha tentado apimentar um pouco o sexo, mas ela sempre lhe despejava um balde de água fria, pedindo que *fizessem amor de um jeito normal*. Acabavam, invariavelmente, no papai e mamãe, ele em cima dela. Greg achava um tédio. Na verdade, não pedia grande coisa, só queria ser ouvido.

— Que horas você chegou ontem? — perguntou Karine. — Nem ouvi.

— Tarde — respondeu Greg. — Foi uma operação interminável.

— O que houve?

— A gente precisava prender uma quadrilha de reputação violenta. O esconderijo deles tinha sido localizado, só que tivemos que esperar o momento em que todos estivessem lá, o que levou horas.

A imagem de Marion algemada, toda entregue a ele, vulnerável, voltava o tempo todo à mente de Greg. Precisava pensar em outra coisa. Karine facilitou a vida do marido ao dizer:

— Você acha que consegue fazer compras na volta do trabalho? Fiz uma lista.

— Sem problemas, hoje estou de folga — lembrou Greg.

Ela se esquecera, apesar de estar anotado no calendário da família. Ele precisava levar Sandy ao veterinário.

— Eu te aviso se me lembrar de mais alguma coisa — disse Karine.

Greg percebeu que a esposa havia esquecido que era o dia de folga dele e agora iria quebrar a cabeça para lhe atribuir algumas tarefas. Ele se adiantou:

— Vou aproveitar para ir à Brico Loisirs de La Praille e comprar umas tábuas para consertar o telhado do galpão do jardim. Posso deixar você na loja, quer?

Karine preferia pegar carona com Sophie, mas, como Greg quase nunca tomava uma iniciativa daquelas, achou melhor aceitar. Mandou um SMS para a amiga, propondo de se encontrarem no Café des Aviateurs.

Depois de dar carona para Karine até o centro, Greg, acompanhado do fiel Sandy, seguiu para Carouge. A consulta no veterinário era só às dez e meia, então tinha tempo de sobra para ir até a Brico Loisirs. O cachorro esperaria na mala do carro.

Dentro da loja, Greg perambulou um pouco. Ao passar em frente à seção de correntes e coleiras, pensou em Marion. Resolveu escrever para ela.

Vontade de te ver. Tenho um presentinho.

Ele estava ficando imprudente.

Quando Karine encontrou Sophie no Café des Aviateurs, percebeu na mesma hora a pantera de diamantes que ela estava usando no dedo.

— Foi seu presente de aniversário? — perguntou.

— Foi. — Sophie sorriu.

Ela tirou a joia do dedo anular para mostrar a Karine, que a examinou como se fosse uma especialista.

— Que detalhes incríveis! Esses olhos... É tudo tão perfeito...

— Estou sendo mimada — admitiu Sophie.

Karine lembrou que, de presente de aniversário, Greg lhe dera um livro. Ela devolveu o anel a Sophie e perguntou:

— Sábado à tarde é o jogo de futebol dos meninos. Você vai assistir?

— Não posso perder. Faz dez dias que o Isaak só fala disso.

Seria uma partida decisiva: a final da liga deles, que definiria o time campeão. Como o jogo seria em Cologny, Arpad e Greg ficariam responsáveis pelo bar.

— Eu estava pensando — retomou Karine, meio tímida — que a gente podia fazer um churrasco depois do jogo, lá em casa...

Teve medo de receber um não, mas Sophie pareceu imediatamente animada.

— Vou adorar! Ainda mais porque a previsão do tempo está ótima!

Karine ficou empolgada e nervosa ao mesmo tempo. Precisava se mostrar à altura dos Braun. Montar a mesa do lado de fora com velas e um vinho excelente. Alguns aperitivos para começar. E se, em vez da habitual salada que acaba murchando no sol, ela oferecesse um prato de frutos do mar? Encomendaria uma porção de ostras, camarões grandes e caranguejos da Brasserie Lipp, que era famosa no ramo. Tudo acompanhado de um champanhe bem geladinho, tipo Blanc des Blancs. Karine sentiu que os preparativos para o churrasco a deixariam bem ansiosa, mas valia a pena. E, se tudo corresse bem, proporia aos Braun que tirassem férias juntos com ela e a família em outubro.

*

Arpad estava na varanda do café do Parc des Bastions. Fazia mais de uma hora e dois *espressos* que ele ficara ali sentado, pensativo.

Acabara de pagar a conta e estava pronto para ir embora quando Fera, que não tirara os olhos dele, decidiu agir. Surgindo do nada, sentou-se à mesa.

— Fera? — surpreendeu-se Arpad, mal conseguindo conter o desconforto. — O que está fazendo aqui?

— Quero falar com você.

O desconforto de Arpad só aumentava, e ele decidiu botar as cartas na mesa:

— Escuta aqui: não sei o que você veio fazer em Genebra, não sei o que você quer comigo. Mas não contei nada. Para ninguém. Eu saí de Saint-Tropez da noite para o dia e vim morar aqui, e ninguém nunca me perguntou nada. Só quero que você me deixe em paz, eu e minha família.

— Relaxa, meu amigo. Isso já tem quinze anos.

Arpad queria fugir.

— Desculpa — disse ele, já se levantando —, mas preciso correr para o banco.

Fera apontou o dedo para ele e falou, em tom de ameaça:

— Senta aí, Arpad. E pede um café para mim, meu amigo. Você tem todo o tempo do mundo. Eu sei que você está sem trabalho. Você foi demitido do banco há quase seis meses.

11h daquela mesma quarta-feira.

Ao sair do veterinário, Greg sentiu o celular vibrar no bolso, indicando que recebera uma mensagem. Pensou primeiro que seria uma resposta de Marion, mas na verdade era Karine.

Ainda está na Brico Loisirs?

Não

A resposta de Greg lhe rendeu uma ligação da esposa. Assim que atendeu, ele já sabia que ela lhe pediria que voltasse à loja. Dito e feito.
— Churrasco lá em casa com os Braun, no sábado à noite — disse ela. — Compra um botijão de gás e tudo o mais que for preciso para o churrasco. E vê também se acha uma guirlanda de luzes.
— Uma guirlanda de luzes?
— Para ter uma iluminação bonita no jardim.
— Mas já tem a iluminação da varanda — comentou Greg.
— Aquilo não é iluminação, é um holofote de prisão, isso sim — disse Karine, rude. — A gente precisa de uma coisa menos sombria.
— Está bem, vou ver o que eu acho — prometeu Greg.
Karine passou ao assunto da carne. Em geral, compravam as carnes no supermercado, mas dessa vez ela achava melhor ir a um açougue. Enquanto a esposa falava, Greg recebeu uma mensagem de Marion, que leu na mesma hora, afastando o telefone da orelha.

Marion: *Um aperitivo lá em casa?*
Greg: *Ok. Que horas?*
Marion: *17h?*

— Achei ótima a ideia do açougue — disse Greg à esposa. — Vou voltar à loja lá pelas cinco para comprar o botijão e a guirlanda. Aí você me fala se lembrar de mais alguma coisa.

*

17h, no apartamento de Marion.

Estava tudo pronto para receber Greg. Ela havia preparado uma tábua de frios e uma seleção de queijos, enquanto um Magnum rosé gelava. Eles ficariam na varanda. O apartamento dela era feio, mas ficava num andar alto, portanto tinha uma vista livre para o maciço do Jura. Seria agradável, só os dois ali. Depois do aperitivo, poderiam continuar a noite do lado de dentro ou sair para jantar.

Ela estava ansiosa para encontrá-lo. Tinha adorado a noite anterior. Tirando o início: detestara a história das algemas. Não que tivesse algum tabu, mas aquela não era a praia dela. Depois desse momento esquisito, a cumplicidade entre eles ficou óbvia: prepararam uma massa juntos e tomaram vinho tinto. Riram bastante. Conversaram por um bom tempo. Ela falou mais, se abriu, e ele ficou escutando. Era ótimo estar com um homem que a escutava, diferente daqueles caras que só falavam deles próprios. Ela estava louca para saber mais sobre ele. Na polícia, a reputação dele como policial de elite era das melhores, mas Marion queria conhecer o homem por trás do uniforme. Quem era de fato Greg Liégean? Ele não usava aliança, não mencionara nem esposa nem filhos, então ela deduziu que era solteiro. Sonhava com um relacionamento sério e sentia que ele era diferente dos homens que conhecera nos aplicativos de encontro. O único defeito de Greg, a seu ver, era a idade: com certeza era de doze a quinze anos mais velho que ela. De todo modo, estava melhor fisicamente do que a maioria dos caras que ela havia conhecido nos últimos tempos. E ainda era jovem o suficiente para ter filhos.

A campainha tocou. Era ele.

Do outro lado da porta, Greg também estava ansioso para reencontrar Marion. Na mensagem, ela havia falado em *aperitivo*. Ele interpretou como uma indicação de horário, acima de tudo. Sem dúvida ela lhe ofereceria uma bebida. E ele aceitaria por educação, mas não podia enrolar muito, pois só dispunha de uma hora. Precisava liberar a babá às seis.

Marion abriu a porta e saltou no pescoço de Greg para beijá-lo languidamente. Sem perder de vista a restrição de horário, ele foi logo mostrando a sacola da Brico Loisirs.

— Trouxe uns brinquedinhos! — disse, triunfante, exibindo as correntes que acabara de comprar.

Marion ficou pálida e exclamou:

— Ah, não! Esse negócio horroroso de novo, não!

Greg se retraiu na mesma hora.

— Eu achei que...

— Você achou *o quê*? Eu te chamei para um aperitivo, não para você fazer de novo esse seu truque. Eu detestei. De-tes-tei!

Greg olhou para Marion com desprezo. A reação dela tinha acabado de apagar todo o fogo que ardia nele. No entanto, se sentiu obrigado a dar uma explicação.

— Eu achei que a coisa do aperitivo fosse uma desculpa.

Ela começou a gritar:

— Aperitivo é aperitivo! E quando alguém chama a gente para um aperitivo, a gente leva uma garrafa de vinho, não uma corrente para amarrar a pessoa!

Quanto mais ela berrava, mais desanimado Greg ficava. Não tirava os olhos do relógio. Como é que sairia dali?

*

19h30, na varanda de um restaurante italiano pequeno e simpático no centro de Cologny.

Pairava no ar um clima leve e agradável. Nos dias de solstício, a noite demorava a cair.

À mesa, Sophie falava por dois. Parecia alegre, de bom humor. Como se nada pudesse atingi-la. Estava especialmente bonita, embora nem tivesse se arrumado tanto: estava radiante. Diante dela, Arpad permanecia calado. Ausente. O rosto esgotado. Sophie sabia que ele tivera um dia ruim no banco e precisava se mostrar atenciosa, mas estava exaltada demais, animada demais com o aparecimento de Fera na vidinha tão organizada que levava. Contudo, fez um grande esforço para demonstrar interesse pelo marido e pelas preocupações de trabalho que o atormentavam.

— Nossa, você está mesmo com uma cara exausta, coitado — disse ela.

— Já tive dias melhores — concordou ele.

— Como é que foi lá no banco?

— Horrível, como eu já imaginava. Um deles, apesar de ser um cara duro na queda, começou a chorar que nem criança. A situação está ruim em tudo quanto é banco, eles vão penar para encontrar um emprego desse nível. E, mesmo se encontrarem alguma coisa, vão ter que esquecer o bônus por desempenho e o bônus por tempo de serviço. Nunca mais vão ter o estilo de vida dos anos de vacas gordas. Mas também não vão querer diminuir o padrão de vida. Vão ter que continuar pagando o financiamento da casa de luxo, a escola particular dos filhos e os presentes da esposa, que não vai se contentar com uma vida de aperto. Eles estão condenados a virar um esquema de pirâmide ambulante.

— Você está exagerando — disse Sophie, tentando amenizar.

Acontece que Arpad não estava exagerando em nada. Sabia perfeitamente do que estava falando. Tinha acabado de relatar a Sophie a própria experiência. Aquilo tinha acontecido no início de janeiro. Assim que voltou do recesso de Natal, depois de passarem alguns dias num hotel de luxo nas ilhas Maurício, foi chamado pela direção. Entrou na sala de reunião com a maior pose, com o ar radiante característico e um bronzeado insolente em pleno inverno suíço. Estava tão iludido que imaginou que lhe ofereceriam uma promoção: o diretor de gestão de patrimônio internacional do banco tinha sido demitido algumas semanas antes, e Arpad se considerava perfeito para o cargo.

No entanto, a conversa não foi nada daquilo: explicaram que gostavam muito dele, mas que eram tempos difíceis. O banco precisava "perder gordura". O desempenho de Arpad, tanto dele quanto da equipe, não estava mais aportando o suficiente, então teriam que fazer alguns "ajustes". Estava chegando um novo gerente, vindo de um banco alemão, para fazer a limpeza necessária. Conforme exigiam dele o protocolo de segurança (que era, essencialmente, uma forma de o banco impedir os funcionários de levarem com eles os clientes), cortaram o acesso de Arpad ao computador, desativaram-lhe o crachá e o liberaram, imediatamente, da obrigação de trabalhar.

Ele deixou o banco em estado de choque. Quis dar a notícia a Sophie na mesma hora, mas pensou melhor e achou que antes precisava digerir o ocorrido. À noite, se deitou ao lado dela sem lhe dizer nada. No dia seguinte, se arrumou como se estivesse saindo para trabalhar. E assim, dera início a uma encenação que duraria vários meses. Foi logo se candidatando a vagas em outros bancos, mas não havia nada no horizonte. Estavam todos mandando gente embora, e não contratando. E, quanto mais adiava o momento de contar tudo a Sophie, menos ânimo tinha para enfrentar a realidade. Estava enredado na própria mentira.

À mesa do restaurante italiano, Arpad observava Sophie, despreocupada, saboreando a massa e conversando com ele. Um casal feliz. Apaixonado. Um casal perfeito. Só nas aparências.

Arpad ficou pensando no que Fera lhe dissera naquela manhã no café do Parc des Bastions:

— Como eu soube que você foi demitido? Porque passei no banco para te ver e me disseram que você não trabalhava mais lá desde janeiro. Como eu tive a chance de te seguir um pouco nos dias que você passa vagando por aí, logo entendi a situação.

Arpad ficou furioso.

— Você me seguiu?

Fera contra-atacou na mesma hora:

— Imagino que a Sophie não esteja sabendo de nada…

Arpad olhou furioso para Fera, que insistiu:

— Ela não sabe de nada, né?

— Não, ela não sabe de nada — confirmou Arpad.

Arpad estava nas mãos dele. O que Fera pediria em troca de ficar calado?

— Não se preocupa — disse Fera, com uma voz falsamente amistosa. — Seu segredo está bem guardado comigo. E segredo é com a gente mesmo, não é verdade?

Percebendo um tom de ameaça na voz de Fera, Arpad o agarrou pela gola da camiseta.

— Escuta aqui, Fera, vamos parar de palhaçada! Por que você está aqui em Genebra?

Fera abriu um sorriso de orelha a orelha.

— Eu adoro quando você fica todo nervosinho. Assim eu revejo o Arpad de antigamente. O cara durão debaixo desse seu traje de executivo. Quer saber o que eu vim fazer em Genebra? Vai rolar um assalto, e eu estou precisando de uma ajudinha...

O DIA DO ASSALTO

Sábado, 2 de julho de 2022
2 horas e 15 minutos antes do início do assalto

7h15.

Na cozinha da casa de vidro, Arpad estava tomando um último café. De pé e em frente à janela, examinava o jardim, como Sophie costumava fazer.

Havia temido muito a chegada desse dia, mas agora que ele finalmente havia chegado a sensação era de alívio. Um último assalto. O último ataque deles juntos. Depois disso, ponto final. Arpad ficou pensando se Fera manteria a palavra.

Releu pela última vez as instruções que tinha anotado num pedaço de papel. Em seguida, destruiu o papel na pia, para não deixar nenhum rastro.

16 ANOS ANTES
Draguignan, França
Julho de 2006

Draguignan, a cinquenta quilômetros de Saint-Tropez.

Uma van parou diante do muro da prisão, trazendo um grupo de novos detentos. Obedecendo às instruções dos guardas, os homens desceram do veículo em fila única e foram andando até o prédio principal. Arpad era o último da fila. Olhou em volta, buscando pontos de referência. O sol ofuscava tudo. Só ouvia barulhos e gritos. Estava apavorado.

Aos 24 anos, Arpad usava um terno elegante, mas tinha perdido toda a altivez. Registraram-no na prisão, atribuindo-lhe um número, e guardaram os pertences dele. Tinha sido detido pelos policiais com uma boa quantidade de dinheiro. O valor foi creditado numa conta para ele na cantina, assim poderia suportar melhor o dia a dia. E cultivar amizades. Teve que mudar de roupa, depois recebeu o "pacote" regulamentar, com lençol, cobertor, itens de higiene pessoal e um prato.

Em seguida, Arpad foi se embrenhando na prisão conforme um guarda o conduzia até a ala na qual ficaria. O barulho das celas sendo fechadas. Os gritos dos detentos. Os cheiros. Os olhares. Ele tinha um bolo de angústia no estômago. Chegaram à cela. O guarda girou a chave na fechadura, abriu a porta pesada e Arpad entrou. Havia duas camas. Uma delas estava ocupada por um sujeito corpulento, com cara de poucos amigos. Arpad ficou na dúvida se era melhor cumprimentá-lo ou ficar quieto, mas o homem o recebeu quase com cordialidade:

— Oi. Se ajeita aí.

Arpad pôs o pacote em cima do colchão e pegou o lençol. O homem então disse, sem tirar os olhos da televisão:

— Pode usar a mesa e uma das prateleiras. Eu me espalhei um pouco, mas vou abrir espaço para você.

Arpad foi botando os pertences aqui e ali, sem saber se estava encontrando um espaço para ele mesmo ou simplesmente obedecendo àquele homem que o intimidava.

O nome do companheiro de cela de Arpad era Philippe, mas todo mundo o chamava de Fera. Tinha cerca de 35 anos, cabeça raspada, um físico imponente e cara de durão. Emanava um poder sereno. A prisão era o reino dele: ali dentro, Fera era respeitado por todo mundo. Conquistara a simpatia dos outros detentos e a confiança dos guardas. Muitas vezes, mediava os conflitos. A simples presença dele contribuía para manter uma espécie de paz no local.

Uma das regras lá dentro era não falar dos motivos da detenção. Contudo, em geral, a reputação dos presos os precedia. Fera era um assaltante experiente. Estava cumprindo o último ano de pena, e, graças ao bom comportamento, fora transferido para Draguignan, sob um regime penitenciário menos restrito.

Desde o primeiro dia, Fera botou Arpad debaixo da asa. "Anda comigo, que você não arranja encrenca nenhuma." E, como Arpad era muito simpático, Fera logo ficou amigo daquele jovem de boa família, dez anos mais novo. Perguntava-se o que ele estaria fazendo ali, até que acabou lhe indagando sem rodeios:

— O guarda disse que você está na preventiva...
— É.
— O que é que você fez?
— Uma idiotice.
Fera riu da resposta.
— Que nem todo mundo.
— Eu queria impressionar uma mulher — explicou Arpad.
— Que nem todo mundo.

Arpad sorriu e, em seguida, contou o que tinha acontecido uma semana antes.

*

Uma semana antes.
Saint-Tropez.

Arpad margeava a costa do Mediterrâneo dentro de um Aston Martin com placa da Inglaterra. Naquele fim de tarde, o golfo de Saint-Tropez se descortinava majestoso diante dele. Dirigindo o conversível, aproveitava o calor agradável e o cheiro inebriante dos pinheiros. Tinha saído de Londres naquele mesmo dia, às quatro da manhã, e enfim chegava ao destino.

Já em Saint-Tropez, seguiu na direção do vilarejo. Precisava ir direto ao endereço, mas queria aproveitar mais o carro. Ainda tinha algum tempo até o horário previsto para a chegada. Havia dirigido rápido, praticamente sem parar.

Atravessou Saint-Tropez, que no verão era invadida pelos turistas. As varandas estavam lotadas; os restaurantes, todos cheios. Arpad acelerou o carro, pelo simples prazer de atrair olhares. Já fazia quatro verões que ele ia a Saint-Tropez. Ao longo dessas estadias, graças ao charme e aos gracejos que lhe eram característicos, acabara criando uma pequena rede de contatos nos lugares da moda.

Chegou ao Béatrice e parou bem na frente, deixando o Aston Martin aos cuidados de um manobrista. Na calçada, os clientes faziam fila atrás de uma corda, esperando que um segurança musculoso lhes autorizasse a entrada. Alguns se vangloriavam de ter feito reserva — os demais com certeza não entrariam. Ele foi direto até Céline, a recepcionista, que o recebeu com um abraço animado.

— Arpad! — exclamou ela. — Você está de volta?

— Só por dois dias.

— Ah, muito pouco.

— Preciso voltar para Londres. Vou começar a trabalhar num banco. A coisa está ficando séria.

— Uau! Banqueiro, hein? — entusiasmou-se Céline. — Devo te chamar de *my lord*?

— Em breve, em breve. — Arpad sorriu. — Tem um lugarzinho para mim no bar?

— Para você sempre tem, *my lord*.

Ela o acompanhou até o bar, onde ele jantou uma massa com trufas. Na segunda metade da noite, quando o restaurante virava boate, um grupo de jovens na casa dos 30 anos chamou a atenção dele. Eram elegantes, alegres e gastavam como se não houvesse amanhã. Consumiram garrafas e mais garrafas de champanhe, uma atrás da outra. Arpad simpatizou com um dos caras, que o convidou a se sentar à mesa para beberem uma taça. Foi nesse momento que notou uma morena deslumbrante que o devorava com os olhos.

Arpad deixou os amigos de circunstância para flertar com ela. Passaram um tempo na pista de dança. Depois se beijaram. Em seguida, ela disse que precisava ir embora.

— Posso te levar? — propôs Arpad.

— Vai abandonar seus amigos?

Ela achava que ele fazia parte do grupo.

— Não se preocupa, eles me acham — disse Arpad.

Foi até o Aston Martin estacionado em frente ao restaurante e abriu a porta para ela entrar.

— Que carrão — disse a mulher.

— Não tenho do que reclamar — respondeu Arpad, sem explicar que o carro não era dele. — Quer almoçar comigo amanhã? Conheço um restaurante que é de pirar, no alto de Saint-Tropez!

Ela só respondeu quando ele a deixou à porta de casa.

— Pode me pegar aqui ao meio-dia.

Quando a deixou, Arpad estava com um sorriso nos lábios. Enviou uma mensagem ao sr. Stankowitz, o dono do Aston Martin, para dizer que finalmente tinha chegado a Saint-Tropez. (*Demorou mais que o previsto*.) Depois, foi até o lugar que seria seu pouso pelas quarenta e oito horas seguintes: um casarão à beira-mar, outra propriedade do sr. Stankowitz.

O sr. Stankowitz, por sua vez, estava a mil e quatrocentos quilômetros dali, em Londres. Era um banqueiro da City que passaria o verão em Saint-Tropez e chegaria no fim daquela semana. Aos 60 e poucos anos, Stankowitz já tinha se divorciado duas vezes e era um homem jovial, que, como todo mundo, simpatizara com Arpad. Os dois haviam se conhecido em Londres, num clube privado de Knightsbridge, onde Arpad trabalhava como barman enquanto terminava os estudos de finanças. Era um círculo que reunia a nata dos banqueiros, advogados e empresários da capital. Lá, Arpad se sentia em casa. Imaginava que um dia estaria do outro lado do balcão. Enquanto isso, trabalhava duro para ser notado pelos membros do grupo. Bem rápido, se tornou o mascote deles. Todo mundo gostava de Arpad. As pessoas queriam estar ao lado dele. Servia aos cavalheiros uísque da melhor qualidade, mantinha conversas com eles e colhia confidências. Stankowitz era especialmente afeiçoado àquele jovem obstinado e ambicioso, a quem prometera um emprego no banco assim que ele estivesse com o diploma nas mãos.

Já fazia dois anos que Stankowitz confiava a Arpad a incumbência de levar o Aston Martin de Londres até Saint-Tropez para a temporada que passaria lá. A recompensa era um grosso envelope com dinheiro e duas noites na mansão do banqueiro. Depois, Arpad voltava para Londres de avião.

Naquela noite de julho, quando estacionou o carro na garagem da casa, Arpad não podia imaginar que seria a última vez que entraria ali. Como sempre, foi recebido por Mathilde, a governanta, que morava lá.

— Desculpa a hora — disse Arpad —, mas a estrada é longa.

— Não se preocupe — tranquilizou-o Mathilde. — Você já jantou? Guardei uma perna de cordeiro para você.

— Não precisa, obrigado — respondeu Arpad, declinando a oferta. — Eu belisquei na estrada. Estou morto, preciso dormir.

Mathilde gostava daquele rapaz educado e trabalhador, sempre disposto a ajudar. De manhã, ele arrumava o quarto e lavava a louça. Um jovem respeitoso, daqueles que não gostam de ser servidos. O sr. Stankowitz também o tinha em alta conta, e sabia muito bem julgar as pessoas.

Na manhã seguinte, Arpad acordou cedo para aproveitar a casa. Usou a academia e depois tomou café à beira da piscina. Ao meio-dia, tinha combinado de pegar a morena que conhecera na véspera, no Béatrice, e levá-la para almoçar. Um detalhe o afligia: no dia anterior, tinha deixado a moça num Aston Martin, então achava ruim chegar lá de táxi. A sorte, contudo, parecia estar do lado dele: Mathilde fora até a piscina para dizer que ficaria fora algumas horas numa visita à irmã, em Cannes. Com Mathilde fora, o caminho estava livre. Arpad tirou o Aston Martin da garagem e saiu para o encontro. Depois do almoço, voltaria direto para lá, antes de Mathilde. Na surdina. Por garantia, prometeu a si mesmo que voltaria em torno das duas.

15h.

Na varanda do restaurante, Arpad e a conquista do dia ainda não tinham terminado de almoçar. Ela estava feliz da vida com a vista do golfo e a comida do lugar. Ele, de olho no relógio, penava para disfarçar o nervosismo. O almoço se arrastava. A culpa era dela, que quis umas taças de champanhe antes de se sentarem à mesa. Ele fingiu beber. Não podia correr o risco de dirigir bêbado. Quando finalmente se sentaram, ela ficou de olho nos pratos mais caros: uma burrata com caviar, seguida de massa com lagosta. E para acompanhar? "Um bom champanhe", pedira ela, "a vida é muito curta para a gente ficar tomando porcaria."

O *sommelier* sugeriu uma garrafa de 500 euros. O nome do vinho despertou enorme entusiasmo na moça e uma lufada de pânico em Arpad, que começou a fazer contas de cabeça: o cartão de crédito teria que aguentar o baque. Por sorte, tinha levado o dinheiro que recebera de Stankowitz.

*

Na cela, Fera, que era todo ouvidos para Arpad, caiu na gargalhada.

— Que história sensacional! — disse ele.

— O que vem depois é melhor ainda! — alertou Arpad.

— Conta, conta! — pediu Fera.

— O almoço não acabava nunca. Os pratos chegaram, finalmente, e ela comeu a porra do espaguete com lagosta, depois o garçom veio perguntar se a gente queria sobremesa. Eu disse "não, obrigado", claro. Só pensava numa coisa: tinha que voltar para casa antes da Mathilde chegar. Mas a garota falou: "Por que não?" Deu uma olhada no cardápio, ficou na dúvida, até que acabou pedindo um suflê de chocolate. Aí o garçom disse: "Suflê, ótima escolha, mas ele demora uns vinte minutos para ficar pronto."

— Não vai me dizer que vocês pediram mesmo o suflê! — disse Fera, gargalhando.

— Claro que sim!

A risada de Fera ecoou nas paredes da cela.

— Que idiota! Mas que idiota! Tudo isso só para comer uma mulher qualquer...

Arpad, feliz por sua história estar agradando, exclamou de um jeito teatral:

— *Comer?!* Antes eu tivesse comido! Enquanto a gente esperava o maldito suflê, acabamos a garrafa de champanhe. Bom, ela terminou, porque eu não bebi quase nada. Aí eu percebi que ela estava completamente bêbada, e o sol na nossa cara não estava ajudando. Então ela começou a falar do namorado. Disse que já namorava fazia três anos, que ele morava em Berlim e não queria trair o cara. Depois começou a chorar e ficou gemendo: "Eu não posso fazer isso com o Eric!"

*

— Eu não posso fazer isso com o Eric! — repetiu ela, em lágrimas.

Os soluços atraíram os olhares dos clientes. Arpad, constrangidíssimo, só pensava em sumir.

— Ninguém vai te obrigar a fazer nada que você não queira — garantiu ele, entregando-lhe um lenço. — É melhor a gente ir...

— Não — recusou ela, enxugando os olhos —, quero provar o suflê.

Atordoado com o rumo dos acontecimentos, Arpad não sentiu o telefone vibrar no bolso.

Do outro lado da linha, Mathilde, que já tinha voltado à casa de Stankowitz, desligou e disse aos policiais, que examinavam a garagem vazia:

— Ele não está atendendo — disse ela. — Mas garanto a vocês que não foi ele quem pegou o carro. Ele não faria uma coisa dessas.

Depois de comerem o suflê e pagarem a conta, Arpad entrou no Aston Martin com a garota e saiu em disparada na direção de Saint-Tropez. No carro, o silêncio era sepulcral. Ele tinha visto que Mathilde tentara ligar, e retornaria a ela assim que chegasse à casa. A prioridade era levar o carro de volta para a garagem.

Só que acabaram presos num engarrafamento. Como não tinha mais nenhum segundo a perder, Arpad decidiu ultrapassar a fila de carros parados. Era arriscado, mas, se acelerasse o suficiente, em poucos segundos conseguiria entrar no cruzamento seguinte.

O Aston Martin seguiu na contramão. Arpad pisou fundo no acelerador e a mulher soltou um grito. O carro disparou como uma flecha. Deviam estar a uns cento e vinte quilômetros por hora, quando a roda dianteira direita caiu num buraco. Surpreendido pelo impacto, Arpad perdeu o controle do veículo, que saiu da estrada e acabou batendo numas pedras, a poucos metros da varanda de um restaurante.

Com um certo esforço, Arpad e a garota conseguiram sair sozinhos do carro. Estavam meio atordoados, mas não sofreram nada, nem um arranhãozinho. O Aston Martin, por sua vez, estava destruído. As pessoas que testemunharam o acidente correram até eles. Depois de alguns minutos, chegaram os veículos de emergência. Era só o início dos problemas de Arpad.

Após fazerem a verificação de praxe, os policiais o levaram. Ele pensou que fosse o procedimento habitual, que seria liberado dali a pouco. Com certeza teria que prestar contas ao sr. Stankowitz, e não se esquivaria da responsabilidade. Quanto ao resto, tinha sido apenas um acidente. Ninguém se machucara. Ele não estava bêbado nem havia usado drogas. No entanto, na delegacia a situação degringolou muito rápido. Uma das razões para isso foi o sr. Stankowitz, que, de Londres, tinha dito que queria prestar queixa. Arpad então foi detido. Pediu auxílio a um advogado conhecido dele de Saint-Tropez o qual garantiu que ele seria liberado em pouco tempo. Contudo, ele permaneceu detido até ser levado a um juiz de instrução.

— Risco de fuga — decretou o juiz. — O acusado mora em Londres, tem todos os motivos do mundo para não voltar aqui. Solicito que fique preso enquanto aguarda o julgamento.

— Isso é uma insanidade — protestou o advogado. — Ninguém vai preso por um simples acidente de carro!

— Ele roubou um carro! — corrigiu o juiz. — E por pouco não matou um monte de pessoas! Tinha uma varanda lotada de gente a alguns metros do local da batida. Seu cliente podia ter causado uma carnificina!

— Meu cliente pegou um carro emprestado!

— Não é isso que diz o proprietário do veículo. Sua história não convence ninguém além do senhor.

— Arpad acabou de se formar na universidade — alegou o advogado. — Tem um emprego esperando por ele em Londres. Se ficar preso, vai tudo por água abaixo.

— Que pensasse nisso antes de sair fazendo qualquer coisa por aí!

Arpad se juntou ao advogado.

— Senhor juiz, o senhor não vai me botar na prisão, vai? — implorou ele.

Os apelos, porém, foram em vão. Depois disso veio o tilintar das algemas. A cela do palácio de justiça. A van com os detentos. A chegada à prisão de Draguignan.

*

— Tudo isso por causa de um champanhe de 500 pilas e de um suflê de chocolate — resumiu Fera.

— Tudo isso porque eu sou louco por dinheiro, mas não tenho onde cair morto.

— Por enquanto, por enquanto…

Depois de seis semanas de detenção, Arpad foi liberado. Quando os pais dele pagaram a Stankowitz um valor proporcional aos danos causados ao carro, o banqueiro aceitou retirar a queixa. A acusação de roubo desapareceu. Ao fim de um processo simplificado, Arpad ganhou uma suspensão condicional da pena.

Quando chegou a hora de se despedir de Fera e sair da cela, Arpad sentiu que haviam criado uma sólida amizade.

— Acho que vou até sentir falta desse nosso quartinho compartilhado — disse, dando-lhe um último abraço.

— Não fala besteira, garoto! Você vai ver que lá fora é muito melhor. Até breve.

Sete meses depois.

Arpad foi morar em Saint-Tropez.

Depois de ser solto, não tinha nem coragem nem vontade de voltar imediatamente a Londres. A tranquilidade de Saint-Tropez lhe pareceu uma boa alternativa para descomprimir. No entanto, o que deveria ser uma estadia temporária — ele pensava em voltar para a Inglaterra mais cedo ou mais tarde — acabou tomando um novo rumo quando o gerente do Béatrice lhe ofereceu um teste no bar do restaurante. Graças à experiência adquirida no clube privado de Knightsbridge, onde tinha conhecido o sr. Stankowitz, Arpad logo se destacou. Foi contratado em pouco tempo, depois promovido a supervisor do bar e do setor de reservas.

Ele estava feliz em Saint-Tropez. Adorava o trabalho, e era muito bom no que fazia. Além disso, tinha aquela garota que chegara ao Béatrice em janeiro, como recepcionista, para substituir Céline, que fora estudar em Montreal. A nova recepcionista se chamava Sophie e estudava direito em Aix-en-Provence. Era lindíssima. Houve uma química instantânea entre ela e Arpad, e os dois começaram a dormir juntos com bastante frequência.

Brilhante e espirituosa, Sophie só tinha um defeito: era a filha querida de Bernard, o dono do Béatrice e de vários outros estabelecimentos da região. O gerente do restaurante tinha alarmado Arpad.

— Não vai se meter com a filha do patrão, hein?

— Claro que não — mentiu Arpad. — Não sou nem louco.

Arpad não estava nem aí para Bernard: só cruzara com ele uma ou duas vezes, aliás. Contudo, era melhor manter a discrição, e ele e Sophie preferiram não expor o relacionamento. O segredo tinha um componente excitante, que apimentava a relação. Eles adoravam fazer aquela encenação diante dos colegas do Béatrice, para depois aproveitarem melhor, a sós. E nada divertia mais Sophie do que se deixar seduzir por um cliente sob os olhares de Arpad, que logo pedia aos seguranças que expulsassem o intruso, sob um pretexto qualquer.

***

No início da primavera de 2007, Fera saiu da prisão.

Foi parar temporariamente na casa de Arpad, com quem tinha mantido contato. Arpad se desdobrou para ajudá-lo: além de oferecer abrigo na própria casa, arrumou para ele um serviço para lavar pratos no Béatrice.

No entanto, Arpad logo percebeu que, embora Fera se sentisse em casa na prisão, fora dela ele ficava muito menos à vontade e custava muito a se adaptar. Era um homem encantador, um amigo fiel, mas incapaz de se curvar a qualquer tipo de disciplina. Não durou muito esfregando pratos.

— Você é um irmão para mim — disse Fera a Arpad no dia em que saiu do apartamento, depois de reunir os pertences numa sacola. — Obrigado por tudo que fez por mim, mas prefiro ir embora antes de arrumar encrenca para você. Não fui feito para esse tipo de vida.

— Que tipo de vida?

— Uma vida de escravo. Isso de ficar trabalhando para os outros. Limpando prato sujo de madame. Tudo isso em troca de um salário miserável que não dá nem para bancar um canto para eu morar. A vida é muito curta, e eu já sacrifiquei uma boa parte dela na prisão.

— E para onde você vai? — perguntou Arpad.

— Para Fréjus. Um camarada vai me arrumar um trabalho no porto.

Era mentira. Na verdade, Fera estava planejando um assalto, mas àquela altura Arpad ainda não sabia de nada. Despreocupado, vira e mexe ia se encontrar com Fera em Fréjus, em lugares improváveis, para umas noitadas *underground*. Levava Sophie junto. Em pouco tempo formaram um trio inseparável.

Passaram alguns meses. O verão terminou.

Numa noite no início de setembro de 2007, quando se encontraram, Fera revelou a Arpad que estava envolvido em uma coisa grande.

— Que coisa grande? — indagou Arpad, preocupado.

— Um assalto ao banco postal de Menton. Tem muita grana envolvida. Dá para se garantir por um bom tempo.

Arpad ficou pasmo.

— Por que você está me contando isso? — acabou perguntando.

— Estou procurando um parceiro. Alguém que saiba dirigir, se é que me entende.

Arpad, que não sabia o que responder, achou melhor deixar claro:
— Eu... eu nunca assaltei nada.
Fera abriu um sorriso tranquilizador.
— Num assalto, mais importante do que a experiência é a confiança. A confiança é o que conta. Preciso de alguém de confiança, um cara que nem você. Fazemos o serviço, depois desaparecemos na Itália. Tenho um esconderijo incrível, um estábulo na Toscana em que dá para ficar numa boa por um tempo.
Arpad ficou olhando para Fera e se perguntou o que ele entendia por "muita grana".

Capítulo 12

9 DIAS ANTES DO ASSALTO

~~*Segunda-feira, 20 de junho (aniversário de Sophie)*~~

~~*Terça-feira, 21 de junho*~~

~~*Quarta-feira, 22 de junho*~~

→ **Quinta-feira, 23 de junho de 2022**

Sexta-feira, 24 de junho

Sábado, 25 de junho

Domingo, 26 de junho (a descoberta de Greg)

5h45, perto da casa de vidro.

Dentro do carro escondido às margens do bosque, Greg, de olhos grudados na tela, observava Sophie e Arpad dormindo. Ela estava enroscada em dois travesseiros, enquanto ele estava sobriamente deitado, de costas.

Sophie se mexeu. Greg achou que ela estava acordando, mas foi alarme falso. A câmera não permitia dar zoom, o que ele lamentou. Naquele momento, a vontade que sentia era de se aproximar do rosto dela, admirá-lo bem de perto. Vinha percebendo como Sophie era única. Em compensação, estava decepcionado com Marion. Por sorte, conseguira se livrar dela na véspera de um jeito delicado. Prometeu que daria um basta na história das algemas e que da vez seguinte iriam a um restaurante. Ao sair do apartamento, bloqueou o número dela, para que não pudesse mais entrar em contato.

Na cama, Arpad estava de olhos bem abertos, o que Greg não conseguia ver por conta da escuridão do quarto. Arpad já acordara havia bastante tempo. Não parava de pensar em Fera. Por que ele aparecera depois de quinze anos para tentar envolvê-lo num assalto? Fera garantira que não tinha contado nada a Sophie a respeito da demissão. Com certeza era verdade, porque Arpad conhecia muito bem a esposa; sabia que ela não seria capaz de fingir. Fazia alguns meses que ele vinha mentindo para Sophie. Com a indenização pela demissão, tinha pagado o cartão de crédito e as férias paradisíacas que haviam passado nas ilhas Maurício. De resto, ele estava financiando o estilo de vida da família com o dinheiro de Bernard. Sem saber muitos detalhes, Fera deve ter desconfiado de que Arpad estava com a corda no pescoço.

Era um estrategista formidável. Ao propor que ele participasse de um assalto, lhe oferecia a chance de sair daquele atoleiro.

Arpad acabou se levantando. Vasculhou discretamente o closet, a fim de escolher uma roupa. Ficou um tempo nu diante dos ternos: se antes eles vestiam um executivo promissor, agora não passavam de trajes de um sujeito fracassado que mentia para a própria família. Ele escolheu um terno creme, leve, feito sob medida. O teatro duraria mais um dia. De repente, sentiu o corpo de Sophie contra o dele: ela o agarrou pelas costas, num gesto carinhoso, mas ele logo se desvencilhou do abraço. Ela ficou irritada.

— Não sei o que foi que te deu, mas você anda muito chato.

— Desculpa, mas vou ter que demitir umas pessoas hoje, o que não é nada legal!

— Achei que você tivesse demitido ontem.

Arpad retificou a mentira na mesma hora.

— É todo um processo — disse ele. — O anúncio foi só a primeira etapa. Agora, preciso preencher a papelada, coordenar tudo com o RH do banco, ou seja, oficializar as coisas!

Pensou que precisava parar de mentir a respeito do trabalho. Cada vez que pronunciava a palavra *banco*, era como se ficasse ainda mais à mercê de Fera. Vestiu depressa a camisa e a calça e saiu do quarto com o paletó no braço e os sapatos na mão.

— Vou preparar um café para você — anunciou, como se isso fosse resolver a situação.

E largou Sophie nua no closet. Normalmente, ela teria seguido o marido para desarmá-lo. Agora, porém, era ela quem precisava se desarmar um pouco. Por causa de Fera. Encontraria com ele naquele dia mesmo, de manhã. Em casa. Ele dissera que seria mais discreto. Ela devia fazer a parte que lhe cabia na encenação, saindo para o trabalho como sempre. Para não levantar suspeitas. Estava muito nervosa e precisava se acalmar um pouco. Deitou-se de novo na cama e deslizou os dedos entre as pernas.

Greg a observava, maravilhado. Inebriado pelo momento, pegou o celular e fez um vídeo daquela cena, para rever sempre que quisesse.

10h, no quartel-general da polícia.

Os membros do grupo de pronta intervenção estavam treinando no estande de tiro quando Greg foi convocado à sala do chefe da unidade. Não era comum interromperem um treinamento: devia ser por um motivo importante. Enquanto atravessava os corredores, ele ficou pensando se seria algo a respeito da sucessão do chefe e de uma possível nomeação dele próprio. Entretanto, estava prestes a se decepcionar.

— Greg — disse o chefe assim que ele entrou —, estamos com um problema sério.

Na sala estava também Fred, o armeiro responsável pelo equipamento. Dos fuzis aos capacetes à prova de balas, tudo passava por ele.

— O que está acontecendo? — perguntou Greg.

— Houve um furto nas nossas dependências.

Na mesma hora, Greg pensou na câmera.

— Um furto? — repetiu ele, olhando ora para o chefe, ora para o Super-Fred (na equipe, todo mundo o chamava de Super-Fred, embora ele fosse meio fracote).

Greg tentou analisar rapidamente a situação: será que eles de fato não sabiam a resposta ou estariam blefando? Será que o Super-Fred tinha descoberto a verdade? Tentando disfarçar o nervosismo, ele perguntou num tom preocupado:

— Furtaram o quê?

— Uma câmera de vigilância — respondeu o Super-Fred.

— Igual àquela que foi usada para observar a quadrilha de assaltantes umas semanas atrás? — perguntou Greg.

— Isso, exatamente.

— Alguém pode ter esquecido a câmera no local. — sugeriu Greg.

— Não, eu fiz uma contagem no fim da missão de observação. Todas as câmeras estavam no lugar certo.

— Que maluquice! — disse Greg, encenando. — Quem roubaria uma câmera?

— É isso que eu gostaria de saber — respondeu o chefe.

Greg estava desconfortável: os dois homens falavam muito pouco. Será que já sabiam de tudo? Resolveu bancar o policial diligente.

— Quem tem acesso ao equipamento?

— Só os membros da unidade — disse o Super-Fred. — E só a gente tem acesso a essas dependências.

— Falando nisso, Greg — comentou o chefe —, fiquei sabendo que você teve visita duas vezes nos últimos dez dias...

— Uma inspetora da polícia judiciária que estava na operação da rue des Pâquis. Ela queria fazer umas perguntas sobre um relatório, mas nem chegou a entrar aqui: eu saí e a gente conversou no saguão da entrada. Quando foi o furto?

— É difícil saber — respondeu Fred. — Verifiquei o equipamento na segunda, e foi aí que me dei conta.

— Muito estranho — disse Greg. — Não consigo imaginar ninguém da unidade roubando equipamento. Vocês chegaram a dar uma olhada nas câmeras de segurança?

— Olhamos, sim — confirmou o chefe. — Fred passou horas fazendo isso, mas não serviu de nada.

Claro que Greg havia tomado as devidas precauções. Sabia da existência das câmeras. Enfiara o equipamento numa sacola esportiva.

O chefe então disse:

— Greg, convoquei você porque quero que conduza, discretamente, uma investigação a respeito desse furto. Precisamos descobrir quem é a maçã podre dentro da nossa unidade.

Greg assentiu, exibindo uma cara muito séria.

— Pode contar comigo — garantiu.

Ao sair da sala, ficou pensando no que deveria fazer. O melhor era dar um jeito de pegar a câmera nos Braun e jogar todo o equipamento no lago, assim nunca seria encontrado. Passaria só mais um último fim de semana dentro da intimidade do casal. Depois daria um basta naquela história, antes que a coisa ficasse feia.

Como se não bastasse, Marion apareceu sem avisar no quartel-general da polícia.

— Você tem que parar de aparecer assim de repente — disse Greg, irritado. — Meu chefe já chamou minha atenção, é arriscado....

— Eu não queria ter vindo, mas não estou conseguindo falar com você, as minhas mensagens não chegam... Você me bloqueou?

— Olha só, Marion, eu fui um babaca. A questão é que sou casado, tenho filhos... Fiz uma besteira.

Marion perdeu a compostura.

— Você é casado? Mas então quer dizer que você só queria trepar? Está achando que eu sou o quê?

Greg não tinha a menor intenção de ficar se explicando.

— Sinto muito por esse mal-entendido, mas agora queria que você parasse de vir aqui e me deixasse em paz. Espero que tenha ficado claro.

*

Quando estava vagando pela cidade, Arpad recebeu uma notificação no telefone: o alarme de casa acabara de ser desativado. Sophie tinha voltado. Ele sabia que era Sophie porque a faxineira (que não trabalhava lá às quintas-feiras) tinha um código diferente do deles. A princípio, achou que a esposa havia esquecido algum processo em casa, mas a intuição o levou a telefonar para ela.

— Oi, meu amor — disse Sophie. — Está tudo bem por aí?

— Tudo bem. E com você?

— Nada de especial. Estou no escritório.

Ela estava mentindo. Arpad sentiu o estômago revirar, então disse com dificuldade:

— Então tá, bom trabalho, a gente se vê à noite.

— Até de noite, meu amor.

Ele desligou. Como é que ela podia mentir daquele jeito e ainda dizer *meu amor*? Arpad decidiu ir até a casa de vidro para ver o que estava acontecendo.

***

Na casa de vidro, Sophie ficou pensativa. Arpad parecia tenso naqueles últimos dias. E não tinha nada a ver com o banco, como ele alegava. Estava tenso era com o retorno de Fera. Sophie estava agitada com esse retorno, e Arpad notava muito bem.

De repente, o interfone do portão tocou. Ela correu para abrir, e o Peugeot cinza entrou no pátio. Ao sair do carro, Fera sorriu para Sophie, que tinha ido até a porta recebê-lo.
— Oi, minha pantera.

Arpad deixou o carro no acostamento da route de la Capite. Iria a pé o resto do caminho, para manter a discrição. Entrou na rua sem saída que levava até a casa de vidro, digitou o código do portão e logo viu, no pátio, o carro de Sophie e o Peugeot cinza de Fera.
Resolveu não entrar direto na casa, mas contornar pelo bosque, para ver o que estava acontecendo dentro do cubo de vidro. Margeou a propriedade e se embrenhou pelos arbustos. Sentia-se um intruso dentro da própria casa. Na cabeça de Arpad, os pensamentos se embaralhavam.
Seguiu a fileira de árvores e logo descobriu um ponto perfeito de observação. Um arbusto que aparentemente lhe permitia ver sem ser visto. Foi até lá, se contorceu todo e se postou atrás da cortina de folhas.
Foi assim que, examinando os cômodos da própria casa através dos vidros, surpreendeu Sophie e Fera no quarto de casal. Estavam um de frente para o outro, na maior conversa. Depois, Fera abriu a gaveta da mesinha de cabeceira de Sophie e pegou o par de algemas. Trocou mais umas palavras com ela e em seguida caiu na gargalhada. Sophie abaixou a persiana, para escapar dos olhares curiosos.
Arpad ficou atônito.
Sophie o estava traindo.
Saiu correndo pelo bosque.

15 ANOS ANTES
Menton, França
17 de setembro de 2007

Por volta das seis da manhã, como fazia todos os dias, o diretor do banco postal de Menton saiu para passear com o cachorrinho.

Os assaltantes que o esperavam na esquina tinham duas informações cruciais: a primeira era que o diretor morava sozinho. Portanto, ninguém ficaria preocupado se ele não voltasse do passeio. A segunda era que os cofres do banco estavam tão abarrotados que uma empresa de transporte de valores estava agendada para vir naquele dia.

O diretor seguiu o itinerário habitual, sem notar o carro praticamente invisível em meio à escuridão, com o motor ligado. De repente, foi agarrado pela mão de alguém e sentiu o cano de um revólver na têmpora.

— Não fala nada — disse o assaltante. — É para ficar de bico fechado e cooperar, Bruno.

Sabiam o nome dele. O diretor do banco postal congelou de medo e deixou que o levassem até o carro. Uma segunda figura, saída das sombras, pegou o cachorrinho e o enfiou no porta-malas. Foi tudo muito rápido.

O homem armado sentou-se no banco de trás, ao lado do diretor, mantendo-o rendido. O outro se sentou no banco do motorista. Não trocaram uma palavra. Ambos usavam balaclava e capacete para não serem identificados. O carro saiu andando numa velocidade normal, com os faróis acesos, de modo a não chamar atenção. O diretor só sabia que estava lidando com profissionais.

O assaltante parou o carro em frente ao banco, numa vaga de estacionamento, mas deixou tudo pronto para dar a partida. O homem que estava no banco de trás voltou a falar:

— Agora, Bruno, é só fazer o que a gente mandar e vai ficar tudo bem. Você vai deixar a gente entrar no banco e vai abrir o cofre em que está o dinheiro. Se for obediente, tudo termina em sete minutos. — Dito isso, tirou do bolso um cronômetro esportivo, o acionou e então anunciou: — *Sete minutos!*

Tudo se desenrolou como num balé perfeitamente ensaiado. Eles saíram do carro sem fazer barulho. Um dos assaltantes manteve o cano da arma pressionado nas costas do diretor, enquanto o outro segurava umas sacolas vazias. Os três desapareceram na escuridão. A única pista capaz de denunciá-los era o motor do carro, que continuava ligado, pronto para a partida. Foram até a porta de serviço. Tudo levava a crer que a dupla de assaltantes conhecia o lugar.

Sem reagir, o diretor do banco fez o que esperavam dele. Isso era parte, aliás, das instruções de segurança: em caso de assalto, obedecer. Não tentar nada. De todo modo, quaisquer que fossem as instruções, ele não arriscaria a própria vida para proteger um dinheiro que não era dele. Digitou o código no teclado e a porta abriu na mesma hora. Havia uma trava de segurança. A segunda porta era protegida por um sistema duplo de abertura por chave e reconhecimento de digital. O diretor pôs o polegar no leitor e a porta destrancou. Os três entraram. Faltava apenas desligar o alarme. Bruno se aproximou do caixa. O assaltante voltou a apontar a pistola para a têmpora dele e disse:

— Nem sonha em digitar o código falso.

O diretor sabia muito bem o que ele queria dizer. Havia um código de segurança previsto para aquele tipo de situação, que desativava o alarme, mas acionava a polícia. Naquele dia, ele decidiu que não correria nenhum risco. Deixaria os assaltantes levarem o que quisessem e continuaria vivo.

O alarme foi desligado.

— *Cinco minutos!* — gritou o que estava com o cronômetro.

Eles foram andando rápido até a sala dos cofres. Bruno lhes deu acesso à montanha de dinheiro que havia ali. O assaltante com a pistola amarrou o diretor com braçadeiras de plástico, e então os dois bandidos encheram seis sacolas esportivas de lona com cédulas. Era dinheiro que não acabava mais, a maioria já usado, sem classificação nem numeração. Seria impossível de rastrear. Uma fortuna. O diretor da agência, inclusive, tinha pedido várias vezes à matriz que a empresa de transporte de valores fosse até lá com mais frequência, mas não lhe deram ouvidos.

Quando o cronômetro indicou sete minutos, um dos assaltantes gritou para o comparsa, em inglês:

— *Time!*

Então fugiram imediatamente com o saque, cada um com uma sacola nas costas e mais uma em cada mão, deixando Bruno para trás, ainda amarrado.

O diretor teve que esperar duas horas para ser encontrado pelo funcionário encarregado de abrir a agência. O cachorrinho, libertado pelos assaltantes, estava esperando tranquilamente na calçada, em frente à vaga de estacionamento.

Quando a polícia chegou em peso, o carro dos assaltantes já tinha cruzado a fronteira italiana havia muito tempo.

Capítulo 13
8 DIAS ANTES DO ASSALTO

~~*Segunda-feira, 20 de junho (aniversário de Sophie)*~~
~~*Terça-feira, 21 de junho*~~
~~*Quarta-feira, 22 de junho*~~
~~*Quinta-feira, 23 de junho*~~
→ **Sexta-feira, 24 de junho de 2022**
Sábado, 25 de junho
Domingo, 26 de junho (a descoberta de Greg)

6h15, perto da casa de vidro.

Dentro do carro, Greg estava imerso no quarto de Arpad e Sophie. Constatava, com certo prazer, que na casa dos Braun tudo havia desandado.

— Bom, você não vai me contar o que aconteceu? — Sophie se irritou, querendo que o marido quebrasse o silêncio.

Arpad ainda não tivera coragem de confrontá-la. Na véspera, fora ao treino de squash semanal com Julien sem antes passar em casa. Não conseguia se imaginar fazendo aquele teatro na frente das crianças. Depois de jantar no clube, ainda vagou mais um pouco, sozinho, e só voltou para casa perto da meia-noite. A esposa já estava dormindo.

Sophie repetiu a pergunta:

— Arpad, você não vai me dizer o que é que você tem e por que tem andado tão esquisito nesses últimos dias?

— O que é que o Fera está querendo com você?

— O Fera? Nada, ué. Por que você está falando dele?

Ela interpretava tão bem, parecia tão sincera, que ele quase teve a sensação de estar louco e de ter inventado para si mesmo aquela história toda. Sentia-se completamente desnorteado. Estava também convencido de que, se revelasse a ela o que vira no dia anterior, ela distorceria as coisas e acabaria fazendo-o acreditar que era coisa da cabeça dele. Ou talvez ela o abandonasse na mesma hora. Isso acontecera com um amigo: depois de descobrir que a esposa tinha um amante, ele a botou contra a parede. Ela não negou nem tentou se justificar, disse simplesmente que, como ele já sabia de tudo, não fazia mais sentido continuar com aquela farsa, então foi embora com o outro. Arpad não queria correr o risco de perder Sophie. Sentiu vontade de acionar a granada que destruiria Fera. De revelar a Sophie que, por trás daquele ar sedutor e de espírito livre, havia na verdade um bandido.

— Você sabe por que eu fui embora de Saint-Tropez de repente, quinze anos atrás?

— Porque você conseguiu um emprego no banco — respondeu Sophie, com uma pontada de preocupação na voz.

— Eu menti — confessou Arpad. — Esse tempo todo eu menti para você... Só fui embora de Saint-Tropez porque tive que fugir de lá.

— Teve que fugir? — repetiu Sophie, cujo rosto parecia estar se decompondo. — Mas do que é que você está falando, Arpad?

— Aconteceu uma coisa quinze anos atrás, e está na hora de você saber.

— Em Saint-Tropez? — perguntou Sophie.

— Em Menton.

— Em Menton?

Arpad se calou de repente. Se revelasse tudo a Sophie, ela com certeza falaria com Fera. E Fera sempre dissera a ele quais seriam as consequências se ele revelasse aquele segredo dos dois. Se descobrisse que Arpad o traíra, era capaz de acabar com toda a família para que ninguém abrisse a boca.

— Esquece — disse Arpad, tentando contornar Sophie, que estava diante dele.

Ela o segurou pelo braço.

— Arpad, você não pode ficar fugindo para sempre!

Ele se desvencilhou, pegou depressa umas roupas no closet e saiu do quarto.

Do carro, Greg assistira a toda a cena. Nada lhe escapara. Que história era aquela de fuga que Arpad tinha mencionado? Quem era aquele tal de Fera? E o que havia acontecido em Menton quinze anos antes? Pretendia tirar tudo a limpo.

No quartel-general da polícia, começou suas buscas na internet. Pesquisou primeiro por "Fera", mas o nome não levava a nada. Da conversa tensa entre Arpad e Sophie, Greg deduzira que provavelmente se tratava de um homem. Teria sido aquele que Greg surpreendera vigiando a casa dos Braun? O passado de Arpad estaria vindo à tona?

Arpad disse a Sophie que tinha fugido de Saint-Tropez depois de algo que acontecera em Menton quinze anos antes, o que remontava ao ano de 2007. Greg obteve a confirmação ao consultar os registros oficiais do cantão de Genebra: Arpad passara a declarar domicílio na Suíça a partir de outubro de 2007.

Ao puxar o fio dos acontecimentos em Menton, naquele ano, Greg se deparou com o assalto de uma sucursal do banco postal em 17 de setembro. O diretor fora feito refém por dois indivíduos de balaclava, que o obrigaram a abrir o banco e o cofre. Fugiram com milhões de euros e nunca foram pegos. Será que Arpad tinha algum envolvimento nisso? A chegada dele à Suíça pouco depois da data do assalto seria mera coincidência?

*

Naquele dia, ao meio-dia em ponto, Sophie saiu do prédio em que ficava o escritório de advocacia e foi a pé pela rue du Rhône até a Pierre-Fatio, sem notar que estava sendo seguida. Dessa vez era o marido que a espionava. Ela entrou no restaurante Roberto. Arpad se aproximou discretamente da janela e viu a esposa cumprimentando um senhor elegante que já estava à espera: Samuel Hennel.

Arpad concluiu que ela não tinha mentido. Pelo menos não dessa vez. O almoço correspondia exatamente ao que estava escrito na agenda eletrônica dela, à qual ele tinha acesso. Contudo, ele a seguira não porque queria confirmar que a esposa estava dizendo a verdade, e sim para garantir que teria paz nas duas horas seguintes.

Foi então ao escritório dela, pois tinha a chave de lá. Agora sabia que Sophie levava uma vida dupla, mas precisava de uma prova palpável, pois a calma dela e a forma como se dirigia a ele, como se ele fosse o problema, o deixavam completamente perturbado. *O que é que está acontecendo? Para de fugir! Fala comigo!* Não havia encontrado nada em casa e tinha certeza de que descobriria no escritório pistas concretas da ligação entre Sophie e Fera. Mas o que faria depois para salvar o casamento? Como se livraria de Fera? Ainda não fazia ideia.

Assim que abriu a porta do escritório de Sophie, Arpad ouviu a voz de Véronique:

— Sophie? É você?

Arpad se xingou por dentro: tinha esquecido que a funcionária da esposa poderia estar lá.

— É o Arpad — anunciou ele, forçando um tom alegre. — Vim pegar uns documentos.

Véronique apareceu, com a bolsa a tiracolo. Estava de saída.

— Ah, oi, Arpad! Sophie saiu...

Ele mentiu com a maior segurança:

— Eu sei, falei com ela.

— Posso te ajudar? — perguntou Véronique, com toda a gentileza. — Tenho um compromisso de almoço, mas se precisar de mim...

— Não, está tudo bem. Vou demorar só dois minutos.

— Então já vou indo.

Quando a moça estava cruzando a porta, Arpad perguntou:

— Se eu precisar imprimir um documento, posso usar o computador da Sophie?

— Claro. Está tudo conectado à rede, é bem fácil.

— O computador tem senha?

— Tem. É Pantera. Com P maiúsculo.

Arpad ficou perplexo com a escolha da senha. Achava que Pantera fosse algo só entre eles dois.

Véronique foi embora e Arpad zarpou na mesma hora para a sala de Sophie. Ligou o computador e digitou a senha. Agora teria acesso a todos os documentos e e-mails dela.

A leitura dos e-mails não deu em nada. Ele só achou mensagens de cunho profissional. Nada também nos meandros do computador: com exceção de uma pasta com fotos da família, não havia nada pessoal no disco rígido.

Começou então a vasculhar as gavetas e prateleiras, procurando um segundo celular ou laptop que talvez escondessem os segredos de Sophie. Não encontrou nada. De repente, o olhar dele se voltou para uma fileira de livros. No meio dos manuais de direito e dos códigos de processo, notou um livro de arte que ele sempre vira, mas ao qual nunca prestara muita atenção. Uma obra dedicada ao fauvismo, o movimento pós-impressionista do qual Matisse era a figura de proa e cujos artistas eram chamados de "feras".

Arpad pegou o livro e começou a folhear as páginas. Foi então que descobriu cartas escondidas. Ele se sentou no chão e começou a ler. Todas começavam por *Minha Pantera* e eram assinadas por *Seu Fera*. De acordo com as cartas, meticulosamente datadas, fazia quinze anos que

Fera e Sophie mantinham uma relação. Ao longo da leitura, Greg descobriu a vida dupla da esposa e as mentiras que já duravam tanto tempo.

A primeira correspondência era de dezembro de 2007, ou seja, pouco depois de Arpad ter fugido de Saint-Tropez. Fera escreveu para Sophie: *Fico com muita pena que nossos caminhos tenham se separado... Estou com saudade... Estou com saudade do seu corpo... Podíamos ter sido felizes juntos.*

Pelo visto os caminhos não se separaram por muito tempo. Os dois tiveram reencontros: primeiro em Paris, depois na Espanha, em 2016. Numa carta posterior à viagem, Fera evocava *a alegria de estar com você em Saragoça [...] a intensidade desses nossos momentos juntos [...] os dias que passaram rápido demais.* Ao longo dos anos, foi mandando a Sophie cada novo endereço dele, na maior parte das vezes caixas postais, para que Sophie continuasse lhe escrevendo.

A penúltima carta era de 2019. Fera fazia alusão a uma viagem a San Remo. *Eu sonho em te encontrar lá outra vez. Quero viver de novo nossas caminhadas na praia e voltar àquele restaurante charmoso em que demos muita risada.* Munido dessas lembranças, ele escreveu: *San Remo não pode ser nossa última vez.*

A última carta era de poucos dias antes e consistia num cartão de aniversário totalmente brega:

Minha Pantera,

Você não foi feita para levar uma vida enjaulada. Você se acostumou a isso, feito um animal no zoológico. Mas sua rotina e seu cotidiano são verdadeiras grades. Sua felicidade não passa de uma ilusão.
   Não se esqueça do lembrete certeiro de Viscontini. Vem comigo, ainda quero te fazer aproveitar a liberdade.

Te amo,
Seu Fera.

Arpad largou o cartão. Estava arrasado. Como é que não tinha percebido nada? Como pôde ser tão ingênuo? Sophie ia sempre a Paris a trabalho: primeiro se encontrou com Fera lá, depois aproveitou esse pretexto para organizar reencontros amorosos em Saragoça e San Remo. Nas vezes em que ela foi a Paris, Arpad jamais poderia imaginar que na verdade estivesse em outra cidade. Confiava tanto nela que nunca pensara em checar nada ou ligar para o hotel.

Sentiu vontade de verificar a agenda eletrônica que tinham em comum. O ano de 2016 tinha sido apagado da memória do computador, mas ainda era possível ter acesso até 2019. Em fevereiro daquele ano, exatamente nas mesmas datas, ele tivera que viajar a Montreal, pelo banco, enquanto ela foi a Londres. Arpad se lembrou de que ela supostamente acompanharia Samuel Hennel. E se a viagem a Londres nunca tivesse existido? Sabendo que Arpad estaria fora, Sophie com certeza aproveitaria a oportunidade para encontrar Fera na Itália. Tinha pedido aos pais que fossem a Genebra cuidar das crianças. Tudo fazia parte de um plano maquiavélico.

Para confirmar a hipótese, Arpad voltou ao computador de Sophie. Havia encontrado um arquivo de contabilidade enquanto vasculhava o disco rígido. Chegou ao ano de 2019 e examinou as despesas de viagens. Nenhum sinal de estadia em Londres. No entanto, nas datas da suposta viagem à capital inglesa, havia uma ida e volta para Nice. De lá, era apenas uma hora de estrada até San Remo.

*

Três anos antes.
Fevereiro de 2019.

Sophie estava caminhando por uma rua só de pedestres em San Remo no modo turista, com uma câmera fotográfica em volta do pescoço, quando recebeu uma ligação de Arpad. Era início da manhã em Montreal.

— Bom dia — disse Arpad, imitando o sotaque do Quebec.

Sophie riu.

— Tudo bem aí, meu amor?

— Tirando esse *jet lag* horroroso, está tudo bem, sim. E com você? Quais as novidades de Londres?

— Nada de especial — mentiu Sophie. — Umas reuniões em escritórios que são todos iguais e um café péssimo. Estou com saudade, meu amor.

Ela se virou para Fera, que estava andando ao lado, e deu uma piscadela para ele.

O DIA DO ASSALTO

Sábado, 2 de julho de 2022
2 horas antes do início do assalto

7h30.

No quartel-general da polícia, na sala de reunião do grupo de pronta intervenção, Greg estava dando instruções aos comandados. Sairiam a qualquer momento.

— Nosso alvo se chama Arpad Braun — lembrou Greg, enquanto uma foto de Arpad era exibida na tela atrás dele. — Ele era gestor de patrimônio de um banco privado. Foi demitido uns meses atrás. Teve uma passagem pela prisão, na França, por conta de uma história de roubo de carro. Ele tem um cúmplice, um tal de Philippe Carral. São suspeitos de já terem assaltado um banco juntos, na França, quinze anos atrás. Sabemos que eles vão roubar uma joalheria hoje. Ainda não sabemos qual. Perdemos o rastro desse Philippe, mas estamos na cola de Arpad. Uma divisão de vigilância está de olho nele. Vão nos informar assim que ele sair de casa.

Capítulo 14
7 DIAS ANTES DO ASSALTO

~~Segunda-feira, 20 de junho (aniversário de Sophie)~~
~~Terça-feira, 21 de junho~~
~~Quarta-feira, 22 de junho~~
~~Quinta-feira, 23 de junho~~
~~Sexta-feira, 24 de junho~~
→ **Sábado, 25 de junho de 2022**
Domingo, 26 de junho (a descoberta de Greg)

10h, na Verruga.

Os preparativos para o churrasco que aconteceria à noite iam de vento em popa. Karine, muito bem-humorada, havia acabado de preparar um tiramisù. Greg, por sua vez, estava instalando as guirlandas de luz na parte externa. Os meninos tinham ido passar a manhã na casa dos avós e a casa estava deliciosamente calma.

Assim que terminou de preparar a sobremesa, Karine foi ver como estava a varanda.

— Essas guirlandas são bonitas, né? — comentou com o marido, empoleirado numa escada.

Greg fez que sim, mas não parecia muito convencido.

— Você acha meio brega, é isso? — perguntou Karine, preocupada.

— Só a palavra "guirlanda" já é brega — disse Greg, brincando.

— Ah, você que é um chato! — Karine fez cara feia e logo ficou cheia de dúvidas.

— Elas são ótimas — garantiu Greg.

— Só não quero ser brega diante dos Braun…

— Se nos acharem bregas, então os bregas são eles.

Karine sorriu para o marido. Depois, voltou à cozinha e pegou o telefone para falar com Sophie.

Na casa de vidro, as crianças estavam brincando na piscina. Sozinho no sofá do lado de fora da casa, Arpad as observava. Sophie, por sua vez, estava refugiada na cozinha. Sabia que o marido já tinha entendido. Pelo menos em parte. Ele havia passado no escritório dela na véspera, entrado no computador e vasculhado gavetas e prateleiras. O livro de arte sobre o fauvismo estava fora do lugar e as cartas tinham sido lidas.

O telefone tocou. Era Karine. Sophie queria desistir do churrasco. Estava sem energia para interpretar a família perfeita. Karine, no entanto, estava eufórica.

— Não vejo a hora de vocês chegarem aqui em casa! O jogo de futebol é às quatro. Com o intervalo e as prorrogações, deve terminar umas seis. Depois ainda tem aquela cerimônia de sempre, já que é o último jogo da temporada. Mas aí vocês vêm direto para cá, se for bom pra vocês. Que tal?

Sophie não teve coragem de furar com ela.

— Também estamos muito animados — disse. — Até mais tarde.

Depois de desligar, Sophie ficou pensativa. Tinha arquitetado um plano para desarmar o marido antes que ele explodisse, e estava na hora de colocá-lo em ação.

Ela saiu para a varanda com duas xícaras de café e se sentou ao lado de Arpad no sofá. Com um gesto espontâneo e carinhoso, recostou a cabeça no ombro dele. A imagem parecia maravilhosa: as crianças brincando na grama, enquanto os pais estavam sentados juntinhos. Depois, como boa advogada que era, ela começou a desmontar as provas antes mesmo que ele tivesse tempo de apresentá-las ao tribunal.

— Eu sei que você passou lá no escritório — disse, com uma voz doce. — Imagino que tenha visto as cartas. Eu devia ter te contado na época... mas, ao mesmo tempo, não tinha por quê... Quinze anos atrás, depois que você foi embora de Saint-Tropez, eu vivi uma aventura com o Fera. Você foi embora sem deixar rastro, eu te procurei em tudo que era canto. Desesperadamente. Nessa época, eu me aproximei do Fera: ele era seu amigo, eu achava que ele ia saber como encontrar você. Uma coisa foi levando a outra, e a gente teve uma breve relação. Não durou muito, porque eu não estava nem um pouco interessada nele.

Depois de um tempo em silêncio, Arpad perguntou:

— Se foi só uma aventura, como você está dizendo, então por que todas aquelas cartas?

— Depois que eu terminei tudo, o Fera me disse que estava se mudando de lá. Umas semanas depois, recebi a primeira carta, que ele mandou para o Béatrice. Falava da tristeza por eu ter terminado tudo. Fiquei comovida, confesso... Então respondi, e ele me escreveu de volta um tempo depois. Como eu tinha me mudado para Paris, meu pai enviou a carta para lá. Foi o início da nossa correspondência. A gente passou a se escrever com regularidade. Estava óbvio, pelas palavras dele, que ele não tinha se conformado com a nossa separação, mas da minha parte fui sempre muito clara. Minhas cartas, aliás, falavam principalmente da minha vida em família. Cheguei até a mandar uma foto de nós quatro para ele. Pode acreditar em mim, não tinha nada de ambíguo. Eu devia ter contado para você que me correspondi com o Fera ao longo de todos esses anos? Talvez sim. Ainda mais agora, vendo que isso te deixou com uma impressão errada.

— E por que você guardou essas cartas se elas não significam nada?

— Eu sempre tive mania de guardar minha correspondência, como você bem sabe. Guardei as cartas do Fera da mesma forma que guardei várias outras cartas e cartões que recebi ao longo da vida. Inclusive os que você me escreveu. São lembranças de diferentes épocas da minha vida.

— Mas se elas eram tão inofensivas, por que você escondeu todas dentro de um livro, no seu escritório?

— Quando a gente se mudou para Genebra, primeiro guardei minha correspondência numa caixa de chapéu, mas fiquei achando ridícula aquela coisa que acumulava poeira. Então botei tudo dentro desse livro de arte. Era uma solução improvisada, não um esconderijo. No fim das contas, o livro foi parar no meu escritório. Aliás, como você encontrou as cartas do Fera, imagino que também tenha encontrado as outras.

— Que *outras*? — perguntou Arpad.

— As outras que eu guardo ali dentro. Como falei, são cartões de aniversário, cartões-postais, bilhetinhos carinhosos que você me deixa às vezes, no para-brisa, quando sai pra trabalhar antes de mim...

Ele já não se lembrava. Não tinha prestado atenção. Na hora, ficou tão atormentado pelas cartas de Fera que não viu mais nada.

Conhecendo muito bem o marido, Sophie sentiu que ele estava acreditando nas explicações. O jogo ainda não estava ganho, mas ela tinha conseguido plantar uma semente de dúvida na cabeça dele.

Perturbado, Arpad se esforçava para ordenar as peças do quebra-cabeça. Perguntou de repente:

— E as viagenzinhas?

— Que viagenzinhas?

— Para Saragoça... San Remo...

Ela se surpreendeu diante do próprio talento para o teatro.

— Espera, do que é que você está falando?

— Das viagens com o Fera para Saragoça e San Remo.

Ela soltou uma risada

— Eu nunca fui a Saragoça, nem a San Remo, nem para lugar nenhum com o Fera. Com ninguém, diga-se de passagem.

Arpad se exaltou:

— Para de achar que eu sou idiota, Sophie! Li uma carta do Fera em que ele fala do reencontro de vocês em Saragoça, em 2016, e uma outra em que fala de San Remo, em 2019, quando ele diz que *San Remo não pode ser nossa última vez*.

Ela se manteve firme:

— Eu nunca fui a Saragoça com o Fera! E sobre San Remo, isso tem quinze anos, foi durante o famoso período em que você tomou chá de sumiço. Ele queria porque queria me levar para almoçar lá. De Saint-Tropez, não é muito longe. A gente fez um bate e volta durante o dia. Lembro que fiquei me perguntando o que é que eu estava fazendo ali. Foi justamente depois disso que terminei tudo com ele.

— Eu não estou falando de quinze anos atrás, estou falando de 2019!

— Espera, meu amor — disse ela, com uma voz muito calma e solícita —, está acontecendo um grande mal-entendido aqui. San Remo foi há quinze anos, como eu já te disse. E quanto a Saragoça, pelo que me lembro, o Fera de fato passou por lá num determinado momento, durante as andanças dele, mas não sei o que fez você pensar que eu estive com ele lá. Precisamos tirar isso a limpo.

Ela entrou em casa por um instante e voltou com um envelope que continha as cartas de Fera.

— Antes de jogar tudo fora, como eu já devia ter feito há muito tempo, queria te mostrar que não tem nada aqui de comprometedor. Tirando, talvez, as fantasias do Fera. Mas isso é problema dele. Bom, fiquei curiosa, me mostra as tais cartas que falam dessas supostas viagens para San Remo e Saragoça.

Arpad examinou rapidamente as cartas e chegou àquela que procurava. Saragoça, 2016. Ele começou a ler em voz alta os trechos-chave:

— *Eu queria estar com você em Saragoça […] A alegria desses reencontros me faria lembrar da intensidade dos nossos momentos juntos […] os dias que passaram rápido demais […]*

Ele interrompeu a leitura. Estava perturbado. Ao reler aquela carta, as palavras assumiam um sentido diferente.

— *Eu queria estar com você* significa justamente que eu não estava com ele — observou Sophie. — Meu amor, você fica tão fofo quando começa a inventar todo um filme na cabeça!

Arpad ficou perplexo. Será que tinha lido tão rápido no dia anterior que acabara interpretando mal o texto? Foi, então, para a carta de fevereiro de 2019, que falava da viagem a San Remo. Leu em voz alta:

— *Eu sonho em te encontrar lá outra vez. Quero viver de novo nossas caminhadas na praia e voltar àquele restaurante charmoso em que demos muita risada. San Remo não pode ser nossa última vez.*

— San Remo foi quinze anos atrás — repetiu Sophie. — Quantas vezes vou ter que repetir? Ele fica ruminando o passado. A gente realmente almoçou num restaurante charmoso, perto do porto, mas minha lembrança é horrível, bem diferente da dele. Quando ele diz *"eu sonho em te encontrar lá"* ou então *"eu quero viver de novo o que a gente viveu"*, fica bem claro que ele está no terreno da nostalgia de alguma coisa que se perdeu.

Sophie estava muito convincente. Mesmo assim, Arpad ainda não havia terminado.

— É estranho, porque em fevereiro de 2019, ou seja, bem na época dessa carta, era para você estar em Londres. Mas, repassando a contabilidade do escritório e as datas da sua suposta viagem a Londres, só achei uma passagem de avião para Nice, que fica a uma hora de estrada de San Remo. Que coincidência, não?

Sophie já esperava aquela pergunta. Na véspera, Arpad tinha se esquecido de fechar o arquivo no computador. De todo modo, fingiu surpresa.

— Estou achando esquisito — disse ela. — Eu me lembro muito bem dessa viagem a Londres com o Samuel Hennel. Quero desfazer de uma vez por todas esse mal-entendido.

Ela foi buscar o laptop e, diante do olhar do marido, se conectou remotamente ao servidor do escritório. Clicou na pasta Contabilidade, depois na subpasta do ano em questão e foi repassando tudo até chegar a uma passagem de avião. Abriu o documento. Era de fato uma passagem de avião Genebra-Nice.

— Está vendo só? — perguntou Arpad. — É uma passagem para Nice. Como é que você explica isso?

Sophie apontou para o nome da passageira: Véronique Julienne.

— Foi a Véronique que viajou para Nice. Não eu. E agora que estou vendo a passagem, lembrei que foi na época do meu cliente Perez, que estava se mudando de Genebra para Mônaco. Você se lembra dele?

Arpad não sabia o que responder. Pelo visto, tinha olhado a data, o destino, mas não o nome do passageiro. Sophie continuou com o contrainterrogatório:

— Mas é estranho... Onde foi parar a passagem de Londres se não está aqui? Isso significa que houve um erro de registro de contabilidade, o que não me agrada nem um pouco...

Ela digitou umas palavras no teclado, clicou no mouse algumas vezes e abriu uma pasta chamada Viagens. Foi até a subpasta correspondente ao ano de 2019 e percorreu várias notas de despesas de viagem, especialmente para Paris. Localizou um documento na lista e o abriu.

— Pronto! — exclamou com satisfação.

Na tela estava um bilhete eletrônico de avião, no nome de Sophie Braun. Genebra-Londres-Heathrow, ida e volta, nas datas indicadas de fevereiro daquele ano.

— Está vendo só? — disse ela. — Eu estava em Londres nessas datas.

— Em que hotel? — perguntou Arpad.

Ela não gostou da pergunta, mas respondeu de bate-pronto:

— No Regent's. Não tenho a nota porque foi o Samuel Hennel que cuidou de tudo. Cada um tinha o próprio quarto, só para esclarecer. Aliás, pode ligar para ele se quiser. Foi uma viagem importante, e foi também a única vez que acompanhei o Samuel até Londres. Ele com certeza vai se lembrar. Você ainda tem o celular dele? Imagino que sim, mesmo ele não sendo mais cliente do banco. Ele continua com o mesmo número.

Ela encarou o marido com segurança. A operação de persuasão estava funcionando. Vinha conseguindo demolir todas as certezas dele.

Arpad deu um longo suspiro de alívio.

— Eu criei todo um filme na minha cabeça — admitiu ele.

Ela o abraçou.

— Ah, meu amor... Como é que você pôde imaginar essas coisas? Eu sou sua — mentiu ela. — Só sua.

No fim da manhã, Samuel Hennel estava aproveitando um momento de tranquilidade na varanda de casa quando o telefone tocou. Ao ver o número na tela, ficou apreensivo e decidiu atender. Por ela.

— Alô?

— Sr. Hennel, aqui é Arpad Braun.

— Arpad! Que prazer falar com você! Como vai?

— Vou bem, obrigado — respondeu Arpad, que tinha se trancado no quarto de casal para fazer o telefonema.

Houve um momento de silêncio. Arpad não sabia como abordar o assunto. Samuel prosseguiu com a conversa:

— Que bons ventos te fazem me ligar? Está desesperado para me ter de novo como cliente do banco, é isso?

Os dois deram uma risada constrangida.

— Desculpa atrapalhar, sr. Hennel. Na verdade, estou ligando para fazer uma pergunta esquisita. Vai parecer uma idiotice da minha parte, mas tem a ver com sua viagem a Londres com a Sophie.

— Tudo bem, estou ouvindo.

— Então o senhor se lembra dessa viagem?

— Claro, era para resolver a venda de uma parte da minha galeria.

— Sophie me contou com entusiasmo o nome do hotel em que vocês ficaram, mas não consigo me lembrar. É que estou planejando uma viagenzinha surpresa para ela, só nós dois, a Londres, e queria ficar no mesmo hotel...

— Ficamos no Regent's — respondeu Samuel, sem hesitar. — Um hotel incrível, muito bem localizado, com um serviço impecável. Se vocês forem mesmo, fale comigo, que posso avisar o diretor, um velho conhecido meu.

— No Regent's! — repetiu Arpad. — Obrigado, sr. Hennel. É muito gentil da sua parte. Pronto, não vou mais perturbar o senhor. Tenha um bom dia.

— Você também, Arpad. Até breve.

Ao desligar, Samuel Hennel ficou se sentindo mal. Tinha mentido por ela.

*

Na véspera, fim da tarde.

Quando Sophie apareceu sem avisar na casa de Samuel Hennel, ele a princípio pensou que ela havia esquecido de lhe pedir que assinasse alguns documentos durante o almoço. Ao ver a cara dela, porém, entendeu que havia acontecido alguma coisa.

— As coisas não estão nada bem, Samuel — desabafou ela, logo de cara.

Samuel lamentou vê-la tão angustiada, mas se sentiu comovido por ela recorrer justamente a ele. Então a incentivou a falar.

— Sou todo ouvidos. Estou aqui com você... Pode me contar tudo.

— Estou prestes a destruir minha família...

Ele adivinhou na mesma hora que se tratava de outro homem.

— Um amante? — perguntou ele.

— Um amante antigo, que ressurgiu uns dias atrás.

Samuel Hennel ficou constrangido com a confidência. Por que Sophie estava se abrindo assim com ele?

— Você quer largar o Arpad?

— Não, não! Eu amo meu marido. Amo mais que tudo. Mas o que eu vivo com esse outro homem é uma coisa única. Ele é tipo... tipo uma droga. É mais forte que eu.

— Arpad descobriu?

— Ele está desconfiado. Eu não quero perder meu marido... Mas não tenho condições de escolher entre ele e o outro. Não tenho condições... Preciso dos dois! Arpad é minha razão de viver, mas o outro é como uma vida dentro da vida.

Samuel entendia cada vez menos por que Sophie estava lhe contando tudo aquilo. Não parecia que ela estava em busca de conselhos. Dava a impressão de saber muito bem o que queria.

— Sophie — disse ele —, eu não sei direito como é que eu posso ajudar você...

— Samuel, você me considera uma amiga?

— Claro que sim!

— Então não é como sua advogada que estou aqui diante de você, e sim como amiga. Vou te pedir um favor enorme. Um favor que só um amigo de verdade poderia fazer. É capaz de o Arpad entrar em contato com você. Ele vai falar de uma viagem que nós fizemos, eu e você, para Londres, três anos atrás.

— Mas nós nunca fomos a Londres juntos — objetou Samuel.

— Justamente. Eu preciso que você confirme que fomos para lá, sim. Que estivemos juntos em Londres para encontrar um dos compradores de metade da sua galeria.

*

Na casa de vidro, Arpad tinha acabado de desligar o telefone depois da conversa com Samuel Hennel e de se jogar na cama. Achava que dentro do quarto estaria a salvo de ouvidos indiscretos. Entretanto, Sophie tinha escutado tudo atrás da porta. Ela esboçou um sorriso. O plano havia funcionado perfeitamente. Então desceu para o primeiro andar sem fazer barulho. Estava aliviada. Na véspera, no escritório, quando Véronique lhe disse que Arpad passara por lá e descobriu que tivera a sala vasculhada, Sophie entrou em pânico. Foi preciso pensar às pressas num roteiro plausível.

Para as falsas passagens de avião, foi muito fácil. Ela comprou tudo on-line. Um voo com destino a Nice para Véronique e um voo com destino a Londres para ela própria. Depois, usando um simples programa de edição, modificou as datas de forma grosseira. Em seguida, tirou um print da tela e inseriu o arquivo na pasta como se fosse uma passagem verdadeira. Era uma falsificação artesanal, que jamais passaria pelo crivo de um expert, mas seria difícil de detectar se fosse apresentada rapidamente na tela de um computador.

Em seguida, ela precisou apelar para ajuda de fora. Primeiro, Samuel. Não tinha outra escolha a não ser envolvê-lo.

Na sequência, recorreu a Fera. Convenceu-o a escrever uma nova carta falando de Saragoça. Encontrou-se com ele em caráter de urgência para lhe ditar o texto.

— Arpad achou no meu escritório as cartas que você me mandou — explicou ela. — Eu até consigo despistá-lo falando de uma relação antiga entre nós dois, mas vai ser complicado explicar sobre Saragoça. Só se ele achar que leu errado.

— Você acha que ele vai engolir isso?

— Ele nunca vai imaginar que a carta foi reescrita e substituída.

— Você protege demais o Arpad! — Fera se irritou.

Em todos aqueles anos, era a primeira vez que ela via o amante com ciúme. Sophie apenas respondeu:

— Não estou nem um pouco a fim de testar a fidelidade dele...

Fera então fez o que ela pediu. Fora essa carta que Arpad lera naquela manhã. E caíra que nem um patinho. Pelo menos era o que Sophie imaginava.

Arpad, dentro do quarto, depois de falar com Samuel Hennel, mergulhou na tela do celular. Releu a carta de Saragoça, a original, que havia fotografado no dia anterior. Aquela em que Fera dizia como tinha sido bom reencontrá-la na Espanha. Ele também fotografara a passagem de avião Genebra-Nice no nome de Sophie, e não no de Véronique, como a esposa queria fazê-lo acreditar. Em fevereiro de 2019, Sophie havia mesmo estado em San Remo com Fera.

Ela não apenas estava mentindo para ele, como também o considerava um imbecil. Por que todas aquelas tramoias?

Arpad ficou jogado na cama. Estava exausto por conta da insônia. Queria fechar os olhos, mas quando fechava uma imagem lhe voltava imediatamente à cabeça: Sophie com Fera, naquele mesmo quarto, abaixando as persianas.

Arpad ainda não dera a cartada final. Estava decidido a seguir em frente com aquele estranho jogo de faz de conta que havia começado entre ele e Sophie.

Pela primeira vez, iniciava um duelo com a própria esposa.

12h, naquele mesmo dia.

Greg estava voltando para Cologny, com a carne e a bandeja de frutos do mar, quando recebeu uma ligação de Karine.

— Vamos precisar de gelo e de manteiga com sal, por favor!

— Sim, senhora comandante em chefe!

Ela riu, porque merecia aquela alfinetada.

— Obrigada por me ajudar com isso tudo — disse Karine num tom carinhoso. — Sei que eu estou um porre com essa coisa das guirlandas e dos frutos do mar... É que eu só quero... só quero que seja uma noite legal.

— Vai ser uma noite legal. Você está se dedicando muito, é de tirar o chapéu. Pode deixar que eu cuido do que está faltando. A gente se vê em casa.

Greg parou no mercado Manor, de Vésenaz. Levou uma eternidade para encontrar a manteiga com sal, depois pegou um saco com pedras de gelo bem grandes e outro com gelo picado. Estava a caminho do caixa quando deu de cara com Marion. Na mesma hora teve um mau pressentimento.

— O que é que você está fazendo aqui?

— Eu queria falar com você. E, como imagino que na sua casa, com esposa e filhos, não seja o ideal, me viro do jeito que dá.

— Você está me seguindo?

— Digamos que esperei o meu momento. Primeiro foi o açougueiro, depois os frutos do mar, agora sou eu.

Ela o estava seguindo desde a noite anterior. Tinha ido atrás dele do quartel-general da polícia até a Verruga. Queria ver onde morava. Na manhã seguinte, bem cedo, montou guarda em frente à casa. Queria ver como era a vida dele.

— Você tem que me deixar em paz — disse Greg.

Marion deu uma olhada no carrinho dele.

— Vai ter festa na sua casa hoje à noite? — perguntou ela.

— Não é da sua conta! — vociferou Greg, malcriado, perdendo a paciência. — O que você quer comigo, hein?

— Eu queria uma segunda chance. Você não pode me largar assim, como se eu fosse uma meia velha...

Greg se esforçou para falar com a voz amistosa:

— Marion, a questão não é você, sou eu. Já te falei... Eu não devia... não devia ter feito o que eu fiz. Estou arrependido. Me desculpa.

Marion continuou implorando:

— Você não pode fazer isso comigo!

Ela falou alto. Muito alto. Em volta deles, os clientes no mercado se viraram para olhar. Greg estava ficando cada vez mais nervoso. Estava perto de casa e temia que algum vizinho ou conhecido assistisse àquela lavação de roupa suja com uma mulher que não era a esposa. Não teve outra escolha a não ser empregar a força. Arrastou Marion até um corredor mais vazio, em seguida agarrou-lhe a mão e girou-a. Ela se contorceu e sufocou um grito.

— Você vai dar o fora da minha vida! — advertiu Greg. — Não quero te ver nunca mais, não quero nem ouvir falar de você!

Ele soltou o braço dela e foi embora rápido com o carrinho. Marion ficou lá, encolhida e com a mão doendo. Começou a chorar.

16h, no estádio de Cologny-La Fontenette.

A partida de futebol tinha acabado de começar. Na arquibancada, Karine e Sophie estavam sentadas lado a lado para incentivar os filhos. Arpad e Greg, que tomavam conta do bar, acompanhavam o jogo a distância.

Nenhum dos quatro estava de fato concentrado na partida. Todos estavam preocupados com assuntos mais importantes.

Karine pensava no jantar. Estava arrependida de ter deixado a manteiga com sal na geladeira. Devia ter botado do lado de fora, para amolecer um pouco e ficar mais fácil de passar nas torradas que acompanhariam os frutos do mar.

Greg pensava em Marion. Estava com vergonha por ter sido tão bruto. A cena no mercado o atormentava. Ele não se reconhecia. Acontece que Marion o levara ao limite. Aquela mulherzinha inconveniente estava lhe causando calafrios.

Arpad pensava em Sophie. Sempre que olhava para a esposa, na arquibancada, via que ela não tirava os olhos do celular. Para quem estava escrevendo?

Sophie pensava na história do homem e da pantera que Fera a fizera ler um dia. Luchino Alani di Madura no palácio que habitava na Toscana, no início do século XX. A inspiração para a tatuagem vinha daquela história. Fera sempre tivera razão: a coisa era mais forte que ela. E estava prestes a dominá-la.

Após o jogo (com vitória da equipe dos filhos deles), todos foram para a Verruga aproveitar o churrasco. A noite foi um sucesso, bem como os frutos do mar, e Greg arrasou como churrasqueiro. Depois de comer, as crianças foram brincar de pique-esconde no jardim. À mesa, a conversa dos adultos estava alegre e animada. As risadas se propagavam conforme as taças de vinho rosé iam sendo esvaziadas e logo eram enchidas de novo. Era uma daquelas noites perfeitas de verão: demorou a escurecer e a temperatura estava amena. Todos pareciam estar se divertindo, mas era apenas fachada.

Greg não parava de observar Arpad, como se tentasse descobrir o mistério daquele homem. Quem era ele de verdade? O que escondia debaixo daquela pose de marido perfeito e pai exemplar? Era um ladrão que tinha se refugiado na Suíça muitos anos antes?

Sophie estava nitidamente com a cabeça em outro lugar. Os pensamentos dela transitavam entre Arpad e Fera.

Arpad, por sua vez, tentava manter a compostura. Começara a noite com a máscara de bom humor no rosto. Por um bom tempo, tinha conseguido ser aquele homem que todos apreciavam: afável, sorridente, sempre com um elogio a fazer. Contudo, ao longo do jantar, de tanto olhar para Sophie sentada em frente a ele, foi aos poucos se consumindo por dentro. Queria que todos ali à mesa soubessem que ela estava mentindo para ele. Que mantinha uma vida dupla. Ele queria gritar: "Esta mulher aqui não é quem vocês estão pensando!" Estava muito magoado. E muito apaixonado também. Os dois sentimentos não podiam andar juntos. Para manter a calma e apagar o incêndio que crescia dentro dele, não parava de beber. Acontece que o álcool só fazia atiçar as chamas.

Quando Karine se levantou para pegar as sobremesas, Arpad encontrou uma oportunidade de se ausentar por uns instantes a fim de se recompor.

— Deixa que eu te ajudo — disse ele, pulando da cadeira.

— Ninguém se mexe! — disse Karine.

Arpad, no entanto, a acompanhou até a cozinha.

Ela tirou as sobremesas da geladeira e pôs tudo na mesa para Arpad pegar. E então notou que ele estava com o olhar perdido.

— Está tudo bem, Arpad? — perguntou ela. — Você está meio estranho.

O rosto de Arpad se modificou.

— Sophie tem outro — deixou escapar.

Karine ficou estarrecida.

— O quê?

— Sophie tem outro cara — repetiu Arpad. — Ela está transando com alguém que não sou eu.

Às onze, os Braun foram embora. Tinham ido de carro do estádio de futebol até a Verruga. Greg sugeriu a Arpad que deixasse Sophie dirigir, mas ele não concordou.

— Eu estou bem — disse, irritado. — Não bebi tanto assim. E a gente está a dois minutos de casa, literalmente. Você não vai me prender por causa disso, né, Greg?

Arpad foi o único que riu do próprio comentário, e então se sentou no banco do motorista. Sophie, ansiosa para pôr fim àquele momento constrangedor, botou as crianças no banco de trás e se sentou no do carona. Então partiram.

— Você podia ter tentado se controlar um pouco — disse ela, em tom de crítica. — Você está bêbado e chato.

— Quer me dar lição de moral, é isso? — perguntou Arpad.

Sophie não queria piorar a situação, ainda mais na frente das crianças.

Arpad pegou a route de la Capite. Mais trezentos metros e chegariam à estradinha sem saída que levava à casa de vidro. Ao chegarem num cruzamento, Arpad freou o carro na placa de PARE. Nesse instante, o carro que os seguia os ultrapassou e parou ao lado deles, buzinando. Era o Peugeot cinza. Fera abaixou o vidro, sorriu para Arpad e cumprimentou toda a família:

— Boa noite, pessoal! Que tal o churrasco na casa dos amigos? Foi legal?

Depois disso, Fera mostrou o dedo para Arpad e saiu em disparada. Indignado, Arpad arrancou com o Porsche e começou a perseguir o carro de Fera.

— Arpad, o que deu em você?! — gritou Sophie.

— Vou acertar as contas com o seu namorado!

— Para com isso! Você está maluco!

No banco de trás, as crianças começaram a gritar. Sem ouvir os apelos, Arpad pisou no acelerador. Logo alcançou o Peugeot e o encurralou no acostamento. Depois que os dois carros já estavam parados, Arpad saiu do Porsche para abrir a porta do Peugeot e tirar Fera dali de dentro à força. Ele o agarrou pela gola da camisa e lhe deu um soco desajeitado, que só pegou de raspão.

Fera zombou dele:

— Você precisa treinar mais — disse, com a maior tranquilidade.

Sophie, que continuava no carro para não deixar os filhos sozinhos, implorava ao marido que voltasse, mas Arpad parecia possuído.

— Você vai me deixar em paz, entendeu?! — berrou ele para Fera. — Pega esse seu carro de merda e se manda para bem longe daqui.

Fera então murmurou com uma voz bem calma:

— É claro que eu vou me mandar. Daqui a pouquinho. Só que antes tem o assalto... Depois, promessa é dívida, você nunca mais vai ouvir falar de mim. Até breve!

Arpad só tinha uma ideia fixa: se livrar de Fera de uma vez por todas. Ele tinha que morrer. Começou, então, a desferir uma sucessão de socos furiosos, e dessa vez conseguiu derrubar Fera. Este levantou a cabeça, com os lábios ensanguentados, e disse:

— Sophie é minha.

Arpad partiu para cima de Fera e começou a chutá-lo. Primeiro no corpo. Depois no rosto. Berrava de raiva enquanto chutava. Fera o deixou fazer o que queria, limitando-se a gritar. Parecia emitir uma risada maldita. No carro, Sophie, assustada, abraçou Isaak e Léa, que choravam apavorados.

As luzes das casas que ficavam à beira da estrada começaram a se acender. Sem saber o que fazer com as crianças, Sophie acabou trancando-as no carro e foi até o marido. Ela o agarrou com toda a força e o afastou de Fera. Arpad ficou num canto, enquanto Sophie se agachou perto do outro para saber como ele estava. Ela escolhera um lado.

Com o rosto ensanguentado, Fera se aninhou em Sophie. Em seguida, sem que ela visse, encarou Arpad e dirigiu a ele um sorriso vitorioso.

— Você contou do banco para a Sophie?

Arpad ficou paralisado. Sophie se virou para ele com um olhar de quem não estava entendendo nada. Fera continuou:

— Ops, espero que eu não tenha cometido uma gafe. Você não está sabendo, Sophie? Arpad foi demitido do banco.

Ela se levantou e olhou para o marido como se estivesse de frente para um desconhecido.

— É verdade?

Fera estava em êxtase. Não queria parar por ali.

— Faz quase seis meses que seu marido finge que sai para trabalhar. Ele passa os dias zanzando pelas ruas, pelos parques e cafés.

Sophie estava consternada.

— Arpad! — gritou ela, com lágrimas nos olhos. — Me diz que isso não é verdade!

Ele sentiu um nó na garganta.

— Desculpa, Sophie... Mil desculpas...

Começaram a ouvir o barulho das sirenes, e em pouco tempo as luzes azuis giratórias iluminaram a noite. A vizinhança, alarmada com os gritos, tinha chamado a polícia. Várias viaturas de patrulha chegaram ao local.

Sob os olhares da esposa e dos filhos, Arpad foi algemado e levado no banco de trás de uma das viaturas.

O DIA DO ASSALTO

Sábado, 2 de julho de 2022
O início do assalto

9h29.

Arpad se dirigiu à loja da Cartier.
Disfarçado de gari, um policial alertou os colegas pelo rádio:
— Ele vai entrar na Cartier! Vai entrar na Cartier!
Greg, que estava nas imediações, passou por lá de carro. Só conseguiu ver Arpad abrindo a porta da loja. Depois, os policiais o perderam de vista. Por questões de segurança, a vitrine da joalheria ficava obstruída por mostradores, e os raros vãos que restavam livres não permitiam que se visse coisa alguma a distância.
Greg posicionou os homens em torno do prédio, para cobrir todos os acessos. Então anunciou pelo rádio:
— Ninguém se mexe ainda. A gente quer fazer o flagrante!
Passaram-se alguns minutos. Pareceu um tempo enorme. Escondido no carro, Greg inspecionava a loja. Do lado de fora, parecia tudo calmo, mas era impossível ver o que quer que fosse.
— Precisamos de alguém para checar como está a situação dentro da Cartier — pediu pelo rádio.
— Deixa comigo! — anunciou na mesma hora uma jovem da divisão de vigilância.
Uma silhueta empurrando um carrinho de criança vazio se dirigiu até a joalheria.
— Não estou vendo nada — disse a mulher pelo rádio.
— Como assim, *não está vendo nada*? — perguntou Greg. — Cadê o Arpad?
— Não estou vendo ninguém dentro da loja.
— E nos fundos? — perguntou Greg.
— Sem novidades — respondeu um dos colegas.

Greg não estava gostando nada daquilo: geralmente a calmaria absoluta não era um bom sinal. Decidiu enviar alguém para fazer um reconhecimento.

— Quero que alguém do grupo de pronta intervenção entre lá — ordenou pelo rádio.

Um agente da tropa de elite, vestido à paisana, apareceu de repente à porta da loja, como se fosse um cliente, e tentou entrar, mas a porta não abriu.

— Está trancada — anunciou o policial pelo rádio. — E lá dentro está um deserto...

Greg entendeu na mesma hora: se a porta estava trancada e não havia ninguém na joalheria, era porque os funcionários deviam estar presos em algum lugar lá dentro. Era o tão aguardado momento do flagrante delito.

Ele hesitou um instante: não queria que o assalto se transformasse numa tomada de reféns nem tampouco estava disposto a arriscar um tiroteio em plena rua quando fossem interceptar os assaltantes no momento da fuga.

— Vamos invadir — anunciou Greg. — Aguardem o meu sinal.

Capítulo 15
6 DIAS ANTES DO ASSALTO

~~Segunda-feira, 20 de junho (aniversário de Sophie)~~
~~Terça-feira, 21 de junho~~
~~Quarta-feira, 22 de junho~~
~~Quinta-feira, 23 de junho~~
~~Sexta-feira, 24 de junho~~
~~Sábado, 25 de junho~~
→ **Domingo, 26 de junho de 2022 (a descoberta de Greg)**

9h, na Verruga.

Na cozinha, Karine andava de um lado para outro.

— O que é que vai acontecer com o Arpad? — perguntou a Greg.

— Não faço ideia... Vou dar uma ligada para os meus colegas daqui a pouco, obter mais notícias. Mas o que foi que deu nele para surtar dessa forma?

Na noite da véspera, Sophie tinha ligado para Karine, aos prantos, falando de uma briga com outro motorista na route de la Capite. A polícia já havia chegado. Greg foi correndo até lá oferecer ajuda. Quando chegou, viu Arpad entrando na viatura, enquanto Sophie estava muito angustiada e as crianças permaneciam em estado de choque. Segundo os policiais, um sujeito em outro carro tinha mostrado o dedo para Arpad, o que acabara provocando primeiro uma perseguição e depois uma briga. Ou melhor: Arpad partira para cima do motorista. O sujeito estava machucado, mas recusou ajuda. Como não estava com álcool no sangue e não queria prestar queixa, foi embora de fininho. Arpad, por sua vez, cujo teste do bafômetro apresentou um teor alcoólico duas vezes superior ao limite legal, deixou o local a bordo de uma viatura para ser levado a uma cela de desintoxicação. Sophie, então, se jogou nos braços de Greg e murmurou umas palavras para si mesma.

— É tudo culpa minha. — Ele a ouviu dizer.

Greg tinha achado aquele ataque explosivo de Arpad bastante misterioso. Até que Karine, naquela manhã, lhe confidenciou:

— Arpad me disse que a Sophie tem um amante...

— O quê? Quando foi que ele falou isso para você? — perguntou Greg.

— Ontem à noite, quando foi até a cozinha me ajudar.

— E você só me conta isso agora?

— Aconteceu tanta coisa depois que eu me esqueci de te contar.

Greg ficou pensando. Era difícil imaginar que Arpad, mesmo muito bêbado, fosse capaz de espancar um desconhecido, ainda mais por um motivo tão besta. Quem seria então esse outro motorista? Arpad com certeza o conhecia e devia ter uma boa razão para partir para cima dele. Seria o amante de Sophie? Na noite anterior, os policiais não haviam chegado a anotar a identidade do tal homem. Bando de amadores. No entanto, Greg teve a presença de espírito de anotar o número da placa do Peugeot cinza que o sujeito estava dirigindo.

A tecnologia moderna permitia que os policiais tivessem acesso, a partir do celular, a diferentes bases de dados nacionais, mas não a bases de países europeus. Ele teria que esperar o dia seguinte para fazer pesquisas no quartel-general. Por ora, os pensamentos dele estavam todos em Arpad.

Greg entrou em contato com a polícia rodoviária para obter notícias dele.

— Arpad Braun? — respondeu um policial ao telefone. — Ele foi liberado há uma meia hora.

— Que acusações o promotor apresentou contra ele?

— Só uma infração de trânsito por conta da alcoolemia. Só isso, porque o outro motorista não prestou queixa.

Munido dessas informações, Greg saiu da Verruga em direção à casa de vidro. Assim que desapareceu no fim da rua, alguém abriu a porta de um carro estacionado discretamente perto da casa dele. A motorista, considerando que o caminho estava livre, saiu do veículo. Era Marion. Estava segurando um envelope sobrescritado *Sra. Liégean*. Caminhou apressada até a Verruga, deixou o envelope na caixa de correio e foi embora.

Greg estava na sala dos Braun.

— Sem açúcar, né? — perguntou Sophie, apoiando uma xícara de *espresso* na mesinha de centro.

— Isso mesmo — respondeu Greg. — Obrigado.

Ela estava começando a conhecer os hábitos dele.

— Como eu vinha dizendo — retomou ele —, acabei de falar com o promotor de plantão. Pedi que liberasse o Arpad logo, e ele concordou. A qualquer momento ele deve chegar aí.

— Obrigada por intervir...

— Imagina! — disse Greg, num tom magnânimo. — É para isso que servem os amigos. Eu não queria ser indiscreto, mas posso te perguntar o que aconteceu ontem à noite?

— Arpad surtou. O cara mostrou o dedo pra gente e o Arpad não se segurou.

Que mentirosa, pensou Greg, com a certeza de que ela estava escondendo a verdade.

— Cadê as crianças? — perguntou ele, com um tom de falsa preocupação.

— Ainda estão dormindo. Uma amiga minha vai passar aqui daqui a pouco e levá-los ao lago junto com os filhos dela. Assim vou poder ficar tranquila com o Arpad.

*

Arpad só chegou em casa por volta do meio-dia.

Sophie tinha passado a manhã inteira andando de um lado para outro. Tentara ligar para ele inúmeras vezes, mas o telefone tocava, tocava e ninguém atendia.

Quando viu a silhueta exausta do marido passando pela porta de casa, ela só conseguiu dizer:

— Onde é que você estava? Já te soltaram há várias horas.

A pergunta soava como uma crítica, mas a voz indicava preocupação. Arpad abriu um sorriso amargo. Parecia um fantasma. Com o rosto derrotado, a expressão abatida depois da noite passada na cela e a roupa toda amarrotada, o aspecto dele nunca fora tão ruim. Continuava imóvel junto à porta, como se não ousasse entrar. Como se não estivesse mais em casa. Não abriu a boca, o que deixou Sophie mais ansiosa ainda: ela preferia que tivessem uma boa briga. Por fim, ele sussurrou:

— As crianças estão em casa?

— Não. Rebecca e Julien foram com elas para o lago. O dia está tão bonito… — Ela se arrependeu do comentário banal, que falseava a inquietação que sentia. Então acrescentou: — Os dois ficaram muito impressionados com o que viram ontem…

Arpad não soube como reagir. Mudou de assunto:

— Você falou com o seu pai?

— Por que você está me perguntando isso?

— Porque ele tentou me ligar pelo menos umas dez vezes. E com certeza não foi para falar do tempo.

Sophie respirou fundo. Tinha pedido ao pai que não ligasse para Arpad de jeito nenhum.

— Eu precisava me abrir com alguém — explicou ela. — Mas só falei com ele sobre a sua demissão.

Arpad deu uma risadinha por conta daquele *só*. Significava que eles tinham outros problemas bem mais importantes.

— O que aconteceu no banco? — perguntou Sophie.

— Corte de custos… Se eu pelo menos tivesse cometido um erro… Só que não. *Parabéns, Arpad, você é realmente incrível, mas mesmo assim vamos te demitir.*

— E por que não me contou nada?

— Porque eu não queria que você me olhasse com essa cara de pena, como está olhando agora. Não queria que ligasse para o seu papaizinho e pedisse ajuda. Eu queria me virar sozinho. Queria me reerguer. Mostrar que sou capaz. Chegar já com uma solução. Queria que você admirasse o meu jeito de superar uma adversidade. Está caindo a ficha, Sophie, de que tudo que eu faço, há quinze anos, é para ganhar a sua admiração. Um simples elogio vindo de você sempre foi como se o planeta inteiro me reconhecesse!

Arpad ficou se lembrando daqueles quinze anos de amor por Sophie. De Saint-Tropez a Genebra, do Béatrice ao banco, ele só progredira na vida graças aos olhares e à admiração dela. A atitude conquistadora, as promoções no banco, o corpo perfeito mantido à custa das horas semanais de treino, a ostentação de conhecimentos, era tudo para que ela o admirasse. Os riscos que assumira, a lavagem do dinheiro de Bernard, era tudo para que ela o admirasse. O apartamento da avenue Bertrand, a casa de vidro, o Porsche, as férias paradisíacas, as viagens de primeira classe, era tudo para que ela o admirasse.

Ele finalmente entrou em casa.

— Eu só vim pegar umas coisas.

— Para onde você vai? — perguntou Sophie, preocupada, se esforçando para a voz não tremer.

— Me poupe, Sophie, você acha que eu vou conseguir dormir do seu lado? Acha que eu vou dormir na nossa cama como se nada tivesse acontecido?

Ela cambaleava.

— Arpad, a gente vai superar isso tudo... Eu prometo! E que se dane o seu emprego!

— Ah, é? Que se dane? E como é que a gente vai bancar esta casa? E nosso padrão de vida? Férias de verão no Mediterrâneo, Natal no Caribe, férias de inverno nos Alpes. Como é que a gente vai pagar por tudo isso?

— Que se danem essas coisas todas! Eu quero você!

— Para de mentir! Você só quer proteger a imagem da família perfeita! Você quer uma mansão, o Porsche na garagem, as crianças perfeitinhas e o marido que vem junto.

— Nada disso! Não é nada disso! — gritou Sophie. — Vai descansar um pouco, depois a gente conversa com calma. Você teve uma noite difícil, é mais do que esperado que não esteja no seu estado normal.

— Nunca estive tão lúcido! — replicou Arpad. — Você acha que eu ainda não saquei as suas armações? Os bilhetes falsos de avião, a carta falsa do Fera!

Ela ficou estupefata: como ele tinha descoberto as tramoias? Decidiu então abrir o jogo:

— Está bem, mandei mal com os bilhetes falsos, não devia ter feito isso! Mas eu queria te proteger!

— Me proteger do quê? Da sua relação com o Fera? E o Samuel Hennel, me garantindo que esteve em Londres com você... Você pediu que ele mentisse?

Sophie começou a chorar.

— Desculpa.

— Então quer dizer que está todo mundo sabendo das suas sacanagens?

Ela tombou no chão.

— Só o Samuel — disse ela, com um filete de voz.

— *Só* o Samuel! Ótimo. *Só* o Samuel!

— Eu te amo, Arpad, foi com você que eu tive filhos!

— Já eu, preciso dividir você com...

— É complicado...

— O que é que tem de complicado?

— Eu não posso... não posso escolher entre o Fera e você...

— Por quê?

— Porque ele me dá sensações que você nunca vai poder me dar. Eu... eu só posso ficar com você e ser feliz com você porque também tenho o Fera.

— Agradeço a sinceridade! — gritou Arpad, irônico.

Ele sentia a raiva crescer dentro dele e tinha medo de acabar quebrando tudo dentro de casa. Precisava fugir dali. Rápido. Pegar umas coisas e ir embora. Nunca mais pôr os pés naquela casa.

Subiu às pressas a escada e entrou como um louco no quarto de casal. Achou uma mala, que encheu de roupas. Na cômoda, uma foto dele e de Sophie, os dois apaixonados numa praia da Grécia, parecia uma espécie de provocação. Arremessou o porta-retratos na parede. Tinha a impressão de que estava perdendo a cabeça. A sensação de estar sufocando.

O telefone tocou. Era Bernard. De novo. Dessa vez, Arpad atendeu. Tinha vontade de destruir tudo, de arrasar com aquela vida harmoniosa moldada com tanta paciência. A habilidade de construir muitas vezes caminha lado a lado com o talento para a destruição.

— Meu querido Arpad — disse Bernard ao telefone —, fiquei muito chateado com as notícias que a Sophie me deu. Mas não se preocupe, vamos ajudar a encontrar um emprego para você, eu...

— Cala a boca, Bernard! — berrou Arpad, irado. — Eu não preciso da sua ajuda para encontrar trabalho. Fora que tudo isso é culpa sua! Com essa sua arrogância! Esse seu maldito dinheiro! Seus presentes de merda! Seus fogos de artifício! Vai para o inferno!

Do outro lado da linha, Bernard estava atordoado. Arpad desligou na cara dele e jogou o telefone bem longe.

Sophie, que tinha ficado estirada no chão do andar de baixo, chorando, ouvia a algazarra no andar de cima. Ficou na dúvida se devia chamar a polícia e resolveu ligar para Greg.

— Arpad está pirando aqui — sussurrou ao telefone.

— Ele está em casa? — perguntou Greg.

— Está. Lá no quarto, sozinho. Ouvi os gritos dele e o barulho de alguma coisa sendo arremessada na parede. Agora parece que se acalmou.

— É melhor você ficar longe — aconselhou Greg. — Já chego aí.

— Obrigada.

Greg já sabia do ataque de fúria de Arpad. Acabara de acompanhar a cena pela tela do celular, dentro do carro, às margens do bosque. E pensar que tinha encarado aquele estúpido como um rival. Viu que Arpad estava chorando, todo retorcido, feito uma criança. A distância, os soluços ressoavam dentro do veículo. Greg estava só esperando que Sophie entrasse no quarto, que ele a atacasse. Interviria imediatamente. Daria uma surra em Arpad. Não via a hora de fazer isso.

Ligou para Karine, que achava que ele tinha saído para passear com Sandy.

— Acabei de receber uma ligação da Sophie. Arpad voltou, mas parece que não está bem. Vou dar uma passadinha rápida na casa deles e tentar animá-lo um pouco.

— Greg Liégean — disse Karine, em tom de elogio. — Você não existe!

Ele desligou e fixou os olhos de novo na tela. Arpad agora estava quieto e em silêncio.

Então o telefone tocou. Era Fred, o responsável pelo equipamento do grupo de pronta intervenção. Greg ficou surpreso com aquela ligação em pleno domingo.

— Oi, Fred, tudo bem?

— Tudo bem — respondeu Fred. — Onde você está?

— Passando o domingo com a família. Por quê? Alguma emergência?

Nesse instante, Greg ouviu alguém batendo no vidro do carro, do lado do passageiro. Virou sobressaltado. Era Fred, olhando para ele com o telefone ainda encostado na orelha.

Sem dizer nada, Fred abriu a porta do carro e se sentou ao lado do colega. Ficaram um instante em silêncio, até que Fred disse, apontando para a tela que estava no colo de Greg:

— O receptor da câmera emite um sinal quando é ligado. Sabendo a frequência, é possível detectá-la. Depois, basta fazer uma triangulação. Leva um tempinho, mas a gente chega lá. Porra, Greg, o que é que você anda aprontando?

Greg ficou paralisado. Será que Fred havia tido acesso às imagens? Valia a pena confessar tudo imediatamente? Ou era melhor negar?

Fred estava olhando para a tela: o quarto do casal, a cama, Arpad caído no chão.

— Greg, você está filmando esse cara? O que está acontecendo, meu chapa? Você sabe que eu não vou poder te acobertar. Vou ter que falar com o chefe, então é melhor me contar o que está rolando... Você é um dos melhores policiais da unidade. Deve ter um bom motivo para ter roubado uma câmera de vigilância e estar espionando alguém ilegalmente.

Greg tentou organizar os pensamentos. Precisava salvar a própria pele. De qualquer jeito. Pensou em falar do assalto em Menton, no qual Arpad talvez estivesse envolvido, mas lhe faltavam elementos concretos. Enquanto se esforçava para articular um início de resposta, um toque de telefone começou a soar dentro do carro. O telefone, porém, não estava ali. Estava no quarto do casal.

No quarto, Arpad deu um pulo. Não conhecia aquele toque. Não era o telefone dele nem o de Sophie. E continuava tocando sem parar.

O telefone vibrava e tocava, até que Arpad finalmente conseguiu localizar o aparelho. Estava atrás do rodapé, no trecho atrás da mesinha de cabeceira de Sophie. A ripa de madeira não estava presa à parede, e, ao levantá-la, Arpad achou um celular de um modelo antigo. A tela dizia NÚMERO DESCONHECIDO.

Ele atendeu.

Do outro lado da linha, Fera soube na mesma hora que não era Sophie. Ela teria falado alguma coisa. O interlocutor continuava em silêncio. Ele entendeu que era Arpad.

Os dois não disseram nada por alguns instantes, escutando o silêncio um do outro. Fera se perguntava se Sophie teria entregado o celular para Arpad, como uma forma de demonstrar que estava tudo acabado entre eles. Não tivera mais notícias dela desde o incidente da véspera. Estava arrependido da provocação. Tinha sido mais forte que ele. Mas estava morrendo de ciúme. Sentia que Sophie estava lhe escapando das mãos.

Decididamente perspicaz, Arpad foi o primeiro a falar.

— Fera?

Depois de hesitar do outro lado da linha, Fera respondeu:

— Sim.

Arpad não aguentava mais. Fera tinha que desaparecer. E, como não conseguira matá-lo, precisava dar o que ele queria. Então disse:

— Está tudo certo para o assalto. Vou entrar nessa com você. Vai ser quando?

— Neste sábado.

— Neste sábado. Combinado.

Dentro do carro, Greg não podia acreditar no que acabara de ouvir. Fred lhe lançou um olhar perplexo e disse:

— Você está na cola de uns assaltantes?

— Estou — mentiu Greg, percebendo que estava quase se safando, por um milagre. — Esse cara é um assaltante que está escondido aqui na Suíça há quinze anos. E está prestes a recomeçar tudo de novo.

O DIA DO ASSALTO

Sábado, 2 de julho de 2022
Sete minutos depois do início do assalto

Às 9h37, o grupo de pronta intervenção iniciou a invasão.

Tudo se passou muito rápido. Em menos de trinta segundos.

Duas colunas de homens vestidos de preto, equipados com fuzis e escudos, se postaram de ambos os lados da entrada da loja da Cartier e arrombaram a porta.

Arpad não estava esperando.

Ouviu a primeira explosão do lado de fora, seguida imediatamente de uma segunda, dessa vez já dentro da joalheria. Ficou um instante paralisado por conta do barulho ensurdecedor e da luz projetada pela granada que tinham acabado de lançar. Policiais de balaclava, protegidos por escudos, invadiram a loja e lhe apontaram armas.

Ele foi jogado no chão sem a menor piedade.

A adrenalina fez o coração dele disparar. Os ouvidos estavam zunindo. Sentiu botas o esmagarem e, em seguida, foi algemado.

Era o fim.

TERCEIRA PARTE

Os dias anteriores ao assalto

Capítulo 16
5 DIAS ANTES DO ASSALTO

~~Domingo, 26 de junho (a descoberta de Greg)~~
→ **Segunda-feira, 27 de junho de 2022**
Terça-feira, 28 de junho
Quarta-feira, 29 de junho
Quinta-feira, 30 de junho
Sexta-feira, 1º de julho
Sábado, 2 de julho (o dia do assalto)

4h, na casa de vidro.

Sophie acordou na cama vazia. Ficou se perguntando onde Arpad teria dormido.

Na véspera, depois de passar em casa, ele saíra sem lhe dirigir palavra, levando algumas coisas numa mala. No quarto do casal, ela encontrou o celular que escondia jogado no chão. Arpad, portanto, tinha descoberto o esconderijo atrás do rodapé. Ela ligou na mesma hora para Fera.

— Você falou com o Arpad?

— Liguei para você na *nossa linha* e foi ele quem atendeu.

— O que foi que você falou? Ele saiu de casa!

— Não falei nada!

— Mas por que você não ficou quieto?

— Você queria o quê? Que eu dissesse "Desculpa, foi engano!" e desligasse? Você tem um celular escondido! O cara não é idiota!

Ao ouvir a palavra "cara", Sophie congelou: ela e Fera falavam de Arpad como se ele fosse um estranho.

Mal encerrou a ligação, o telefone tocou. Era o pai.

— Pai, desculpa, mas não é uma boa hora...

Bernard estava fora de si. Começou a berrar:

— Se você acha que eu vou deixar aquele zé-ninguém me tratar desse jeito, você está muito enganada! Quem ele pensa que é?

— O que ele disse?

— Um monte de besteiras! Eu falei que ia ajudar a encontrar um novo trabalho para ele, aí ele começou a arrotar um bando de injúrias!

— Porra, pai! Eu tinha pedido para você não falar com ele!

Bernard se calou por um instante: era raro ouvir Sophie falar palavrão. Em seguida, tentou se defender, meio desajeitado:

— Quando você me disse para não falar nada, pensei que estava se referindo à sua mãe ou à sua irmã.

— Pai, você precisa aceitar que não pode sair se intrometendo sempre em tudo!

— Você tem toda a razão — admitiu Bernard. — Só que eu ouvi umas palavras muito descabidas, na minha opinião! Exijo desculpas e...

Sophie desligou na cara dele. Não estava com energia para enfrentar o ego do pai, além de todo o resto. Logo em seguida, Fera tocou o interfone da casa, chegando de surpresa. Ela, porém, gritou para ele pelo interfone:

— Vai embora! Vai embora! As crianças vão acordar daqui a pouco! Me deixa em paz!

Ela foi se refugiar na cama. Estava transtornada. Percebeu que tudo que havia construído com tanta convicção — a família, o casamento, aquela casa, toda aquela vida de perfeição e êxito social, de convenções burguesas — não a representava. Aquela vidinha de comercial de margarina lhe dava náuseas. Queria ser livre. Selvagem. Não queria mais ser Sophie Braun. Fera sempre lhe dizia: ela era uma pantera.

Ainda estava cedo demais para se levantar, eram quatro da manhã, mas ela sabia que não conseguiria voltar a dormir. Desceu para a cozinha. Ainda estava escuro. Preparou um café com gestos automáticos. Esperava encontrar uma mensagem de Arpad, mas não havia nada. Num espaço de poucos dias, o homem que ela amava fazia quinze anos se tornara uma espécie de fantasma, um estranho. Não o reconhecia mais, e, o que é pior, a culpa era dela. Se Arpad tinha surtado, se tinha remexido no escritório de advocacia, se tinha espancado Fera e xingado o sogro, era tudo culpa dela.

Ficou pensando nisso até as crianças acordarem. Para o café da manhã, preparou crepes.

— A gente está comemorando o quê? — perguntou Isaak, sem ter ideia do que estava acontecendo.

— As férias estão pertinho! — disse Sophie, numa falsa alegria.

Para os filhos, tinha botado de novo a máscara da mãe perfeita.

— Última semana de aula! — exclamou Isaak.

— Ainda temos que mimir quatro noites! — anunciou Léa, que adorava contar os dias enumerando as noites.

Sophie anunciou, então, a decisão que tinha tomado na noite da véspera com Bernard, quando ele ligara para pedir desculpa.

— E por falar em férias, meus amores, tenho boas notícias: na sexta, depois da escola, vamos para a casa do vovô Bernard e da vovó Jacqueline, em Saint-Tropez, passar alguns dias.

Ela quase disse *passar um tempo*, mas mudou de ideia. Não queria desestabilizá-los.

Depois desse anúncio, Isaak deu um berro de alegria e Léa correu até a escada para chamar o pai, achando que ele estava no andar de cima:

— Papai, a gente vai pra Saint-Tropez!

Sophie conteve um soluço.

— O papai não está em casa, meus amores...

— Cadê ele? — perguntou Isaak, preocupado.

— Ele... Ele vai passar uns dias fora... a trabalho.

— É por causa daquilo que aconteceu naquele dia? A briga?

— Não, não... Está tudo bem. É só uma viagem de trabalho.

— Mas ele vai com a gente pra Saint-Tropez, né?

Sophie encontrou um jeito de não precisar mentir:

— Tomara que sim!

Distribuiu uns sorrisos reconfortantes para as crianças, que não eram bobas.

— A gente pode ligar pra ele? — perguntou Isaak.

— Claro!

Sophie digitou o número de Arpad, mas o telefone ficou tocando e ninguém atendeu.

Deitado na cama de um quarto de hotel, Arpad deixou o celular tocar. Desconfiava que fossem os filhos querendo falar com ele, mas não estava com vontade de ter qualquer tipo de contato com Sophie, por menor que fosse.

Assim que o aparelho parou de tocar, saiu da cama. Já fazia horas que estava acordado, mas não tinha se mexido. Abriu as cortinas, deixando entrar a luz do dia. Logo em frente, dava para ver o prédio principal do aeroporto de Genebra. O quarto tinha poucos móveis, como em todos os hotéis daquela rede de médio porte. A época do luxo e dos hotéis cinco estrelas parecia distante.

Arpad se encontraria com Fera ao meio-dia, para tratarem do assalto. O encontro seria no La Caravelle, um café perto do aeroporto. Arpad teve uma ideia: faria um acordo com Fera. Deixaria para ele todo o dinheiro do assalto, e em troca Fera desapareceria da vida dele para sempre. Fera era um homem honrado, manteria a palavra. Era a única solução que Arpad tinha encontrado para se livrar dele de uma vez por todas.

Enquanto isso, Fera estava no esconderijo, um pequeno apartamento numa fazenda em Jussy, na zona rural de Genebra. A apenas doze quilômetros do centro da cidade, Jussy oferece um contraste impactante: a maior parte do território é composta de plantações e de uma vasta floresta. Os 1.200 habitantes se dividem entre o vilarejo central e algumas aldeias dispersas. O restante é tudo natureza e se estende até a França, que fica logo na fronteira. A fronteira, aliás, é invisível: quem transita por ali pode passar de um país para o outro sem nem sequer perceber — o que era muito interessante para Fera. A depender do desenrolar do assalto, ele poderia ficar algum tempo em Jussy, onde ninguém iria atrás dele (as economias lhe permitiriam se manter por alguns meses), ou ir para a França, evitando os controles alfandegários, e desaparecer pela Europa.

O esconderijo ficava, portanto, a duzentos metros da França. Fera o encontrara em um anúncio na internet. Era o lugar perfeito, e ele tinha aceitado todas as condições do fazendeiro proprietário: três meses de aluguel adiantado assim que chegasse, em espécie, é claro. Se tudo corresse bem, já estaria bem longe nos dias seguintes ao assalto, quando o alerta nas fronteiras fosse suspenso. Entretanto, precisava enganar o fazendeiro. Não podia despertar nenhuma suspeita. Não deixara nada ao acaso: se apresentou com um nome falso e explicou que tinha ido para a Suíça trabalhar numa plantação de tomates em permacultura. Havia aprendido alguma coisa sobre o assunto para ser capaz de responder caso lhe fizessem perguntas. Tinha, ainda, documentos falsos, caso o proprietário lhe exigisse a carteira de identidade quando ele chegasse. O fazendeiro, no entanto, não pediu nada. Melhor assim. Os documentos falsos denotavam um costume antigo: com o surgimento da biometria, não enganavam mais muita gente.

Ao se instalar no esconderijo, Fera descobriu que o lugar era ainda melhor do que tinha imaginado. A fazenda ficava completamente isolada:

não havia nada no entorno, só uma e outra plantação. Dava para chegar ali sem pôr os pés no vilarejo ou nas aldeias, passando despercebido. Ele tinha feito um teste ao fugir da polícia depois de sair da casa dos Braun. Além disso, o prédio onde ficava o esconderijo era separado da moradia principal: ele podia ir e vir nos horários mais estranhos sem cruzar com ninguém. Os proprietários não pareciam ser muito mexeriqueiros, mas era melhor ter cuidado. Por fim, ali do apartamento, Fera tinha a vista completamente livre para a estrada de acesso. Se a polícia aparecesse de uma hora para outra, durante o dia, ele poderia vê-los de longe. À noite, como não era nada comum o tráfego de veículos, saberia na mesma hora se surgisse um farol aceso de repente.

O apartamento ficava no primeiro andar do prédio, em cima de um armazém de máquinas agrícolas. O acesso era feito por uma escada externa de pedras. Havia uma cozinha pequena que dava para uma sala de estar, um banheiro bem pequeno e um quarto também minúsculo. Pela janela do quarto, era fácil acessar o telhado do armazém, depois o celeiro e então fugir pelas plantações, até chegar à floresta. Era a rota de fuga, primordial caso a polícia aparecesse. Contanto que a reação fosse rápida. Na floresta, Fera tinha escondido uma pequena motocicleta, que comprara logo ao chegar. Um anúncio na internet. Pagamento em espécie. Colocou nela a placa que roubara de uma *scooter*. A chave já estava na ignição. Não deixara nada ao acaso. Era a marca registrada dele.

No quarto de dormir do esconderijo, Fera estava olhando as fotos da família Braun. Sophie lhe mandara algumas ao longo do tempo na correspondência que trocavam. As outras ele mesmo tinha dado um jeito de pegar naqueles últimos dez dias e mandado revelar numa loja de fotografia. Não era muito prudente, mas não chegava a ser arriscado. O funcionário da loja, sem imaginar que se tratava de imagens roubadas, disse a ele: "Que família bonita!" Ao ouvir aquelas palavras, ele sentiu um enorme orgulho, mas também uma pontada de tristeza. Não corrigiu o funcionário. Adorou se passar por Arpad, mesmo que pelo breve instante de uma conversa.

Fera se lembrava sempre da primeira noite com Sophie. Tinha sido na primavera de 2007. Naquela época, Sophie e Arpad costumavam visitá-lo com frequência em Fréjus. Ele os levava para boates *underground*, para casas ocupadas ou bares clandestinos. Arpad adorava festa, onde quer que fosse. Sophie se sentia atraída por aquela marginalidade militante, em meio à qual Fera transitava muito à vontade. Numa noite em que os três tinham bebido demais, Arpad e Sophie acabaram dormindo na casa de Fera, pois não estavam em condições de dirigir. Arpad, quase inconsciente, havia se jogado na pequena cama do quarto. Fera e Sophie ficaram na sala minúscula logo ao lado. Ainda beberam mais um pouco, puseram música e ficaram conversando. Naquela noite, ela quis saber mais dele. Perguntou sobre o apelido, e ele contou do passado como assaltante. Diante desse comentário, os olhos de Sophie começaram a brilhar. Ele de repente se deu conta de que ela estava fascinada. Fera sabia que era bonito e tinha plena consciência do jeito como as mulheres o olhavam, mas jamais teria imaginado que um passado pouco ortodoxo pudesse torná-lo ainda mais atraente. Num impulso louco, ele a beijou e ela correspondeu. Os dois fizeram amor a poucos metros de Arpad, que dormia como uma pedra. Na manhã seguinte, com todos sóbrios, Arpad e Sophie foram embora de mãos dadas. Poucos minutos depois de terem saído, Fera reparou que ela havia esquecido a bolsa. Logo a campainha tocou. Ela estava sozinha. Agarrou o rosto dele e o beijou mais uma vez. Fera a princípio pensou que fosse uma pulsão passageira — mas aquela pulsão já durava quinze anos.

Naquele mesmo dia de manhã, no ponto de ônibus do centro de Cologny.

Fazia meia hora e quatro ônibus que Karine tinha deixado os filhos na escola, mas continuava mofando na calçada, à espera de Sophie. Com certeza ela ainda apareceria, pois Isaak não tinha chegado ao colégio. E não era Arpad quem iria levar as crianças, já que ele havia dado no pé, conforme Greg lhe dissera. Karine estava ansiosa para fofocar, precisava saber dos acontecimentos. Sophie não respondera às mensagens que ela enviara. Pouco importava que fosse se atrasar para o trabalho (tinha mentido que um dos filhos estava doente), mas precisava saber das últimas novidades!

Sophie finalmente chegou à porta da escola. Desceu rápido do carro e acompanhou os filhos até o prédio. Quando estava voltando para o carro, ouviu alguém chamando por ela: era Karine. Ao vê-la, Sophie recuperou um pouco as cores: precisava de um ombro amigo. As duas se abraçaram.

— Quer uma carona? — perguntou Sophie.

Karine foi logo entrando no carro.

— Eu estava preocupada com você — disse, enquanto botava o cinto.

— Obrigada pelas mensagens. Desculpa, acabei não tendo tempo de responder.

— Esquece isso! Eu sei que esses últimos dias não foram nada fáceis...

Sophie só fez que sim, depois caiu no choro.

— Ah, querida! — Karine a abraçou. — Você vai ver que as coisas vão se ajeitar de novo.

— Acho que não — sussurrou Sophie.

— Por quê? — perguntou Karine, louca para saber de tudo.

— É complicado... — respondeu Sophie, laconicamente, sem parecer a fim de contar grande coisa.

Para incentivá-la a falar, Karine abriu o jogo:

— No sábado à noite, quando vocês foram lá em casa, Arpad me disse que você tem outro...

Sophie desabou de novo.

— Estou prestes a arruinar meu casamento...

Karine não acreditava no que estava ouvindo: então era verdade.

— Tem muito tempo? — perguntou, de um jeito inocente.

— É complicado demais pra gente falar disso assim, aqui no carro...

— Então vamos tomar um café! — sugeriu Karine.

— Eu preciso ir para o escritório. Estou cheia de trabalho atrasado, e vou a Saint-Tropez no fim de semana.

— Saint-Tropez? Já estava planejado?

— Na verdade, não.

— Imagino que você vá sem o Arpad...

— Provavelmente. Ainda está tudo muito indefinido. Eu... eu já nem sei mais onde é que estou.

— Você tem alguém com quem desabafar? — perguntou Karine.

— Estou desabafando com você.

Karine ficou surpresa de ser a confidente de Sophie, pois no fundo se conheciam havia pouco tempo. E todos aqueles amigos que estavam no aniversário de Arpad? Sophie estaria se esforçando para proteger a própria imagem a qualquer custo? Um mundo de falsidades e aparências.

Karine resolveu lhe dar um conselho, que mais parecia uma lição de moral e uma sugestão para si mesma:

— O casamento, na verdade, é o que temos de mais importante. As crianças ocupam menos espaço do que a gente pensa. Só percebemos isso quando elas saem de casa.

Sophie concordou.

— Parece que você e o Greg estão numa fase boa. Deu gosto ver vocês dois assim no sábado.

— É, até que estamos bem. Vamos viajar só nós dois no fim de semana. As crianças vão à Provença com os meus pais e eu e o Greg vamos dar uma volta pela Itália. No Piemonte. Depois a gente se encontra com eles.

— Que legal, fico feliz por vocês — disse Sophie.

Karine sorriu para si mesma, satisfeita com os rumos que a vida estava tomando. Sim, as coisas não haviam sido sempre fáceis, especialmente naquele último ano, em que o casamento fora posto à prova. Em meio à mudança para a Verruga, à pressão que vivia na loja e ao tanto que o trabalho sugava Greg, eles tinham se afastado um do outro. Agora ela sentia que estava tudo voltando ao normal. As coisas estavam melhorando, e o fim de semana romântico no Piemonte era a prova disso. Ficou pensando que tinha feito muitas críticas a Greg por causa do trabalho dele, mas o fato é que o marido estava suando a camisa daquele jeito porque queria se tornar o próximo chefe do grupo de pronta intervenção. Ela devia incentivá-lo em vez de repreendê-lo. Nunca dizia como sentia orgulho do marido.

No entanto, a promoção de Greg estava por um fio. Depois de saber por intermédio de Fred quem tinha roubado a câmera, o chefe ficou furioso e o convocou à sala dele.

— Puta merda, Greg, você me deve uma explicação! O que foi que deu na sua cabeça para roubar o equipamento? Você é o melhor da equipe! Tinha tudo para me substituir como chefe do grupo!

— Fred contou o que a gente descobriu? — Greg tentou se defender de um modo meio desajeitado.

— Contou, sim, ele me contou...

— Estão armando um assalto! — disse Greg, para encobrir a história da câmera. — Vai ser nesse sábado agora!

O chefe, contudo, o repreendeu de imediato:

— Não estou interessado no assalto! Quero saber por que você instalou ilegalmente uma câmera de vigilância! Pode me explicar? Porque eu vou ter que falar com a corregedoria.

— Não faz isso! Se você falar com a corregedoria, acabou, é o fim da minha carreira! Eu sei, fiz merda. Fiz muita merda!

— Disso ninguém duvida! Agora eu queria que você se explicasse!

Greg tivera tempo de se preparar. Chegara bem cedo ao quartel-general para fazer umas pesquisas que lhe permitiram montar um breve relatório de investigação. Fizera, aliás, uma descoberta importante: agora sabia a identidade do motorista do Peugeot cinza. Tudo isso, envolto em uma mentira, lhe permitiria justificar a história da câmera. Sobretudo graças ao testemunho de Fred, que, por sorte, também tinha ouvido Arpad mencionar no telefone um *assalto planejado para este sábado*.

— Conheço pessoalmente o dono da casa onde pus a câmera — explicou Greg. — Ele se chama Arpad Braun, é um cara muito legal, tipo menino de ouro. Mora com a família perto de mim. Nós dois somos voluntários no clube de futebol local. Bom, um dia eu estava na casa dele, quando ele recebeu uma ligação. Ele se afastou, mas eu o segui sem que ele visse. Nem sei por que fiz isso. Deformação profissional, só pode ser. Ele comentou sobre um incidente em Menton, quinze anos atrás. E você sabe o que aconteceu em Menton há quinze anos?

— Um assalto? — tentou adivinhar o chefe.

— Na mosca — confirmou Greg, botando um recorte de jornal na frente dele. — Foi um troço grande. Uma agência do banco postal. Dois caras fizeram o diretor da agência de refém, bem cedo, obrigaram o sujeito a abrir o cofre e fugiram com uma montanha de dinheiro. Nunca foram encontrados...

— Você tem alguma prova, além dessa conversa que só você ouviu? Quem te disse que o acontecimento em Menton foi um assalto? Pode ter sido um incêndio, um acidente ou alguma coisa mais pessoal.

— Tenho várias pistas que apontam na mesma direção — explicou Greg, que já esperava aquele comentário. — Em primeiro lugar, chequei todos os eventos que aconteceram em Menton naquele ano, e não aparece mais nada além do assalto. E nessa época Arpad Braun morava em Saint-Tropez, que não é longe de lá. Agora, olha que curioso: imediatamente depois do assalto, ele deu o fora de Saint-Tropez e veio morar na Suíça. Nunca mais saiu daqui. Arpad tem dupla nacionalidade, britânica e suíça, e, como você sabe, a Suíça não extradita seus cidadãos. Em Genebra, ele logo encontrou um bom emprego num banco. Foram anos de vacas gordas. Ele subiu na hierarquia, ganhou uma bela grana e foi estabelecendo um padrão de vida alto. Uma baita casa, férias na praia, carros de luxo e tudo o que tinha direito.

— Então por que ele iria querer voltar a assaltar? — perguntou o chefe.

— Porque ele foi demitido em janeiro.

— Como é que você sabe disso?

Greg teve o cuidado de não revelar que soube disso depois de ter assistido, pela câmera, à briga por telefone entre Arpad e um tal de Bernard.

— Eu liguei para o banco hoje de manhã — disse Greg. — Acho que o Arpad está duro. Está precisando de grana para manter a pose. E tem mais, guardei o melhor para o final. Uns dez dias atrás, a esposa do Arpad percebeu que tinha alguém vigiando a casa deles. Ela acabou surpreendendo um vagabundo qualquer. Chamou a polícia e o escambau. Duas vezes. Você vai ver que eu incluí no arquivo os relatórios da intervenção do serviço de emergência.

— E...?

— Acho que é o segundo ladrão de Menton que voltou a dar as caras. A polícia francesa me confirmou isso hoje de manhã.

— Então me conta mais...

— No sábado à noite, o Arpad saiu no braço com um motorista que tinha mostrado o dedo para ele. Arpad não é do tipo de brigar com alguém por causa de um gesto inadequado, muito menos com a esposa e os filhos dentro do carro. A polícia teve que intervir mais uma vez. Eu consegui achar o motorista graças ao registro do veículo, um Peugeot cinza de placa francesa.

Greg manteve certo suspense e depois apresentou um arquivo que a polícia francesa lhe transmitira uma hora antes. O chefe leu em voz alta o nome do homem que figurava em negrito na página: Philippe Carral.

— Philippe Carral — repetiu Greg. — Esse cara não é um sujeito qualquer. É um assaltante experiente, que sumiu do mapa há muitos anos. O endereço oficial dele é a casa da mãe, ou seja, lugar nenhum. Arpad Braun e Philippe Carral se conhecem muito bem: foram companheiros de cela em Draguignan, uns meses antes do assalto em Menton.

— E como é que você descobriu isso tudo?

— Por intermédio de um inspetor da polícia judiciária de Annemasse com quem já trabalhei. Liguei para ele hoje de manhã em busca de informações sobre o Peugeot. Depois pedi que ele procurasse por Arpad Braun no sistema, e foi aí que descobri que o Arpad já ficou em prisão preventiva por roubar um carro.

— Porra, Greg, você fez um bom trabalho! — disse o chefe, com um tom de voz mais suave.

Greg teve a impressão de que estava saindo do atoleiro em que havia se metido, mas o chefe voltou a gritar com ele:

— Mas por que você jogou tudo no ralo colocando ilegalmente aquela câmera na casa do suspeito? Só sendo muito idiota mesmo! Essa simples câmera pode invalidar todo o processo!

— Fui burro, agora que está caindo a ficha. Quando pus a câmera lá, só tinha umas suspeitas, nada muito concreto. Eu estava com medo de ninguém me levar a sério e de deixar passar batido um caso grande. Fora que, se eu tivesse pedido autorização para usar os meios de vigilância, o promotor teria negado. Aquilo estava me atormentando, eu precisava tirar a limpo aquela história. Aí, quando o Arpad me convidou para ir à casa dele no fim de semana passado, com a minha família, para aproveitar a piscina e tudo o mais, pensei que não podia perder a oportunidade. Foi então que eu agi. Não pensei direito. Achei que iria regularizar tudo depois. Eu estava...

O chefe terminou a frase no lugar dele:

— Obcecado!

— Exatamente! — reconheceu Greg.

Estava obcecado. Por Sophie.

Greg continuou, com uma voz suplicante:

— Estou arrependido. Não pensei em nada...

— Estou vendo! — constatou o chefe, que não perdia uma. — E tem mais: você não é investigador, você é a porra de um policial de intervenção! Cada um no seu quadrado! Por que é que, em vez de agir por conta própria e botar aquela câmera idiota, você não encaminhou essas informações para a polícia judiciária?

Greg não tinha opção a não ser tocar até o fim aquela partitura que havia composto minuciosamente.

— O pessoal da divisão de crimes acabaria pegando o caso — disse, num tom fatalista.

— Sim, e daí?

— Daí que eu dormi com uma inspetora de lá, e a coisa terminou mal. Fiquei com medo de ela sabotar o caso!

A explicação de Greg era ligeiramente torta, mas não deixava de ser verdade.

— Não é possível, Greg! — gritou o chefe. — Você tem mais alguma idiotice para me contar?

Greg bancou então o policial arrependido e vocacionado:

— Eu fiz merda! Muita merda! Mas você não deveria invalidar todo o meu trabalho por causa de um erro, por maior que ele seja. Se a gente ignorar o que eu descobri, vai acontecer um assalto no sábado. Esses caras não são bobinhos, não: já fizeram um cara refém numa outra vez. No sábado, pode ser que tenha gente ferida, ou coisa pior, e não vamos ter feito nada para impedir.

O chefe começou a andar de um lado para outro. Por fim, sentou-se de novo, pegou o telefone e pediu que Fred fosse até a sala dele. Quando os três estavam juntos a portas fechadas, tomou a palavra:

— Nós vamos proteger o Greg. Ele fez uma idiotice, mas vamos pegar esses assaltantes. Vamos passar o caso para a divisão de crimes, com os elementos que o Greg descobriu, mas sem mencionar a câmera. Depois vamos garantir que a divisão peça autorização ao promotor para instalar uma câmera. Vamos dizer que o Greg conhece bem esse tal de Arpad Braun e tem uma abertura para fazer isso. Com um pouco de sorte, vamos conseguir a autorização e pronto.

— E se o promotor negar? — perguntou Fred.

— Mesmo se ele negar, a gente já vai ter prendido o Braun, então de qualquer jeito vai ter um mandado de busca e apreensão para a casa dele. Vamos dar um jeito de estar lá. O grupo de intervenção geralmente se envolve nas operações ligadas a assaltos. Nesse dia a gente recupera a maldita câmera. E ninguém nunca vai saber o que aconteceu.

— Obrigado — disse Greg.

O chefe então apontou um dedo ameaçador na direção dele:

— Mas vê lá, hein, Greg? Eu estou salvando a sua pele desta vez, mas não vai ter uma segunda chance. Agora que estou por dentro das suas idiotices, acabo arriscando meu emprego. Se usar de novo essa câmera, eu suspendo você na hora, denuncio para os meus superiores, e aí pode dar adeusinho ao grupo de pronta intervenção, ou até à polícia. Estamos entendidos?

12h, naquele mesmo dia.

O La Caravelle, onde Fera tinha marcado o encontro com Arpad, era um bar bem simples que ficava perto da pista do aeroporto. Aquela casinha de madeira oferecia uma vista livre para a pista: era de imaginar que o lugar viveria cheio de gente aficionada por aviação. Quando Arpad chegou, porém, não havia ninguém. O bar estava fechado, e ele ficou esperando à porta.

Minutos depois, o Peugeot cinza chegou ao estacionamento deserto. Arpad estava nervoso. Fera passara a inspirar nele uma mistura de medo e raiva. Tinha vontade de partir para cima dele. De espancá-lo de novo. Contudo, sabia que dessa vez não teria nenhuma chance. No dia da estrada, Fera tinha se deixado apanhar, de propósito. No entanto, tendo testemunhado as enquadradas que ele tinha dado nuns fortões na época da prisão, Arpad sabia do que o sujeito era capaz.

Fera caminhou devagar até ele, sem dizer uma palavra. Trazia uma câmera a tiracolo e tirou algumas fotos da pista, como se estivesse interessado nos aviões. Em seguida, se virou para Arpad:

— Vem ver essas fotos.

Ele falou com normalidade, como se mostrasse a um velho amigo, também fanático por aeronaves, as fotos que acabara de tirar. Arpad se aproximou para ver a tela. Em vez de imagens de aviões, ele viu a fachada da Cartier. Fera lhe mostrou uma série de fotos do prédio, especialmente do acesso de serviço, destinado aos funcionários.

— No sábado de manhã, vamos assaltar a loja da Cartier.

Arpad sentiu o coração batendo acelerado. Então era real. Não podia mais voltar atrás. Fera percebeu na mesma hora que o comparsa começava a fraquejar.

— Concentre-se — ordenou. — Vai correr tudo bem, contanto que você mantenha a cabeça fria. Se lembra do que falei para você? Num assalto, mais do que a experiência, o que conta é a confiança mútua.

Arpad fez que sim. Fera continuou:

— Pelo visto você conhece bem a loja da Cartier. Aliás, muito lindo o anel que você deu de presente para a Sophie.

Fera mexeu na câmera e mostrou uma série de fotos que tinha tirado de Arpad uma semana antes, quando ele estivera na Cartier para comprar a Pantera.

Arpad sentiu a raiva crescer.

— Você está me seguindo há quanto tempo?

Fera logo tratou de acalmar os ânimos:

— Alto lá, meu amigo, foi você que apareceu na joalheria quando eu estava justamente à espreita. Veja só como o mundo é pequeno. Bom, mas não vamos perder o foco, por favor. Vamos começar os trabalhos na hora em que a loja abrir, às nove e meia. Temos que evitar os horários mais cheios, com muitos clientes lá dentro.

— Nove e meia — repetiu Arpad.

Fera distribuiu os papéis:

— Você vai entrar pela porta principal da loja. Como se fosse um cliente. Vai levar o anel que comprou para a Sophie e fingir que ele está com algum defeito. Vai distrair o vendedor e dar um jeito de deixar o anel cair, sem que ele repare. Ele vai se dar conta de que a joia desapareceu, entrar em pânico e então chamar a segurança. Enquanto todo mundo estiver ocupado tentando encontrar o anel, eu vou entrar por trás para roubar as joias que ficam guardadas nos fundos da loja. É lá onde estão as melhores peças. Se tudo correr bem, ninguém vai perceber nada. Você só precisa manter todo mundo distraído por sete minutos. Depois, vai cada um para um lado e a gente se encontra mais tarde. Nessa hora, num sábado de manhã de verão, já vai ter bastante gente na rua, o que é ideal para a nossa fuga. Assim a gente se mistura fácil à multidão.

— Só isso? — perguntou Arpad.

— Só. Assalto tem que ser simples para ser eficaz. Os números espalhafatosos são coisa de cinema. Não deixa nada escrito, é lógico, nada de anotações, e nem pensa em escrever as etapas do assalto. Você já decorou tudo. Também não inventa de falar com ninguém pelo telefone.

— E com quem eu falaria? — perguntou Arpad, que achou aquele comentário idiota.

— O que eu quero dizer é: pensa que você está sendo vigiado pela polícia. E o principal: não vamos mais nos falar. Sou eu que vou te ligar na sexta à noite, para confirmar que está tudo certo e o assalto está de pé. Vou dizer assim: "Amanhã o tempo vai estar ótimo, então vamos sair de barco." Vai ser o sinal para que no dia seguinte, às nove e meia, você esteja na Cartier, como combinamos. Se eu não aparecer, é porque a coisa melou. Entendido?

— Entendido — concordou Arpad. — Só queria esclarecer uma coisinha sobre a fuga.

Fera franziu a testa.

— Pode falar — disse ele, meio desconfiado.

— Quando o assalto terminar, a gente se separa, mas não se vê de novo.

— Sou eu que vou estar com as joias — disse Fera —, e vai ser impossível dividir tudo durante o assalto.

— Minha parte pode ficar com você. Fica tudo para você.

Fera ficou confuso.

— Por que você faria isso?

— Por que você acha que eu aceitei participar do assalto? — perguntou Arpad.

— Porque está precisando de grana...

— Não desse tipo de grana. Só quero que você dê o fora da minha vida. Eu ajudo no assalto e depois você some. Para sempre. O mundo é imenso, tem banco e joalheria de sobra para você assaltar, então pode me deixar em paz. Eu e a minha família.

Fera ficou olhando para Arpad e então disse:

— Negócio fechado. Até sábado.

Quando ele já se afastava em direção ao estacionamento, Arpad o deteve:

— Eu achei o cartão de aniversário que você escreveu para a Sophie.

Fera congelou.

— E...? — perguntou, fingindo indiferença. — É proibido escrever um cartão de aniversário?

Arpad então pegou o celular e leu em voz alta o texto que tinha fotografado no escritório de Sophie.

— Minha Pantera, você não foi feita para levar uma vida enjaulada. Você se acostumou a isso, feito um animal no zoológico. Mas sua rotina e seu cotidiano são verdadeiras grades. Sua felicidade não passa de uma ilusão. Não se esqueça do lembrete certeiro de Viscontini. Vem comigo, ainda quero te fazer aproveitar a liberdade. Te amo.

Arpad leu num tom zombeteiro, e Fera ficou muito magoado. Era uma carta íntima. Tinha sofrido para escrever aquelas linhas. É sempre delicado escrever para quem se ama. Fora que soava falso ouvir "Minha Pantera" na boca de qualquer outra pessoa. Parecia ridículo. Ele se sentiu humilhado e teve vontade de partir para cima de Arpad, de arrebentar a cara dele. Já fazia algum tempo que tinha essa vontade. No entanto, precisava mantê-lo inteiro. Ele lhe seria útil. E o mais importante: se o machucasse, Sophie jamais o perdoaria.

Na verdade, Arpad só mencionara o cartão de aniversário por um motivo bem específico.

— Quem é Viscontini?

— Um escritor italiano — respondeu Fera.

Era isso mesmo: Arpad pesquisara na internet e descobrira uma referência a um escritor esquecido do início do século XX. Entretanto, qual era a ligação entre Viscontini, Sophie e Fera? Era um autor de quem Sophie gostava? Ela nunca lhe falara dele. Arpad tinha a sensação de estar redescobrindo a esposa através do olhar de um outro homem.

— E por que Viscontini? — perguntou Arpad.

A pergunta era uma confissão de fraqueza. Ele estava atormentado por ter que entrar na intimidade do casal formado por Fera e Sophie para entender quem era de verdade a esposa.

— Eu adoro a obra dele — explicou Fera.

— Aí tem coisa...

— Você fica surpreso por eu gostar de ler?

— Eu sei que tem algo além! — disse Arpad, perdendo a paciência.

Fera se deliciou com a frustração dele. Depois, só para provocar, falou:

— Nem queira saber...

— Mas eu quero! Eu quero! — gritou Arpad. — Eu quero saber! Quero saber de tudo!

Determinado a se manter vitorioso, Fera foi embora.

— Até sábado — disse antes de desaparecer. — E vê se fica numa boa até lá. Não vai me aprontar a mesma coisa de Menton!

Fim da tarde.

No quarto de hotel, Arpad andava de um lado para outro. Os pensamentos se atropelavam: Sophie, o casamento, o assalto. Tinha a sensação de estar perdendo o chão. O telefone de repente quebrou o silêncio. Era Julien Martet, o amigo e parceiro de squash. Arpad não atendeu de primeira, mas, de tanto Julien insistir, acabou cedendo.

— Arpad, por que é que você não me contou que ficou desempregado? — perguntou Julien, preocupado.

Sophie tinha contado a ele. Arpad se sentiu mal por ter sido exposto. Sentia-se mais uma vez traído pela esposa.

— Sophie não tem nada que exibir nossos problemas em praça pública! — vociferou.

— Que é isso, Arpad, eu sou um dos seus melhores amigos! Que história é essa de praça pública? E a Sophie estava precisando desabafar com alguém. Ela ficou abalada ao descobrir que você foi demitido seis meses atrás. Por que você não comentou nada comigo? A gente joga toda semana. Toda semana!

— Eu estava com vergonha!

— Vergonha de quê? — perguntou Julien. — Todos os bancos estão cortando gordura, o que aliás é bem ridículo.

Arpad foi se acalmando. Era bom falar com um amigo. Estava aliviado de não precisar mais fingir.

— Eu estava com vergonha de você… Sua carreira vai de vento em popa, já eu fui demitido. Eu me sentia… inferior.

— Arpad, você é meu amigo pelo cara que é. O resto não tem a menor importância.

— Eu sei disso… Só que…

— Escuta só — disse Julien —, eu estou em Luxemburgo a trabalho até sexta, mas podíamos beber alguma coisa na sexta mesmo, no fim do dia. Até lá, vou dar uma olhada para saber se tem alguma vaga aberta aqui na empresa. Sophie me disse que você saiu de casa. Onde é que você está?

— Estou num hotel.

— Vai lá para casa, se quiser. Mesmo eu não estando lá, a Rebecca vai ficar feliz de receber você.

— Não vou me enfiar na sua casa — disse Arpad. — Mas obrigado, você é meu amigo de verdade. Até sexta.

Ao mesmo tempo, em Cologny, Karine saltou do ônibus, depois do expediente de trabalho. Dali a cinco dias, passaria o fim de semana na Itália, com Greg. Só os dois. Ficou pensando na programação: no sábado de manhã, os pais dela viriam buscar as crianças, com mala e cuia, para levá-las à Provença. Ela e Greg viajariam tranquilos na sequência. Deixariam Sandy no hotel de cachorros e depois pegariam a estrada em direção ao Piemonte.

Ao se aproximar de casa, sentia-se serena. Chegava a estar ansiosa para ver a bagunça que a esperava assim que cruzasse a porta. As crianças na maior baderna, enquanto a babá estaria refestelada no sofá. Ela abraçaria aquele mundinho imperfeito dela, porque era melhor ser feliz na Verruga do que infeliz na casa de vidro. Antes de entrar, pegou a correspondência na caixa de correio. Deu uma olhada rápida nos envelopes, basicamente um monte de contas para pagar. Um dos envelopes, porém, despertou-lhe a atenção: dizia apenas *Sra. Liégean*, e não trazia nem endereço nem selo. Alguém tinha ido até lá pessoalmente para deixá-lo. Karine o abriu e leu com espanto a mensagem anônima que havia dentro:

Seu marido é um porco que te trai.

O DIA DO ASSALTO
Sábado, 2 de julho de 2022
9h45

Na mesma hora em que Arpad foi detido dentro da loja, a outra coluna do grupo de pronta intervenção, que estava cobrindo a saída de emergência, interpelou o segundo assaltante enquanto ele tentava fugir pela porta.

Depois de neutralizados, os suspeitos foram algemados e tiveram os olhos vendados. A ordem era levá-los imediatamente até a sede da polícia judiciária.

De balaclava e uniforme de operação, Greg sentiu uma perversa satisfação ao arrastar Arpad até a viatura do grupo de intervenção e empurrá-lo para o banco de trás sem a menor gentileza. A viatura partiu na mesma hora, com a sirene e as luzes giratórias ligadas. Arpad não enxergava nada e ouvia muito pouco. Ainda tinha os ouvidos sensíveis por conta da explosão. Estava em estado de choque. O que aconteceria com ele? O que seria dele?

Na calçada, Greg ficou observando a viatura se afastar. Estava eufórico, como um caçador que acaba de pegar uma presa. Acontece que ele estava comemorando cedo demais. A caçada nunca termina antes do abate.

É preciso desconfiar dos animais feridos.

Nesse estado, eles ficam ainda mais perigosos.

Capítulo 17
4 DIAS ANTES DO ASSALTO

~~Domingo, 26 de junho (a descoberta de Greg)~~

~~Segunda-feira, 27 de junho~~

→ **Terça-feira, 28 de junho de 2022**

Quarta-feira, 29 de junho

Quinta-feira, 30 de junho

Sexta-feira, 1º de julho

Sábado, 2 de julho (o dia do assalto)

7h45, no quarto de hotel.

Arpad deu uma arrumada rápida na cama, para que o cenário não ficasse bagunçado demais. Ajeitou a camisa, como se fosse a um encontro importante, depois pegou o celular e apertou o botão de chamada de vídeo ao lado do número de Sophie.

Ela atendeu, e ele viu a cozinha ao fundo. Os dois trocaram um olhar rápido, intenso, e depois vieram os gritos de alegria das crianças, que estavam terminando de tomar o café da manhã.

— É o papai? — gritou Isaak, pegando o celular da mãe. — Oi, papai, tudo bem?

— Também quero falar com o papai — choramingou Léa, enfiando-se ao lado do irmão.

— Tudo bem, meus amores? — perguntou Arpad.

— Tudo bem — respondeu Isaak. — Onde você está?

— Estou em Londres.

— Com o vovô e a vovó?

— Não, estou num hotel. Vim a trabalho.

— Achei que você tivesse ido embora por causa daquela briga naquele dia...

— Não, imagina...

Sabia que os filhos tinham ficado impressionados com os acontecimentos do sábado. A briga com Fera, o pai furioso, a polícia.

— Fico triste de ter deixado vocês preocupados. Mas agora está tudo bem.

— Quando você volta?

— O mais rápido possível.

— A gente vai pra Saint-Tropez na sexta, de férias. Você vai com a gente, né?

Arpad tentou disfarçar a surpresa. Sophie iria viajar com as crianças? Então era o fim. Foi demais para ele. Sentiu-se dominado pela emoção.

— Meus amores, vou ter que desligar.

— Está bom, papai, mas volta logo, por favor. A gente está com saudade.

Ele teve que segurar o choro. Apenas assentiu e tratou de desligar logo.

Na casa de vidro, Sophie estava com os nervos à flor da pele.

— Vamos, vamos logo para a escola — disse ela, apressando os filhos.

Precisava ficar sozinha. Precisava chorar. Deixou as crianças na escola, depois parou num estacionamento ali perto e desabou. O quarto de hotel funcionara como uma ilusão para as crianças, mas ela não conseguia se conformar com a dissolução da família. E, como ela era a causa de tudo aquilo, era também a solução. Não podia mais continuar daquele jeito. Precisava terminar tudo com Fera.

Depois de se recompor e secar os olhos, Arpad desceu para tomar um café da manhã rápido no restaurante sem graça do hotel. Estava sem fome, mas queria ver gente.

Superado o choque da viagem das crianças a Saint-Tropez, foi recuperando as energias: nem tudo estava perdido em relação ao casamento; poderiam, ao contrário, recomeçar. Ele iria lutar. Seria um novo começo para ele e Sophie. Ele a perdoaria e os dois, juntos, superariam aquela dificuldade e sairiam mais fortalecidos. Participaria do assalto e depois se livraria para sempre de Fera. Voltaria a ter a esposa só para si. Sem temer a volta do predador. Pensou que era até bom as crianças viajarem na sexta: era melhor que estivessem longe de Genebra. Depois do assalto, ele os encontraria no Sul. Seria o renascimento dos dois como casal e da família. Então pensou em Bernard e se sentiu mal por tê-lo insultado. Pediria desculpa. Bernard passaria uma borracha naquele episódio e tudo voltaria a ser como antes.

De repente, Arpad não via a hora de voltar à casa de Saint-Tropez, de ser encurralado na varanda por Bernard, de se afogar no falatório de Jacqueline e de encontrar Alice, a cunhada insuportável, e Mark, o cunhado cirurgião.

Quinze anos depois de ter feito o inverso, ele fugiria de Genebra para se refugiar em Saint-Tropez.

Foi até a recepção do hotel dizer que queria prolongar a estadia até sexta. Depois, para dar consistência a um futuro álibi, aproveitou para contar sobre a vida dele próprio ao recepcionista:

— Na sexta, vou para Saint-Tropez. Vão começar as férias escolares, aí vou com as crianças para a casa da família da minha esposa.

Se fosse interrogado, o funcionário poderia confirmar que Arpad tinha ido para Saint-Tropez ainda na sexta. Todo cuidado era pouco. Então, ele saiu do hotel. Pegou o carro no estacionamento e partiu.

A cena não escapou à equipe de policiais que vinha monitorando todos os passos dele desde a noite anterior. Uma policial disfarçada de cliente do hotel tinha interceptado a conversa entre Arpad e o recepcionista. No estacionamento, dentro de um veículo descaracterizado, a inspetora Marion Brullier e uma colega da divisão de crimes viram quando ele saiu. A divisão de vigilância, acostumada a esse tipo de perseguição, seguiria o Porsche dele.

— Ele não tem cara de assaltante — disse Marion, brincando com um copinho de café descartável.

— E como é a cara de assaltante? — perguntou a colega, enquanto terminava de comer um croissant.

Marion sorriu.

— Sei lá, mas ele parece um cara comum.

— Os criminosos em potencial a princípio são caras comuns. Além disso, o que é que ele estava fazendo no hotel, em frente ao aeroporto, se não tem nada...

— Ele pode ter brigado com a esposa — sugeriu Marion. A colega não esboçou nenhuma reação, e a inspetora acrescentou: — Eu conheço o policial do grupo de pronta intervenção que passou a informação pra gente...

— E...?

— É um babaca. Fico na dúvida se dá para confiar nas informações dele.

— O cara pode ser babaca e bom policial ao mesmo tempo. O relatório dele parece bem sólido.

Marion deu de ombros e se perguntou se a esposa de Greg já tinha encontrado o bilhete que ela colocara na caixa de correio.

***

Sentada no ônibus, a caminho do trabalho, Karine só conseguia pensar naquele bilhete. Quase não pregou o olho. Será que era verdade? Greg a estava traindo? Será que ela era mais uma dessas idiotas ingênuas que nunca desconfiam de nada? Ele vivia voltando tarde das operações, estaria mesmo trabalhando? E quem tinha escrito aquela mensagem horrorosa? Dizia que Greg era um *porco*. Seria algum dos casinhos dele querendo se vingar?

Ela não disse nada ao marido. Ainda não estava pronta para confrontá-lo. Tentou acessar o celular profissional dele, mas era bloqueado por uma senha que Greg não dava a ninguém. "Não é um celular, é uma ferramenta de trabalho", vivia repetindo.

Karine começava a se perguntar se era só aquilo mesmo.

Arpad passou a manhã inteira procurando o livro.

Percorreu várias livrarias da cidade. Pequenas livrarias de bairro, grandes redes, vendedores de rua, e nada. Chegou a visitar a biblioteca municipal e a biblioteca da Faculdade de Letras. Tudo em vão. De repente, teve a ideia de procurar em algum sebo. Conhecia um que ficava na cidade velha, onde havia edições originais, obras raras e mapas antigos. Foi lá que encontrou o livro.

— É uma edição única, encadernada em couro legítimo e com as bordas douradas — explicou o livreiro para justificar o preço.

Arpad pagou sem reclamar. Precisava daquele livro. Precisava entender.

*

Quase meio-dia.

Numa sala de reunião do quartel-general da polícia judiciária, estava prestes a começar uma sessão informativa na presença dos membros da divisão de crimes, da divisão de vigilância, do grupo de pronta intervenção, bem como do promotor responsável pelo caso.

Assim que se sentou junto ao chefe, Greg notou que Marion Brullier estava entre os policiais. *Que azar*, pensou.

O chefe da divisão de crimes, que cuidava da investigação, abriu a sessão convidando Marion a se aproximar dele:

— A inspetora Marion Brullier está à frente do caso dentro da divisão de crimes — disse.

Greg sussurrou no ouvido do chefe:

— Porra, eles resolvem botar uma fedelha à frente da investigação... Ela vai estragar tudo. Por isso que às vezes é melhor a gente se virar sozinho. Tenho certeza de que ela dorme com todo mundo. Tem toda a cara.

O chefe de Greg segurou o riso. O responsável pela divisão de crimes continuou a apresentação:

— Apesar de muito nova, Marion é um dos nossos maiores ativos, e sei que vai fazer um trabalho exemplar. Agradeço desde já toda a ajuda que possam lhe dar, e agora passo a palavra a ela.

Marion se postou diante dos colegas e deu início à fala:

— A vigilância do suspeito começou ontem à tarde. Foi muito fácil seguir o rastro dele. Ele reservou um quarto num hotel em frente ao aeroporto com a identidade verdadeira. A vigilância começou assim que ele voltou para o hotel, por volta das cinco da tarde. Ele ficou no quarto e depois saiu para jantar numa pizzaria ali perto. Voltou para o hotel às oito e não saiu mais à noite.

— E o que é que ele estava fazendo ontem antes das cinco? — indagou Greg.

— Não sabemos. Só conseguimos localizá-lo quando voltou para o hotel.

— O celular dele está grampeado? — perguntou o chefe de Greg.

— Está, sim — confirmou Marion.

O promotor então assumiu a palavra:

— Eu autorizei as escutas. Já as câmeras de vigilância solicitadas pelo grupo de pronta intervenção, de jeito nenhum. Nem no hotel nem na casa dele. Muito menos na casa dele, porque ele nem está mais lá. A gente sabe o motivo disso, aliás?

— Problemas conjugais — explicou Greg.

— Você o conhece bem? — perguntou o promotor.

— Conheço, e foi por isso que me inteirei do assalto que eles estão planejando. Também conheço bem a esposa dele, posso ir até a casa dela com algum pretexto, aí aproveito a visita para botar a câmera lá dentro. Ele fatalmente vai passar em casa e vamos poder ver o que está tramando.

— Não estou aqui para prestar nenhum favor a vocês — lembrou o promotor, curto e grosso. — Estou aqui para impedir que vocês façam bobagem, violando os princípios jurídicos fundamentais! Não estamos falando de um caso de terrorismo. Pode continuar, inspetora, por favor.

Marion prosseguiu:

— Por ora, há pouquíssima atividade no celular do suspeito. Ele recebeu uma ligação ontem de um tal de Julien Martet, supostamente um amigo. Arpad Braun perdeu o emprego seis meses atrás e parece que não contou a ninguém, nem mesmo à esposa, que pelo visto acabou de descobrir. Julien Martet ofereceu ajuda a ele para encontrar um novo trabalho, ou seja, nada de muito interessante pra gente. A esposa tentou ligar para ele duas vezes ontem à noite, mas ele não atendeu. Hoje de manhã ele ligou para os filhos e mentiu, dizendo que estava em Londres a trabalho.

— Alguma outra ligação? — perguntou, surpreso, o promotor.

— Não, nada — confirmou Marion.

— Ele tem outro celular! — gritou Greg. — Foi para esse outro celular que o comparsa dele ligou um dia desses.

— Como é que você sabe? — perguntou o promotor.

— Porque... porque eu vi.

— E como é que você viu?

— Porque eu estava na casa dele.

— Nós vimos a menção a um segundo telefone no seu relatório — comentou Marion —, mas não encontramos nenhum rastro do aparelho. Pode ser um celular estrangeiro, pré-pago, aí é complicado de rastrear.

— Então o que é que nós temos de concreto, para além das suspeitas? — questionou o promotor.

— Nada além de uma conversa interceptada por Greg Liégean a respeito de um assalto que vai acontecer neste sábado.

— Banco ou joalheria? — perguntou o promotor.

— Provavelmente uma joalheria — disse Marion. — Os bancos não abrem sábado, e acho que eles não estão interessados em caixa eletrônico. Fora isso, de fato existe um vínculo entre Arpad Braun e Philippe Carral, o assaltante francês. Carral é considerado uma ameaça à segurança nacional pelo serviço de inteligência francês, pelo envolvimento com ativistas violentos da extrema esquerda. Os dois homens se conhecem, estiveram juntos na prisão. Segundo nossos colegas franceses, o serviço de inteligência perdeu o rastro de Philippe Carral há muito tempo. Mas ele foi visto aqui em Genebra no sábado passado, depois de uma briga com quem? Arpad Braun!

— E onde é que está esse tal de Carral? — perguntou o promotor.

— Não fazemos ideia. Sumiu do mapa.

— E Arpad Braun?

— Ele estendeu a estadia no hotel até sexta. Disse que depois iria para Saint-Tropez encontrar a família.

— Achei que o assalto seria no sábado — comentou o promotor.

— Exatamente. Ele deve estar construindo um álibi.

— E cadê ele agora?

O responsável pela divisão de vigilância começou a falar:

— Ele iniciou o dia indo a várias livrarias da cidade. Neste momento, está sentado já faz um tempo na varanda de um café na place du Bourg-de-Four.

— Sozinho? — perguntou o promotor.

— Sozinho. Está lendo o livro que passou a manhã inteira procurando. Ah, e acabou de pedir uma salada de frango e água mineral, se interessa a vocês.

— E que livro é esse?

— Um livro raríssimo, escrito no início do século passado por um autor italiano. Segundo os livreiros que ele consultou, parecia que estava procurando a obra desesperadamente, até encontrar uma edição numerada, que comprou por 900 francos, pagos em espécie. *Animais selvagens*, de Carlo Viscontini. *Animali selvaggi*, no original. Segundo nossas pesquisas, é uma coletânea de histórias sobre um povoado da Toscana.

— Bom, eu queria saber qual é a relação entre o assalto e esse livro italiano antigo — disse o promotor.

12h daquele dia, num restaurante do centro.

Ainda havia poucos clientes. Num canto discreto, um homem aguardava com um buquê de rosas, que não sabia onde deixar. Tudo levava a crer que se tratava de um encontro romântico.

Fera por fim decidiu pousar o buquê no chão. Devia ter comprado um perfume, teria sido mais prático.

Estava animadíssimo para aquele almoço com Sophie. Tinha proposto que se vissem no esconderijo, onde haviam se encontrado nas vezes anteriores, desde que chegara a Genebra. Era mais discreto. Ela, porém, sugeriu que fossem a um restaurante, e ele nem titubeou. Assim tinha a sensação de que formavam um casal de verdade. Era bom sair das sombras.

Para o encontro, ele foi até uma loja comprar uma camisa nova. Fazia tempo que não se esmerava tanto. Achou até que estava meio parecido com Arpad. Decidiu que beijaria a mão de Sophie assim que ela chegasse. Tinha visto Arpad fazer esse gesto quando saíram do Hôtel des Bergues, depois do jantar de aniversário de Sophie.

Finalmente ela apareceu, mais bonita do que nunca. E o presenteou com o mais belo sorriso. Ele se levantou e pegou a mão dela. Sophie achou que ele iria lhe dar um aperto de mãos, o que a princípio a surpreendeu, mas depois pensou que fosse por uma questão de discrição, para conferir ao encontro a aparência de um almoço de negócios. Então os dois trocaram um lamentável aperto de mãos. Em seguida, Fera pegou o buquê no chão e o entregou a ela. Sophie ficou constrangida e ele se sentiu mal. Quando os dois se sentaram, ela foi logo dizendo:

— Fera, isso não pode continuar...
— O que é que não pode continuar?
— A gente. Temos que parar por aqui.

— Você está me dispensando?

— Sinto muito por falar isso assim, desse jeito...

Fera estava atordoado. Teve um reflexo de felino ferido: queria se esconder para lamber as feridas. Fez menção de se levantar.

— Nem perca seu tempo almoçando comigo — disse ele, tentando manter a pose. — Já estou indo.

Ela o deteve.

— Fera...

— Prefiro voltar a ser o Philippe.

— Para mim, você vai ser sempre o Fera...

— Esse é justamente o problema.

Sophie então sussurrou, num tom de tristeza:

— Eu queria tanto que a gente pudesse continuar junto para sempre...

— Mas...?

— Eu tenho família.

— Isso nunca foi um empecilho para você antes...

— As coisas mudam.

— Aquilo que eu escrevi no seu cartão de aniversário é exatamente o que eu achava e continuo achando: essa vidinha burguesa toda perfeitinha não tem nada a ver com você.

— É a minha vida, e eu gosto dela assim.

— Se você realmente o amasse, não estaria aqui na minha frente agora.

— Eu estou na sua frente agora justamente para dizer que acabou. — Ela se arrependeu na mesma hora por ter sido tão dura. Tentou se redimir: — Você tem que entender que existem duas Sophies: uma que é feita para ficar com você e outra que é feita para ficar com o Arpad e as crianças. Tem três pessoas que contam comigo, e eu não posso fazer isso com elas.

Aquilo foi demais para Fera. Ele se levantou e foi embora. Arpad tinha ganhado. Sophie o escolhera. Fera sempre temeu que esse momento chegasse.

Sophie o viu desaparecer. Queria muito segurá-lo ali. Odiava a si mesma pelo mal que estava lhe causando, mas precisava deixá-lo ir. Ela saiu do restaurante e voltou para o escritório.

Véronique, que estava comendo uma salada na frente do computador, se espantou ao ver a chefe de volta tão rápido.

— Você não tinha um almoço?

— Foi cancelado — respondeu Sophie, laconicamente, antes de se trancar na sala.

Tirou de uma das gavetas o envelope com todas as cartas de Fera. Jogou-as na lixeira de ferro e botou fogo. As chamas não pegaram de imediato, o papel resistia. Ia escurecendo, se retorcendo, mas as palavras continuavam lá. Ela acendeu de novo o isqueiro, furiosa, e continuou insistindo, até toda a papelada queimar. Ficou olhando uma parte importante do que vivera se consumir, com a esperança de esquecer Fera de uma vez por todas. Quando abriu a janela para que a fumaça saísse, uma corrente de ar atiçou ainda mais as chamas, que ficaram perigosas. Para evitar que se espalhassem, jogou sobre elas o conteúdo de uma garrafa de água, que apagou o fogo enfurecido. A parte de baixo do cartão de aniversário, de papel-cartão grosso, tinha ficado intacta. Ela leu as seguintes palavras:

Te amo.
Seu Fera.

Depois disso, Sophie saiu do escritório do mesmo jeito que tinha chegado: feito um furacão. Sem mais explicações, pediu a Véronique que cancelasse as duas reuniões que teria à tarde e simplesmente foi embora. Pegou o carro no estacionamento do Mont-Blanc e ligou para Arpad. Ele continuava lendo o livro no café da place du Bourg-de-Four.

— Me encontra na nossa casa — disse ela. — Agora só existe você.

Ao ouvir aquele "na nossa casa", Arpad entendeu tudo. Embrulhou de novo o livro e pagou a conta. Quinze minutos depois, o Porsche dele cruzava o portão da casa de vidro. Os agentes da divisão de vigilância o haviam seguido de carro a distância para não serem vistos e agora cercavam a casa. Um casal de pedestres cujo aspecto não levantava suspeita adentrava o bosque ao lado.

Arpad entrou em casa com o coração acelerado.

— Sophie? — chamou, sem conseguir vê-la.

Nenhuma resposta.

Ele a encontrou na sala, e eles se jogaram nos braços um do outro. Finalmente estavam juntos de novo. Arpad estava incrivelmente feliz, enquanto ela tentava se convencer de que tinha feito a melhor escolha.

*

Greg passou o dia inteiro atormentado pelo livro que Arpad estava lendo. Instinto de policial. De fato, era impossível encontrar o livro de Viscontini, mas, depois de uma longa procura, ele conseguiu uma cópia digitalizada no site de uma biblioteca universitária do Quebec.

Só conseguiu mergulhar no livro à noite, já em casa. Sentado à mesa da cozinha, folheou as páginas na tela do laptop. Parecia uma obra enorme, e ele começou pelo sumário, em busca de alguma pista que pudesse orientá-lo. O capítulo 7 lhe chamou imediatamente a atenção. Intitulava-se "A pantera". Na mesma hora, pensou na tatuagem que Sophie tinha na coxa.

Greg ficou completamente absorvido pela leitura. Só ergueu a cabeça quando ouviu uma notificação do celular, que estava carregando na bancada. Tinha acabado de receber uma mensagem. Levantou-se para ler: era o responsável pela divisão de vigilância, dizendo que Arpad não tinha posto os pés fora de casa. Greg voltou a deixar o telefone na bancada e retomou a leitura. Nem se deu o trabalho de bloquear a tela, porque o telefone fazia isso automaticamente depois de alguns segundos sem uso.

Karine, porém, estava ali ao lado, fingindo que preparava um chá. Esperava por aquele momento desde o início da noite. Num movimento discreto e rápido, pegou o telefone antes que a tela ficasse bloqueada. Greg não reparou, pois estava de volta ao vilarejo da Toscana que era tema do livro de Viscontini.

Karine se fechou no banheiro e começou a percorrer as fotos e os vídeos salvos no aparelho. Logo veio o choque. Foi como um soco no estômago, deixando-a tonta e atordoada.

A PANTERA
Toscana, 1912

Já fazia muito tempo que Giovanna estava esperando o patrão retornar.

Na ausência dele, cuidara com muito esmero do palácio da família, um edifício de pedra inspirado nos palácios romanos. Encarapitado numa colina, aos pés dele se estendiam vastos campos de oliveiras e o vilarejo próximo de Brachetto.

Giovanna cuidara da propriedade como se fosse dela mesma, garantindo que todos os empregados cumprissem as respectivas tarefas com diligência. Não se preocupava com as oliveiras: os camponeses sabiam trabalhar, de modo que os campos não sofriam nenhuma negligência. Contudo, assim que o patrão saía para uma das longas viagens que costumava fazer, o chofer, os jardineiros, a cozinheira e as arrumadeiras começavam a fazer corpo mole. Giovanna precisava ficar de olho. Do alto de seus 65 anos, cinquenta deles a serviço da família Di Madura, ela percebia que tinha cada vez menos autoridade sobre os funcionários mais antigos, que sabiam que o patrão era magnânimo e de uma doçura sem igual. No entanto, ainda exercia influência sobre os mais jovens, a quem repreendia com prazer.

Giovanna sentia orgulho de trabalhar para Luchino Alani di Madura, *o último dos Madura*. Havia muitos séculos que a família era a benfeitora de Brachetto. No entanto, o nome da família se extinguiria junto com ele, pois Luchino Alani di Madura era o último elo daquela extensa linhagem. Era o único rebento. Continuava solteiro aos 50 anos e não tinha a menor intenção de gerar descendentes. Partiria deste mundo do mesmo modo como vivera: sozinho. E levaria para a tumba o sobrenome e os brasões.

Giovanna conhecia Luchino desde recém-nascido. Começara a trabalhar para os pais dele quando tinha 15 anos. E, cinquenta anos depois, ainda cuidava dele como uma mãe, como se fosse o filho que nunca tivera.

Luchino Alana di Madura gostava de aventura. Adorava viajar para explorar lugares remotos. Ausentava-se uma vez por ano, por algumas semanas ou alguns meses. Descrevia a Giovanna os projetos que tinha em mente, usando os mapas-múndi que guardava no escritório. Então do dia da partida e até o retorno de Luchino, ela montava guarda no palácio, com fidelidade canina. Quando ele voltava, era uma festa para ela. Vinha geralmente acompanhado por um cortejo de veículos que transportavam tudo que ele havia coletado ao longo das expedições: móveis, esculturas, troféus de caça, luminárias. Cada objeto tinha uma história, que Luchino contava a Giovanna. Ela se mantinha no papel que desempenhava e o repreendia: tinha mesmo necessidade de atulhar o palácio com aquela imensa poltrona de madeira trazida do Brasil? O que ele faria com uma coleção de estatuetas de marfim de um povo asiático? E o que dizer do espetacular urso empalhado que ganhara numa competição de caça nos bosques russos?

Dessa vez, tinha sido tragado pela África. Depois da Líbia, fora à Etiópia e, em seguida, descera até o protetorado britânico do Quênia. Com o auxílio de um mapa, Giovanna, a governanta, acompanhava os deslocamentos dele à medida que recebia as cartas. As cartas, porém, foram ficando cada vez mais curtas e espaçadas. Na última, o patrão dissera que voltaria em breve, mas aquele "em breve" já datava de muitas semanas.

Desde o anúncio do retorno iminente de Luchino, Giovanna ordenava todos os dias que preparassem uma refeição para ele, mas a espera continuava sendo em vão. Até que, num domingo de manhã, algumas crianças do vilarejo chegaram correndo ao palácio.

— Sra. Giovanna! Sra. Giovanna!

— O que vocês querem, crianças?

— *Ele* voltou!

Ela sentiu o coração bater forte no peito. Foi tomada de uma alegria imensa, e um largo sorriso iluminou-lhe o rosto, geralmente tão sério.

— E onde é que ele está?

— No vilarejo, sra. Giovanna — respondeu uma das crianças, esperando uma recompensa. — Ele parou para cumprimentar todo mundo.

Giovanna deu o toque de alerta, embora tudo estivesse pronto. A comida já fora preparada e a mesa da sala de jantar estava posta. Os arbustos do jardim haviam sido podados na véspera, e os jatos do grande chafariz também tinham sido consertados. O palácio dos Madura estava mais bonito do que nunca.

As crianças que anunciaram a boa nova foram encaminhadas à cozinha para receber guloseimas, e Giovanna ficou de sentinela nos degraus do palácio.

A comitiva de veículos chegou cerca de meia hora depois. Luchino desceu de um dos carros e se jogou nos braços da governanta.

— Giovanna! Minha querida Giovanna! — exclamou ele.

— Céus, Luchino! Eu estava tão preocupada! Achei que você não fosse voltar nunca mais!

— Só viajo para voltar melhor ainda, minha querida Giovanna.

A governanta lançou um olhar de reprovação às carruagens, que transbordavam de recordações volumosas. Alguns homens estavam tentando descarregar uma grande caixa de vime.

— Nem inventem de botar esse troço horroroso lá no pátio! — disse ela, repreendendo-os com veemência.

— Esse troço horroroso — interveio Luchino, achando graça — é nosso novo companheiro. Eu não voltei sozinho.

— Um companheiro? — perguntou Giovanna, espantada.

Luchino abriu a caixa e enfiou as mãos dentro. Tirou dali um bichinho encantador, que parecia um gatinho malhado. Luchino o apresentou à governanta:

— Giovanna, este é o Gattino.

Ela lhe lançou um olhar consternado. Já tinham tantos gatos que não sabiam mais o que fazer com eles. Na antevéspera, inclusive, haviam encontrado no estábulo uma ninhada com nove recém-nascidos.

O bichinho começou a miar, e Luchino disse que ele estava com fome. Pediu leite, e Giovanna foi depressa até a cozinha. Voltou correndo com uma tigela nas mãos, tentando não derrubar nenhuma gota.

— Leite! — gritou ela. — Leite para o gatinho!

Luchino caiu na risada.

— Minha querida Giovanna, você já passou tempo demais aqui! Da próxima vez, vai viajar junto comigo.

— Não, obrigada. Mas o que foi que eu disse de tão engraçado?

— Ora, Giovanna, você não está vendo que o Gattino não é um gato?

Giovanna se sentiu uma idiota. Ficou em silêncio, de tão perplexa.

— Mas se não é um gato, o que é, então? — perguntou finalmente, com vergonha da própria ignorância.

— Uma pantera, Giovanna. É um filhote de pantera.

*

Nos meses seguintes, Gattino se tornou a sensação não só do palácio, mas também de todo o vilarejo de Brachetto. A panterinha, lindíssima, foi perfeitamente domesticada. No palácio, não se separava da matilha de cães de Luchino, cujo comportamento imitava. Sob a batuta de Mama, uma velha cadela pastora que comandava a pequena tropa, a pantera brincava de bola no parque, fazia a sesta no tapete do escritório, pedia carinho aos funcionários, se acomodava nos tratores para percorrer preguiçosamente os olivais e, à noite, dormia com os demais cães no quarto do dono. Quando foi desmamada, passou a compartilhar a dieta dos amigos cães, uma comida servida em gamelas de ferro. E todo dia, enquanto Luchino tomava chá na varanda, a pantera, feito um cachorrinho de estimação, lhe esticava a pata para pedir biscoito.

No vilarejo, para onde Luchino sempre o levava, Gattino era a atração. As crianças saíam do carrossel da praça para fazer carinho no felino, que aceitava de bom grado. Era comum ver o último dos Madura sentado num café ou passeando pelos corredores do mercado com a pequena fera ao lado, de coleira.

Com certa frequência, Luchino chamava o veterinário do zoológico de Roma para garantir que a pantera estava saudável.

— Ela está crescendo muito bem — confirmava o veterinário a cada visita. — Está com a saúde perfeita, mesmo comendo a comida dos cachorros.

— Ela se comporta mesmo que nem um cachorro — explicou Luchino, achando graça.

— Ela acha que é um cachorro — disse o veterinário.

— Como assim?

— Gattino não sabe que é uma pantera. Não sobreviveria um dia sequer na savana africana. Ela perdeu os reflexos de predadora e não conseguiria caçar. Como vive no meio dessa matilha de cães, acha que também é um cachorro.

Um ano depois de chegar ao palácio, a pantera já atingira o tamanho adulto. De gatinha delicada tinha se transformado num felino enorme. Contudo, era de uma calma e uma tranquilidade sem iguais. Era mais doce, carinhosa e brincalhona que todos os cães.

Diferente deles, adestrados segundo regras muito rigorosas, os privilégios da pantera eram ilimitados: ela dividia a cama com Luchino, nadava com ele na grande piscina, fazia as refeições no tapete da sala de jantar, num prato de porcelana, e sempre o acompanhava nas visitas a Brachetto, para alegria das crianças que montavam no dorso dela.

A fama de Gattino se espalhou por toda a região. Falavam dela nos jornais. Muitos curiosos iam até Brachetto só para espiar a fera. Vários diretores de circo propunham somas astronômicas a Luchino para comprar aquela pantera domesticada, mas Giovanna sistematicamente rechaçava esses importunos. Até ela, que a princípio ficara reticente, havia sucumbido aos feitiços do animal. Além disso, desde a chegada de Gattino, Luchino nunca mais tivera o desejo de viajar. Como deixaria a bela pantera sozinha? Ela havia se tornado a companheira dele.

*

Nos três anos seguintes, a pantera fez a alegria do dono. Até aquela noite infeliz.

Já era tarde. O palácio estava todo apagado, à exceção do escritório de Luchino. Sentado à mesa de trabalho, ele percorria a correspondência. Em torno dele, deitados no tapete, os cães e a pantera dormiam em paz, uns por cima dos outros. Reinava uma enorme calmaria. Só se ouvia o ronco dos animais adormecidos e a pena de Luchino sobre o papel.

A tragédia aconteceu quando ele foi abrir um envelope que recebera naquele mesmo dia. Era de um amigo de Milão, de quem ele estava louco para ter notícias. O gesto com a guilhotina fora brusco demais: a lâmina atravessou o verso do envelope e cortou-lhe a mão. Nada grave, apenas um corte superficial, mas um filete de sangue começou a escorrer do machucado. Enquanto buscava um lenço, Luchino sentiu de repente uma coisa quente e áspera sobre a ferida. Era a língua de Gattino. A pantera tinha começado a lamber o sangue, primeiro devagar e em seguida com movimentos frenéticos.

Luchino entendeu na mesma hora que o gosto do sangue despertara na pantera domesticada a predadora que ela sempre fora e que estava adormecida. Ele sabia que, se retirasse a mão, ela o mataria. Então, com muita cautela, usou a mão que estava livre para abrir a gaveta da escrivaninha e pegar o revólver. Aproximou o cano da cabeça do animal, que continuava lambendo avidamente a ferida, e apertou o gatilho.

Foi Giovanna quem os encontrou no dia seguinte.

No escritório, os cães iam de um lado para outro, assustados. O patrão estava caído no chão. Continuava a chorar, abraçado ao corpo da pantera adorada, imersa numa poça de sangue.

— Ela morreu por minha culpa... — disse para Giovanna, depois de explicar as circunstâncias da tragédia.

— Mas ela com certeza acabaria matando você, Luchino!

— Eu quis transformar uma pantera num bichinho de estimação. Acontece que os animais selvagens são como os homens. Podemos até amansá-los, maquiá-los e disfarçá-los. Podemos nutri-los de amor e esperança. Mas não podemos mudar a natureza deles.

Capítulo 18
3 DIAS ANTES DO ASSALTO

~~Domingo, 26 de junho (a descoberta de Greg)~~
~~Segunda-feira, 27 de junho~~
~~Terça-feira, 28 de junho~~
→ **Quarta-feira, 29 de junho de 2022**
Quinta-feira, 30 de junho
Sexta-feira, 1º de julho
Sábado, 2 de julho (o dia do assalto)

4h30, na Verruga.

Greg abriu os olhos. Ao lado, Karine dormia profundamente. Ele saiu da cama de fininho e desceu as escadas até a cozinha. Fez um café e foi tomá-lo do lado de fora, na varanda. Ainda estava um breu. No ar, havia um cheiro bom de grama recém-cortada. Ele acendeu a guirlanda de luzes e ficou observando o jardim: estava tudo arrumado. Tudo em paz. Dentro de casa, em contrapartida, algumas horas antes, tudo havia explodido entre ele e Karine.

*

Algumas horas antes.

Greg estava sentado à mesa da cozinha, lendo a história da pantera escrita por Viscontini. Mergulhado na leitura, nem percebeu que Karine tinha pegado o celular dele. Ela apareceu de repente diante do marido, com o rosto deformado de tanto chorar. A princípio ele pensou que alguém tivesse morrido. Antes fosse isso!

— Você é ridículo! — berrou ela. — Nojento! Seu porco imundo!

Pôs a tela do celular na cara dele, mostrando Sophie num momento de prazer solitário.

Greg entrou em pânico. Tinha sido pego, como um principiante. Não sabia o que dizer nem o que fazer. Logo ele, que administrava situações de crise e era um mestre na arte da negociação, fora pego desprevenido.

— Espera, espera, não é nada disso que você está pensando — gaguejou.

Aqueles apelos, entretanto, eram fracos demais para deter Karine, que tinha se transformado num verdadeiro vulcão de insultos e gritos. Na falta de uma ideia melhor, ele mencionou as crianças:

— Não grita assim. Você vai acordar os meninos...

Péssima tática. Karine começou a gritar mais alto:

— Melhor ainda! Assim eles vão saber que o pai é um homem nojento que trai a mãe deles.

— Eu posso explicar tudo! — garantiu Greg.

— Então pode começar!

Ele precisava inventar uma história plausível. Rápido. A única saída era falar sobre a investigação, mas se fizesse isso violaria o sigilo exigido pelo cargo. Não havia, porém, outra escolha.

— Arpad está sob vigilância policial — revelou. — Não posso te falar mais nada, mas a gente instalou uma câmera no quarto deles.

Karine ficou sem palavras por alguns instantes.

— Como assim? Que história é essa? O que isso tem a ver com esse vídeo da Sophie?

— Foi uma brincadeira idiota de um colega. Se você olhar o vídeo, vai ver que foi filmado a partir de uma câmera de vigilância — mentiu ele, com desenvoltura.

— Não estou nem um pouco a fim de rever aquela bizarrice!

— Entendo perfeitamente — disse Greg, improvisando uma defesa. — Esse meu colega estava cuidando da vigilância quando a Sophie sentiu... aquele impulso. Ele teve o mau gosto de filmar a tela usando o celular e enviou o vídeo para os caras da divisão, o que não só é indecoroso da parte de um policial, mas também totalmente ilegal. O vídeo acabou chegando a mim e ao nosso chefe. Você sabe que o chefe me considera o segundo homem na linha de comando. O policial vai ser punido.

— Mas por que você manteve isso no seu celular?

— É um vídeo de trabalho no meu celular de trabalho. Amanhã, aliás, vamos ter uma reunião com a corregedoria para tratar desse assunto. Eu vou ter que mostrar o vídeo aos meus colegas.

Karine se acalmou um pouco. Ao constatar que os malabarismos verbais estavam surtindo efeito, Greg ainda acrescentou uma camada:

— É uma tristeza, eu me dei conta de que tenho mais fotos de trabalho nesse telefone do que fotos da família. Acho, de verdade, que devia ter dois celulares. Um para o trabalho e outro para a família. Preciso me desconectar de vez em quando, em vez de sair misturando tudo!

Depois de um momento de silêncio, Karine perguntou:

— E que história é essa de investigação sobre o Arpad?

Estava claro que ela havia acreditado na história do vídeo.

— Não posso contar mais nada — argumentou Greg. — Já falei até mais do que devia.

— Ah, que prático isso de se esconder atrás do sigilo profissional! E como é que eu sei que você não está me contando um bando de lorotas? Quem me garante que você não está transando com a Sophie?

— Eu nunca faria isso com você! — prometeu Greg. — Ela nem me atrai, se você quer saber!

— Ah, faça-me o favor! Sei muito bem que ela atrai todo mundo! Quero que você me prove que o Arpad está mesmo sendo investigado!

Greg mostrou a Karine o grupo de mensagens no qual os agentes da divisão de vigilância enviavam em tempo real informações sobre Arpad. Deixou-a ler as mensagens e ver as fotos. Ao descobrir que o marido não estava mentindo, ela perguntou:

— Ele é suspeito de quê, a ponto de a polícia botar uma câmera na casa dele?

— Ele é assaltante. Já agiu antes e está prestes a agir de novo. O cara com quem ele brigou no sábado à noite, na estrada, quando saiu lá de casa, é o cúmplice dele.

— Por que é que ele saiu no soco com o cara se eles estão se preparando para fazer um assalto juntos?

— Os ânimos se exaltam à medida que o momento de agir se aproxima. É um comportamento típico dos assaltantes: eles estão estressados, então nem precisa de muito para perderem a linha. Você reparou no estado de nervos do Arpad no sábado à noite, durante o jantar? Viu quanto ele bebeu?

Karine teve que concordar, e Greg insistiu um pouco mais:

— Daqui até sábado, você vai ter a prova de que é tudo verdade.

— Como assim? — perguntou Karine, sem entender a que o marido estava se referindo.

— Você vai ver. Não posso contar mais nada agora.

— Você está lembrado que a gente combinou de ir para a Itália no sábado, né?

— É claro. Não vejo a hora! — garantiu Greg, que se esquecera completamente do combinado.

*

Algumas horas depois do incidente, Greg achava que tinha escapado de uma boa. Pensava que tinha apagado as suspeitas da esposa. No entanto, no andar de cima, também acordada, Karine pensava no que o marido lhe dissera: *Eu nunca faria isso com você*. Se ele não tinha feito nada, por que na tal carta alguém o acusava de ser um porco que a traía? Seja lá o que ele tivesse feito, ela queria lutar pelo marido e pela família. Não queria que se tornassem mais um daqueles casais dilacerados. Não queria terminar como a amiga Justine, que pôs o marido para fora de casa e acabou sozinha com os três filhos nas costas, penando para pagar as contas e condenada à solidão. Valia a pena destruir tudo por causa de um deslize qualquer? Ou era melhor acreditar em Greg e fazer vista grossa?

Ela não conseguia parar de pensar no churrasco do sábado anterior. Na maneira como Greg olhava para Arpad e como Arpad olhava para Sophie. De tanto pensar naquela cena, Karine acabou entendendo: Arpad estava morto de ciúme naquele dia. Com certeza tinha descoberto o que estava acontecendo entre Greg e Sophie. Do contrário, por que teria se aberto com ela? Não eram tão próximos assim. Não se tratava de uma confidência: ele desabafara com ela porque aquilo também lhe dizia respeito, diretamente. O amante de Sophie era Greg! E Arpad tinha ido à Verruga para deixar aquela mensagem anônima na caixa de correio.

Karine estava convencida de que havia alguma coisa entre Sophie e o marido. Aquela vagabunda não iria se safar assim. Precisava agir.

Na casa de vidro, naquela mesma manhã, o clima estava ótimo. À mesa do café, Arpad divertia as crianças com palhaçadas. Isaak e Léa riam sem parar. Sophie, por sua vez, estava feliz de ver a pequena trupe reunida de novo. A família Braun renascia das cinzas.

— Programação do dia — anunciou Arpad às crianças —: levo vocês às atividades agora de manhã e depois a gente almoça no centro.

— Pode ser hambúrguer? — perguntou Isaak.

— Combinado! — aprovou Arpad.

A ideia de almoçar hambúrguer desencadeou algumas palmas.

— E depois, o que vamos fazer? — perguntou Léa.

— O que vocês quiserem — disse Arpad. — Vocês decidem.

— A gente podia ir no Museu de História Natural — sugeriu Isaak.

— O dia está tão bonito! — comentou o pai. — Acho que a gente podia pensar em algum programa ao ar livre, não acham?

— Ah, por favor, papai! — insistiu o menino. — A gente não vai lá há séculos! E você disse que era a gente que decidia.

— É, papai, por favor! — disse Léa, imitando o irmão.

— Além do mais — acrescentou Isaak —, quando você faz as vozes dos animais empalhados é muito engraçado!

— A voz dos animais? — perguntou Sophie, achando graça.

— É uma longa história — disse Arpad, se esquivando.

— É muito legal, mamãe. Você tem que ver. Você vai com a gente?

— Boa ideia — comentou Arpad. — Por que você não vem?

— Eu tenho que trabalhar, infelizmente — respondeu Sophie, declinando o convite. — Mas consigo almoçar com vocês.

— Ninguém resiste a um hambúrguer! — gritou Arpad, de um jeito teatral, botando as mãos em volta da boca, como se fosse um megafone.

Sophie riu. Já estava na hora de sair. Deu um beijo nos filhos e abraçou Arpad pelo pescoço. A família ideal. O casal perfeito. Tinham se esquecido de tudo.

Um pouco mais tarde naquela manhã.

Arpad tinha acabado de deixar as crianças nas atividades de quarta-feira quando recebeu uma ligação de um número desconhecido. Atendeu.
— Alô?
Uma voz que ele reconheceu na mesma hora o intimou:
— Conto com você no sábado de manhã.
Era Fera.
— Vou passar essa — disse Arpad.
Sophie estava de volta. Ele não precisava mais participar do assalto para se livrar de Fera, que já não era mais uma ameaça.
— Você não pode fazer isso — ameaçou Fera. — Você prometeu que iria comigo.
— Vou passar essa, já falei!
Arpad encerrou a ligação e desligou o telefone.

Naquela tarde, atendendo aos desejos das crianças, Arpad as levou ao Museu de História Natural. Começaram a visita todos juntos, passando de uma vitrine a outra em fila cerrada, admirando os animais que se apresentavam diante deles. Quando chegaram ao segundo andar, Isaak e Léa foram cada um para um lado, passando pelos dioramas que representavam a fauna africana, enquanto Arpad se viu sozinho diante dos felinos empalhados. Uma pantera que mostrava as presas parecia encará-lo. Isaak aproximou-se dele, com um pedaço de papel na mão.

— Papai, um senhor me pediu para te entregar isso aqui — disse, estendendo o papel para o pai.

— Um senhor?

— É, o mesmo que estava na nossa casa outro dia, aquele da briga no carro!

Arpad abriu o papel.

Me encontra no banheiro do terceiro andar.

— O que é que está escrito? — perguntou Isaak.

— Nada — respondeu Arpad, enfiando a mensagem no bolso. — Vem, vamos nessa, está na hora do lanche.

Arpad pegou Léa, que estava observando os papagaios, e sentou os filhos na cafeteria que ficava no mesmo andar. Comprou tudo que eles queriam: suco de fruta, batata chips, sorvete, biscoito e bala. Depois, pediu que não saíssem dali.

— Vou rapidinho ao banheiro.

Subiu de elevador até o terceiro andar. Era onde ficavam as exposições temporárias, mas não havia nenhuma naquele dia. Estava tudo deserto, não tinha um guarda sequer. Foi até o banheiro: ninguém. De repente, alguém abriu a porta de uma das cabines, e Fera surgiu diante dele.

— Porra, Fera! — disse Arpad, num tom que oscilava entre a ameaça e a súplica. — Você precisa me deixar em paz.

— Eu tenho que falar com você sobre o assalto.

— Esse assunto está encerrado. Não tem mais essa de assalto! Você perdeu. Sophie não quer mais saber de você e eu não estou mais a fim de embarcar nas suas loucuras.

— Uma vez assaltante, sempre assaltante — disse Fera. — Está no sangue. É um veneno que não tem antídoto.

Arpad se irritou.

— Não tem nada no meu sangue! Eu não sou assaltante coisa nenhuma! Foi por isso que fui embora de Saint-Tropez. Assim que eu soube que você tinha assaltado o banco postal de Menton, fiz tudo como você tinha falado: caí fora. Não sou assaltante, droga! Isso não está no meu sangue!

— Sim, eu sei muito bem — respondeu Fera. — Mas não é de você que eu estou falando.

Depois dessas palavras, Fera encarou Arpad e tirou a camisa, mostrando o torso nu.

Ao ver o que Fera tinha no peitoral esquerdo, Arpad ficou em choque.

Era uma tatuagem de pantera.

Exatamente igual à que Sophie tinha na coxa.

15 ANOS ANTES
Saint-Tropez
Setembro de 2007

Fera tinha pedido a Arpad que o encontrasse em Fréjus, no apartamento dele. Precisava vê-lo e pediu que ele fosse sozinho, ou seja, sem Sophie.

Arpad pressentiu que estava acontecendo algo grave. Assim que chegou, Fera lhe serviu um copo de bebida e falou:

— Preciso te contar uma coisa.

— Você pode me contar tudo — disse Arpad, tranquilizando-o.

— Estou metido numa coisa grande.

— Que coisa grande? — indagou Arpad, preocupado.

— Um assalto. Ao banco postal de Menton. Tem muita grana envolvida. Dá para se garantir por um bom tempo.

Arpad ficou em silêncio, até que por fim questionou:

— Por que você está me contando isso? — acabou perguntando.

— Porque estou atrás de um parceiro. Alguém que saiba dirigir, se é que me entende.

Arpad, que não sabia o que responder, achou melhor deixar claro:

— Eu... eu nunca assaltei nada.

Fera deu um sorrisinho tranquilizador.

— Num assalto, mais do que a experiência, o que conta é a confiança. Preciso de um cara de confiança, um cara que nem você. A gente assalta o banco e depois sumimos pela Itália. Tenho um esconderijo porreta, um estábulo na Toscana, onde podemos ficar tranquilos por um bom tempo.

Arpad ficou olhando para Fera e se perguntou o que ele entendia por "muita grana". O valor, no entanto, pouco importava — ele já provara o gosto da prisão uns meses antes e não tinha a menor intenção de voltar. Então foi firme na recusa:

— Agradeço a confiança, mas não me sinto capaz de fazer isso.

— Claro que você é capaz — insistiu Fera.

— Eu sei que não.

— Como é que você pode saber se nunca assaltou nada?

— Não, Fera. Não vou assaltar nenhum banco com você.

Fera sugeriu a ele que pensasse por alguns dias. Arpad, contudo, não precisava pensar em nada.

*

Fera encarou a recusa de Arpad como uma afronta e cortou o vínculo com ele. No entanto, os dois se viram uma última vez, na véspera do assalto. Naquela noite, ao voltar para casa depois do expediente no Béatrice, Arpad encontrou Fera no apartamento. Estava sentado numa das cadeiras da cozinha, com uma arma na mão.

Arpad a princípio achou que ele fosse matá-lo.

— Você vai me escutar com atenção — ordenou Fera. — E vai seguir exatamente as minhas ordens. Se fizer o que eu estou dizendo, vai continuar vivo. Eu quero que vá embora de Saint-Tropez. Você vai pedir demissão do trabalho, vai devolver o apartamento e dar o fora daqui. Vai voltar para a sua vidinha de merda em Londres ou em qualquer outro lugar. Mas você tem que vazar!

Arpad estava apavorado, mas fez de tudo para manter a pose.

— Você vai fazer o assalto, é isso? E está com medo de eu te denunciar?

Fera concordou em parte.

— Muito esperto. Não tenho receio de você me denunciar, mas, se a polícia resolver te interrogar, tenho medo que você fraqueje e acabe me traindo. E você já sabe que para os traidores é pena de morte!

Depois dessas palavras, Fera se lançou na direção de Arpad, agarrou-o pelo cabelo e enfiou o cano da arma na boca dele. Com a voz abafada pela pistola, Arpad gritou de pavor.

— Não banca o espertinho pra cima de mim, moleque. Não é seu diploma de gênio das finanças que vai salvar você. Vaza, está entendendo? Vaza antes que seja tarde demais!

No dia seguinte, uma segunda-feira, 17 de setembro de 2007, ao amanhecer, o diretor do banco postal de Menton foi feito refém por dois indivíduos que o obrigaram a abrir o cofre do banco. Em sete minutos, os assaltantes abocanharam milhões de euros e desapareceram dentro de um carro potente.

O veículo saiu em disparada em direção à Itália. Quando os assaltantes perceberam que já estavam fora de perigo, explodiram de alegria e tiraram as balaclavas. Ao volante, estava Fera. E ao lado dele, com um fuzil de cano serrado no colo, Sophie.

Capítulo 19
2 DIAS ANTES DO ASSALTO

~~*Domingo, 26 de junho (a descoberta de Greg)*~~
~~*Segunda-feira, 27 de junho*~~
~~*Terça-feira, 28 de junho*~~
~~*Quarta-feira, 29 de junho*~~
→ **Quinta-feira, 30 de junho de 2022**
Sexta-feira, 1º de julho
Sábado, 2 de julho (o dia do assalto)

10h, no quartel-general da polícia judiciária.

Os membros das diferentes equipes envolvidas na vigilância de Arpad, bem como o promotor responsável, estavam reunidos para que Marion Brullier lhes informasse sobre as últimas novidades.

— Parece que Philippe Carral foi visto ontem no Museu de História Natural — anunciou ela aos colegas. — Estava lá na mesma hora que Arpad Braun.

Ela projetou na parede algumas fotos tiradas na véspera pelos agentes. Numa delas, viam-se Arpad e os filhos entrando no museu e, numa outra, um homem entrando sozinho. Marion pôs lado a lado essa última imagem e a única foto oficial de Philippe Carral, que datava da época em que ele fora preso, vinte anos antes.

— É ele ou não é? — perguntou o promotor.

— Parece bastante — respondeu Marion.

— Eu preferia uma afirmação mais categórica. Esse *bastante* não é um argumento de muito peso diante de um bom advogado de defesa.

Marion assentiu.

— Nós pedimos a um contato da divisão de crimes de Paris que conseguisse com o serviço de inteligência deles uma imagem mais recente, porque Carral também tem ficha com eles.

— Então quer dizer que Philippe Carral e Arpad Braun tinham um encontro marcado? — perguntou o promotor.

— É bem provável — respondeu ela. — Para não dizer que é óbvio.

— Deixa eu reformular minha pergunta, inspetora: eles foram vistos juntos?

— Não — admitiu Marion. — Mas estiveram no mesmo lugar na mesma hora. Havia pouquíssima gente no museu ontem à tarde, então não era muito fácil segui-los lá dentro sem ser notado. Quando finalmente conseguimos entrar no museu atrás deles, Philippe Carral já tinha desaparecido. Quanto a Arpad Braun, tivemos que manter distância. Num determinado momento, ele deixou os filhos na cafeteria e pegou o elevador. Não conseguimos ver para que andar estava indo e o perdemos de vista. Cerca de seis minutos depois, ele reapareceu na cafeteria, pegou os filhos e foi embora.

— E, na sua opinião, teria sido nesse intervalo de tempo que Braun teria se encontrado com Carral? — perguntou o promotor.

— É o que achamos — confirmou Marion.

— E vocês nunca mais viram Philippe Carral?

O responsável pela divisão de vigilância tomou a palavra:

— Como a Marion já disse, nós perdemos o rastro de Philippe Carral depois que entrou no museu. Nós o vimos entrar pela porta principal, mas depois ele simplesmente sumiu. Não o vimos mais dentro do museu nem saindo dali.

— O museu tem câmeras?

— Só uma, na entrada. A imagem é em preto e branco, para você ter noção do nível. É um museu com animais empalhados e frascos cheios de álcool com cobras dentro. Não se trata do Louvre. Até tem um ou outro guarda, e é claro que nós os interrogamos, mas ninguém viu nada. Acontece que houve um incidente: o alarme de uma das saídas de emergência disparou às 15h47, bem no momento em que Arpad reencontrava os filhos na cafeteria. Acreditamos que Philippe Carral tenha pegado essa saída. Os fundos do museu dão para um pequeno parque arborizado, então é muito fácil desaparecer sem ser visto.

Marion retomou a fala:

— Nós interrogamos nossos colegas franceses a respeito de Philippe Carral, e eles nos contaram que o sujeito recebeu o apelido de Fera porque ninguém conseguia pegá-lo. Ao que tudo indica, apesar do tamanho imponente, ele pode estar a dois passos de uma pessoa sem que ela perceba. Que nem um predador. Ele vê sem ser visto.

— Sim, entendi — disse o promotor. — E não temos mais nada de concreto sobre o assalto?

— Eu ia chegar lá — respondeu Marion. — Ontem de manhã, interceptamos uma ligação para o telefone do Arpad, confirmando que o assalto está previsto para sábado de manhã. Mas parece que ele está refugando.

Ela fez soar a gravação. A voz de Arpad ecoou pela sala.

Arpad: Alô?
Voz de homem: Conto com você no sábado de manhã.
Arpad: Vou passar essa.
Voz de homem: Você não pode fazer isso. Você prometeu que iria comigo.
Arpad: Vou passar essa, já falei!

— Depois disso, Arpad desligou o telefone. A ligação vinha de um número pré-pago da Estônia. Solicitamos informações a Tallinn, via Interpol, mas não sei quando vão responder.

— Quem foi o homem que ligou? — perguntou o promotor. — Philippe Carral?

— Muito provavelmente, mas não temos como saber ao certo — admitiu Marion. — Só estamos estranhando uma coisa: por que Carral, um bandido experiente, arriscaria ligar para uma linha que não é segura?

— Eu achava que, para falar entre eles, usavam um outro telefone — disse o promotor.

— Eu vi com os meus próprios olhos Arpad Braun com um segundo telefone — afirmou Greg.

— Mas não encontramos nenhuma pista disso — alfinetou Marion.

— Já sabemos qual será o alvo do assalto? — perguntou o promotor.

— Não — lamentou Marion. — Mas também queríamos grampear o telefone da esposa de Arpad Braun. Se o marido está meio indeciso, pode ser que se abra com ela.

— De acordo — disse o promotor, depois de refletir um pouco. Então se virou para Greg e o chefe deste: — Eu gostaria que o grupo de pronta intervenção se preparasse para interceptar os suspeitos durante o assalto. Quero um flagrante. Não temos elementos suficientes para interpelá-los antes dos fatos.

Assim que a reunião terminou, o chefe do grupo anunciou a Greg:

— É você quem vai comandar a operação de sábado.

— Obrigado.

— Não me agradeça. Não é uma recompensa, e sim a chance de consertar as cagadas que você fez. Quero um sábado impecável.

17h30, em Cologny.

Enquanto passava de carro pelo vilarejo, Greg viu que Marion Brullier estava no estacionamento da padaria que ele costumava frequentar. Parou na mesma hora, numa manobra desnecessariamente brusca, desceu do carro e correu até ela.

— O que é que você está fazendo aqui? — perguntou, furioso.
— Você é idiota, é? Sou eu que estou cuidando da investigação do Arpad Braun. Sai fora daqui, você vai comprometer a gente!
— Você por acaso falou com a minha esposa?
Ela não conseguiu conter um sorrisinho malicioso.
— Por quê? Está tendo problemas no casamento?
— O que você falou para ela?! — explodiu ele. — Porra, Marion, se eu souber que você...

Nessa hora, a colega de Marion saiu da padaria trazendo sanduíches e bebidas.

— Está tudo bem, Marion? — perguntou ela.
— Está tudo bem, sim... Já te encontro no carro.

Marion esperou a colega se afastar para dizer a Greg:

— Escuta aqui, seu idiota, ou você me deixa em paz ou eu te denuncio por estupro. Está entendido?
— Estupro? — repetiu Greg, com ceticismo na voz, embora estivesse acuado.
— Uma relação sem consentimento é estupro, não é?
— Sem consentimento? Mas foi você quem me mandou aquelas fotos, quem me convidou para a sua casa e quem montou em cima de mim! Você estava louca para transar, não pode fingir que não!
— Eu estava a fim de transar, mas não da forma como foi! De jeito nenhum. Foi estupro, Greg! Mas se você tem mesmo alguma dúvida,

na próxima vez que a gente encontrar o promotor podemos perguntar a ele.

Greg foi embora muito contrariado. Do carro, escreveu uma mensagem para Karine:

Estou preso no trabalho. Vou chegar tarde.

Ele pegou a estrada, passou pela Verruga e continuou em direção à casa de vidro. Contornou o bosque e deixou o carro numa estradinha rural, antes de se embrenhar a pé na mata. Deu de cara com dois policiais disfarçados de garis, trabalhando em torno de um tronco morto.

— E aí? — perguntou Greg.

— Ele está em casa com os filhos. Nada de novo.

— Está bem — disse Greg. — Me informem se houver alguma novidade. Tem quantos caras da divisão de vigilância aqui?

— Estamos nós dois aqui no bosque — respondeu um dos agentes — e tem mais um colega nosso posicionado na estrada, dentro de um carro, para seguir o suspeito caso ele saia de casa. Tem também dois inspetores da divisão de crimes no centro do vilarejo, para assumir o controle se houver uma perseguição.

— Tem alguém lá nos fundos? — perguntou Greg.

— Não, ninguém. Por quê?

— Só perguntei para entender o plano de ação.

Greg voltou para o carro. Estava meio longe da casa, mas esperava que o sistema de captação funcionasse. Pegou a tela e o receptor que tinha guardado. Sabia que estava brincando com fogo, mas não conseguia evitar. Prometeu a si mesmo que usaria a câmera pela última vez.

Ficou esperando o momento em que o sinal de conexão aparecesse, mas a tela continuava apagada. Reiniciou o sistema várias vezes, sempre dando umas olhadas em volta, nervoso. Se alguém o surpreendesse, seria o fim da carreira. De repente, apareceu na tela o quarto dos Braun. Greg não conseguiu conter um pequeno brado de emoção.

Arpad estava sozinho no quarto. Sophie continuava no trabalho e ele tinha posto as crianças em frente à televisão. Precisava de um momento de paz.

Sentado no chão, olhava os álbuns de fotos da família espalhados diante dele. Sophie sempre teve o cuidado de montá-los. Da época de Saint-Tropez até a festa dos 40 anos de Arpad, quinze anos da vida dos Braun estavam guardados naqueles álbuns de formatos variados.

Ficou um bom tempo olhando as fotos de Sophie. Estava chocado com o que tinha descoberto sobre ela. Não parava de pensar na cena do dia anterior, no banheiro do Museu de História Natural, quando dissera a Fera que não tinha sangue de assaltante e ouvira como resposta: *Sim, eu sei muito bem. Mas não é de você que eu estou falando*. Logo em seguida veio a revelação da tatuagem de pantera no peitoral esquerdo. Ao ver o desenho, parecido com o que Sophie tinha na coxa, Arpad logo entendeu tudo. Era dela que Fera estava falando. Arpad o encheu de perguntas, mas o outro não deu nenhuma outra explicação.

— É a Sophie que precisa te contar — disse ele antes de desaparecer.

Arpad voltou para a casa de vidro completamente desnorteado. Era como se o chão se abrisse na frente dele a cada passo. No entanto, conseguiu esconder a inquietação até as crianças dormirem. Depois, botou Sophie contra a parede.

*

Na véspera, à noite.

Sophie desceu as escadas e foi até a sala ficar com Arpad.

— As crianças já dormiram — disse.

Percebeu, então, que o marido a olhava de um jeito estranho.

— Está tudo bem, meu amor? — perguntou ela.

— Você nunca me explicou por que fez essa tatuagem...

Ela pareceu surpresa por ele puxar esse assunto.

— Por que isso está te atormentando justo agora?

— Porque eu cruzei com o Fera hoje à tarde e ele me mostrou a dele... — respondeu Arpad, sem rodeios.

Sophie desmoronou. Não conseguiu dizer nada, apenas caiu de joelhos, como se as pernas já não a aguentassem.

— Toda aquela grana no banco — disse Arpad —, não era nada dinheiro do seu pai...

— Não — sussurrou ela, chorando.

— Era o dinheiro de um assalto, né?

— Sinto muito, sinto muito, mesmo!

— Você *sente muito*?! — explodiu Arpad. — Você me fez lavar dinheiro de um assalto! Porra, Sophie, você tem noção de que tudo que a gente construiu, toda a nossa vida, o nosso apartamento, depois a casa, foi tudo pago com dinheiro sujo?

— Tudo que a gente construiu, Arpad, foi graças ao nosso amor!

Ela reuniu forças para se levantar e se jogou nos braços dele.

— Você é o amor da minha vida — disse, irrompendo em soluços.

Tentou cobri-lo de beijos, mas ele a afastou e ficou andando, nervoso, em volta do sofá.

— E o Fera? — perguntou Arpad, dirigindo à esposa um olhar furioso. — Ele também é o amor da sua vida?

— O Fera não é meu amante. Ele já foi. Por pouco tempo. Depois que você sumiu de Saint-Tropez, mas eu já te contei isso.

— Para de mentir! Eu fui embora de Saint-Tropez um dia depois do assalto de Menton. Se você assaltou o banco junto com ele, é porque já estava rolando alguma coisa entre vocês!

— Bom, talvez — admitiu Sophie.

— Talvez? — repetiu Arpad. — Você está ouvindo o que está dizendo? Você me chifrou com esse cara!

— Isso tem quinze anos — disse Sophie, se defendendo. — Foi um surto de paixão, um negócio incontrolável!

— *Um surto de paixão*? — retrucou Arpad, dividido entre o desprezo e a indignação. — Você só pode estar brincando comigo.

— Ou só um surto, não importa. Você não está ouvindo o que estou tentando explicar! — gritou Sophie.

— O que é que você está tentando explicar? — berrou Arpad, louco de raiva.

— Que aos 25 anos, eu, a princesinha burguesa que vivia num casulo em Saint-Tropez, me apaixonei por um cara mais velho. Um marginal, com convicções anarquistas muito distantes da minha educação. Eu estava atrás de emoções fortes, queria mandar meu pai para o quinto dos infernos, todo mundo estava sempre babando o ovo dele, inclusive você, que escondia que namorava *a filha do patrão*! Então é isso, fiquei muito encantada com o que o Fera representava: a subversão, a recusa da autoridade. Aquilo me fascinava, porque eu era a filhinha perfeita, educada, gentil, amável, bem-comportada e boa aluna. Um dia, ele me fez a proposta de participar de uma experiência única, que me daria muita adrenalina e sensações que eu jamais viveria... Falei que sim na mesma hora, sem nem saber do que se tratava. E quando ele me explicou que seria um assalto, fiquei ainda mais empolgada! Pode parecer loucura... mas eu não fazia a menor ideia do que aquilo representava de verdade. Só farejei o perigo, e eu estava muito a fim de viver coisas perigosas. Queria correr riscos. Esgarçar meus limites. Não era pelo dinheiro. O dinheiro era o de menos. Eu só queria me sentir viva...

— Foi o assalto do banco postal de Menton — disse Arpad.

— Foi. E quer saber? Acho que foi uma das experiências mais intensas da minha vida. No dia do assalto, eu me livrei daquela Sophie à qual eu me sentia presa e me tornei uma mulher. Enfim... Talvez seja por isso que senti necessidade de repetir.

— Como assim, *repetir*? — engasgou Arpad. — Vocês assaltaram mais vezes?

Ela ficou muda.

— O Fera não contou pra você?

— Contou o quê? Fala! Foram quantos assaltos depois de Menton?

— Dois. Um em Saragoça e outro em San Remo.

Ele ficou atordoado: então as viagens secretas à Espanha e à Itália não tinham sido para cometer adultério, e sim assaltos. Ele não sabia o que era pior. Agora entendia como o cofre do banco fora sendo reabastecido ao longo do tempo.

— Puta merda, Sophie! Não dá pra acreditar que a gente está tendo essa conversa. Você, uma mãe de família, dando suas escapadinhas para assaltar bancos!

— Em San Remo foi uma joalheria. — Sophie achou que valia a pena esclarecer.

— Não quero saber! — gritou Arpad. — Não quero nem imaginar você com uma arma na mão, ameaçando as pessoas!

O olhar dela era de desespero.

— Eu sei muito bem! — disse ela. — Por isso nunca te contei nada. Mas são esses assaltos que me fazem ser desse jeito. A Sophie que você tanto ama, a Sophie que atrai todos os olhares, ela só existe porque eu cometi todos esses assaltos. Goste você ou não! Esses crimes são uma parte de mim. Uma parte secreta, enterrada o mais fundo possível, sobre a qual não posso comentar com ninguém...

— Tirando o Fera — disse Arpad.

— Tirando o Fera — concordou Sophie. — É isso que me une a ele de um jeito tão... forte.

— É mais do que forte, vocês trocam cartas de amor.

— *Ele* me escreve cartas de amor. — Sophie amenizou. — Eu não escrevo.

— Você está tentando me fazer acreditar que, fora o que vocês tiveram quinze anos atrás, nunca mais transaram?

— Nunca!

— Mas eu vi vocês aqui, na quinta passada. No nosso quarto!

— Ele veio aqui para planejar o assalto. Das outras vezes ficamos no esconderijo dele, mas na quinta ele quis vir pra cá.

*

Na quinta da semana anterior.

Na cozinha da casa de vidro, Sophie estava perdendo a paciência. Enquanto se virou para preparar o café, Fera desapareceu.

Ela o encontrou no quarto, inspecionando tudo. Ele havia levantado as persianas para fuxicar melhor.

— O que é que você está fazendo aqui?

Fera não respondeu. Abriu a gaveta da mesinha de cabeceira e pegou o par de algemas.

— Deixa isso aí, por favor — ordenou Sophie.

Ele começou a rir.

— Quem é que prende quem?

— Chega, guarda isso! — disse ela, irritada, abaixando as persianas elétricas.

O quarto ficou um breu.

— Sai daqui agora! Eu não tinha nada que ter aceitado essa ideia de você vir na minha casa.

— Ah... Cadê o senso de humor? — minimizou Fera.

*

— Eu abaixei as persianas e expulsei o Fera do quarto — garantiu Sophie. — Arpad, você precisa acreditar em mim. Você é o homem da minha vida. Depois do assalto em Menton, passei um mês escondida na Itália. Por isso que você não conseguiu me achar depois que foi embora de Saint-Tropez. E também foi isso que me fez sentir culpa por ter te perdido. Desde que reencontrei você, nunca te traí... Não sexualmente.

Ela se arrependeu na mesma hora da forma como havia se expressado. Então, devastado, Arpad sussurrou:

— Mas você me traiu intelectualmente, é isso? Você está admitindo para mim que é apaixonada pelo Fera?

Ela não disse nada.

— Fala! — gritou Arpad, irritado. — Fala, caramba! Você é apaixonada pelo Fera?

— Não quero responder, mas também não quero mentir para você — sussurrou Sophie.

Ele sentiu vontade de quebrar tudo. Pegar aqueles móveis em volta e destruir toda a casa. O casamento deles não existia mais. Ele não queria mais ficar ali.

Sophie então falou com todo o carinho possível:

— Eu te amo mais que tudo, Arpad! Mais do que qualquer coisa! Você é o homem da minha vida!

— Mas você também ama o Fera! A verdade é que você ama dois homens ao mesmo tempo!

— Você não precisa ficar com ciúme. Ele é o que você não pode ser — explicou ela, sem o menor tato.

— Ah, que ótimo! Obrigado, assim me sinto bem melhor!

— Mas é com você que eu quero ficar! Foi com você que eu construí minha vida! É você que é o pai dos meus filhos!

— O que você está fazendo comigo é horrível! Se me amasse mesmo, não me faria passar por isso!

Sophie começou a chorar. A fragilidade dela o deixou ainda mais virulento.

— Para de gemer! Você não é a vítima dessa história!

— Isso tudo é mais forte do que eu! Eu sou vítima das minhas pulsões e das minhas necessidades!

— Não são só pulsões, Sophie, são sentimentos!

— E o que a gente pode fazer contra os sentimentos? São nossa única liberdade verdadeira.

Os dois ficaram em silêncio por um bom tempo. Ambos destruídos. Arpad sentiu que precisava beber. Tirou uma garrafa de conhaque do bar e encheu dois copos grandes. Ela tomou vários goles antes de terminar a confissão.

— San Remo era para ser nosso último assalto. Eu tinha prometido isso para mim mesma. Não por medo do perigo, mas porque eu estava vendo que o ritmo vinha acelerando. Eu não queria ficar viciada. Cada nova experiência era mais intensa que a anterior. Era como se tivesse um veneno correndo nas minhas veias. Eu precisava dar um basta naquilo.

Arpad recordou as palavras de uma das cartas de Fera: *San Remo não pode ser nossa última vez.*

Ela continuou:

— Algumas semanas atrás, o Fera me ligou. Disse que estava com saudade de mim e queria vir me ver no meu aniversário. Combinamos um encontro.

— Quer dizer que você achava mesmo que ele vinha só para uma visita de cortesia? Tenho cara de idiota?

— Depois de San Remo, parecia que ele estava respeitando minha vontade de parar. As cartas dele eram cada vez mais raras. Mas, sendo bem sincera, quando ele disse que vinha a Genebra, fiquei torcendo que fosse para fazer um assalto. Queria que ele me desvirtuasse dos meus bons propósitos e me fizesse sentir aquela adrenalina de novo. Quando encontrei com ele, no meu aniversário, ele me deu um cartão e disse que o presente vinha depois...

— E o presente é o assalto de sábado — disse Arpad, agora entendendo tudo.

Ela fez que sim.

— Esse vai ser o último — garantiu. — Te prometo. Mas se você for contra, eu não faço.

Arpad entendeu imediatamente o tamanho do dilema.

— Você está me garantindo que é seu último assalto. Mas como é que eu posso ter certeza de que um belo dia você não vai ser arrastada de novo pelas suas pulsões, apesar dessas promessas? Você acabou de me dizer que já quis parar depois de San Remo, mas é óbvio que a coisa é mais forte do que você!

— Dessa vez eu vou tentar resistir... Por você...

— Mas nada garante que você vai conseguir...

Ela estava encurralada pelas próprias contradições.

— Vou fazer tudo que eu puder para não repetir, prometo!

— Se eu te pedir para desistir desse assalto, imagino que você vai me odiar pelo resto da vida. Uma coisa vai se romper entre a gente. Talvez o nosso casamento não aguente. Mas se eu deixar você seguir em frente e a coisa degringolar, se você levar um tiro ou for presa, a culpa vai ser minha. Porque eu poderia ter te impedido. Então, nos dois casos eu corro o risco de te perder.

*

Nos dois casos eu corro o risco de te perder. Sozinho no quarto, Arpad voltou a refletir sobre aquele dilema. Pensou que só uma pessoa poderia ajudá-lo: Fera. E sabia como entrar em contato com ele. Afastou a mesinha de cabeceira de Sophie e levantou o rodapé: lá estava o telefone. Pegou o aparelho e ligou para o único número salvo na lista, um número estrangeiro cujo prefixo ele não conhecia.

Fera acabara de voltar para o esconderijo. Tinha ido trocar a placa da moto que estava escondida na floresta perto da fazenda, para o caso de precisar fugir às pressas. No dia anterior, havia violado uma regra sagrada de segurança quando resolveu ir de moto até o Museu de História Natural. A moto seria usada no assalto, e até o grande dia só deveria rodar em caso de emergência. Na volta do museu, ele tinha jogado a placa no lixo. À noite, roubara outra placa, que agora acabava de instalar. Mesmo com tudo organizado, não estava gostando de alguns detalhes: vinha perdendo o controle da situação, o que o levava a assumir riscos desnecessários. Logo ele, que sempre tinha sido tão rigoroso, estava cometendo erros de principiante.

O telefone tocou de repente, arrancando-o dos pensamentos. Ligando daquela linha, só podia ser Sophie. Ele atendeu. Era Arpad, que perguntou de bate-pronto:

— Quinze anos atrás, quando você me obrigou a fugir de Saint-Tropez, estava com medo de que eu denunciasse você para a polícia ou só queria me afastar da Sophie?

— As duas coisas — respondeu Fera. — Eu te devo desculpa.

— Desculpa?

— É. Isso tudo nunca foi para prejudicar você. Foi pela Sophie.

— Mas então me explica uma coisa: por que tentou me envolver no assalto de sábado, se o que você queria mesmo era que ela participasse?

— Não era minha intenção no início. Eu te disse que tinha vindo a Genebra para um assalto, mas nunca disse que queria fazer esse assalto com você...

— Agora que eu estou entendendo. Mas então qual foi a ideia daquele encontro no La Caravelle?

— Na semana passada, a Sophie me disse que queria desistir. Por você. Que tinha jurado que San Remo seria a última vez e precisava manter a palavra. Eu estava prestes a desistir também, e aliás foi por isso que liguei para ela no domingo passado: para dizer que finalmente ia deixá-la em paz. Mas quem atendeu foi você, dizendo, de repente, que ia participar do assalto. Aproveitei a oportunidade para ver se podia fazer ela mudar de ideia. Marquei o encontro contigo sem entender direito por quê. Não sei o que estava passando pela minha cabeça, porque só complicou mais as coisas.

— E agora? — perguntou Arpad.

— E agora *o quê*?

— Qual vai ser?

— Como eu já disse, ela vai desistir, por você. Mas você vai perder essa mulher.

— Eu sei — disse Arpad. — O que eu faço?

Lá estava ele pedindo conselhos matrimoniais a Fera.

— Você precisa deixar a Sophie ser o que ela é: um animal selvagem.

— *O lembrete certeiro de Viscontini*, no cartão de aniversário, se referia a isso, né?

— É, ela é a pantera de Viscontini. Nenhuma jaula vai impedi-la de ser o que é. Você precisa respeitar a natureza dela. É a forma mais bonita de amá-la.

Os dois ficaram em silêncio, em seguida Arpad perguntou:

— Se eu deixar ela participar desse assalto, depois você some para sempre?

— Sumo, prometo — respondeu Fera. — Mas não é a você que eu prometo, é a ela. Já dei minha palavra. Esse assalto vai ser o último.

— Muito bem — disse Arpad. — Mas eu quero participar.

— Quê?

— É a minha condição.

— Mas você falou sobre isso com a Sophie?

— Não. E ela não vai ficar sabendo de nada. Vai descobrir no sábado de manhã, no último minuto. O plano que você me mostrou no La Caravelle continua de pé?

— Claro — garantiu Fera.

— O papel que você me deu, se entendi direito, é o papel da Sophie, certo?

— Isso. Ela entra pela frente, o segurança abre a porta para ela. Ninguém desconfia de mulher. Enquanto isso, eu entro por trás...

— Bom, então escuta a minha proposta — disse Arpad. — Eu fico com esse papel. Sou eu que entro pela porta principal, exatamente como tínhamos combinado. E vocês dois, juntos, entram por trás. Assim, você não deixa a Sophie sozinha. Toma conta dela e garante que não vai acontecer nada com ela. Se a coisa se complicar, você tira ela de lá e arranja um lugar seguro. Se houver confronto com a polícia, você faz a Sophie de refém, como se ela estivesse no lugar errado, na hora errada. Você se sacrifica por ela.

— A gente se sacrifica por ela — corrigiu Fera.

— Fechado — disse Arpad. — Mas não fala nada com a Sophie, de jeito nenhum. Sábado a gente conta, com tudo já esquematizado. Se souber que eu estou na jogada, corre o risco de ela desistir. Quero que a Sophie consiga realizar o desejo dela, mas também quero salvar meu casamento.

No carro, de olhos grudados na tela, Greg ficou perplexo diante do que acabara de descobrir: seriam três assaltantes, e entre eles estava Sophie.

15 ANOS ANTES
Brachetto, Toscana
20 de setembro de 2007 (três dias depois do assalto de Menton)

Em meio às oliveiras, ficava um pequeno estábulo de pedra. A grama alta e a natureza abundante não deixavam nenhuma dúvida sobre o estado de abandono do que antes havia sido uma próspera exploração agrícola.

O sol da manhã anunciava um dia glorioso. Em frente ao estábulo, via-se uma varanda improvisada: duas cadeiras em volta de uma mesa de ferro, arrumada para o café da manhã. Fera estava preparando o café num fogareiro a gás. Sophie, por sua vez, estava sentada no toco de uma árvore, a poucos metros dali, contemplando o horizonte selvagem. Ninguém procuraria por eles ali.

Aquele olival abandonado seria o reino deles pelas quatro semanas seguintes. Fera a advertira: precisariam desaparecer por um tempo. Para que a ausência dela não suscitasse preocupação, Sophie tinha dito aos pais que faria uma viagem sozinha pela Itália. Na véspera do assalto, ligou para eles de uma cabine telefônica dizendo que o celular havia se quebrado e que não precisavam se preocupar caso ela não conseguisse dar muitas notícias. No entanto, não avisou nada a Arpad. Naquele momento, lhe pareceu a opção mais segura. Ele começaria a perguntar um monte de coisas, mas ela não podia correr nenhum risco. Além do mais, a atração que sentia por Fera acabou prevalecendo.

Depois do roubo ao banco postal de Menton, Fera e ela não haviam tido nenhum percalço na ida para a Itália, pois pegaram apenas estradas secundárias. A fuga tinha sido planejada minuciosamente. Abandonaram o carro em Ventimiglia, onde os esperava outro veículo, com placa italiana, que haviam comprado ilegalmente umas semanas antes. Em seguida, dirigiram até a Toscana, para enfim chegar a Brachetto e, no alto de um morro, ao estábulo, equipado com todas as comodidades. Fera tinha providenciado comida e água para aguentarem um mês. Havia também algumas caixas com vinho de qualidade e livros. Todo o necessário para se distraírem e desfrutarem aquele tempo.

Fera levou uma xícara de café para Sophie e sentou-se ao lado dela no toco da árvore. Ela se agarrou nele. Tinham transado sem parar naqueles últimos três dias. Estava eufórica: as imagens do assalto não paravam de lhe vir à cabeça. Sentia-se bem com Fera, a salvo de tudo. A única lembrança do mundo civilizado era o vilarejo de Brachetto, que podiam ver a distância.

— Como é que pode esse olival estar abandonado desse jeito? — perguntou Sophie.

— Essa área pertencia a uma família importante da região, os Madura. A linhagem se encerrou com a morte do último membro da família, Luchino Alani di Madura, que não teve filhos.

— E ninguém tomou posse dessas terras?

— Ninguém. Acho que hoje em dia pertence ao poder público, que não tem dinheiro para cuidar disso tudo.

Sophie avistou um palácio em ruínas no morro do lado oposto.

— Ele morava lá, esse tal Luchino di Madura?

— Morava. Daqui a pouco a gente pode dar uma andada até lá, se você quiser.

Foi o que fizeram.

O palácio dos Madura havia se tornado uma ruína romântica, invadida pela vegetação. Quando chegaram, tiveram que espantar uma manada de javalis. Em torno da construção principal havia restos de um jardim em estilo francês, dominado pela natureza. Fera, que nitidamente conhecia bem o lugar, levou Sophie até um mirante espetacular, com vista para toda a região. Lá havia três túmulos. Sophie resolveu se aproximar.

A primeira lápide trazia o nome de uma tal Giovanna Montenapolino, morta em 1921. Um pouco mais afastada estava a sepultura do último proprietário do lugar, Luchino Alani di Madura, morto em 1931. E, logo ao lado, um pequeno mausoléu onde estava gravado apenas:

Gattino
1912-1915

— Quem era Gattino? — perguntou Sophie, ao ver as datas daquela vida tão curta. — Uma criança?

— Não, uma pantera — respondeu Fera.

***

Fera tinha levado ao esconderijo um exemplar de *Animais selvagens*, de Carlo Viscontini, para o estábulo. Sophie ficou apaixonada pelo livro, em especial pelo capítulo sobre a pantera, que a impressionou muito.

— Eu me identifico com ela — explicou a Fera, que a partir de então começou a chamá-la de *Minha Pantera*.

No início, Sophie gostou de ser a pantera de Fera, os dois vivendo livres naquele olival. Contudo, três semanas depois, o estábulo tinha se tornado uma espécie de prisão. Ela estava profundamente entediada. Queria reencontrar Arpad, de quem sentia muita falta. Só naquele momento se dava conta de como estava ligada a ele. Tinha raiva de si mesma por ter desaparecido sem dizer nada.

*

Em meados de outubro, depois de quatro semanas de reclusão no estábulo, Fera e Sophie foram pela primeira vez a Brachetto, um vilarejo que ela só sabia da existência pelo livro de Viscontini. Naquela noite, ela ligou rapidamente para Arpad de uma cabine telefônica, só que o celular dele estava desligado. Tentou achá-lo no Béatrice, mas o gerente disse que ele tinha ido embora.

— Embora para onde? — perguntou ela, desconcertada.

— Não sei de nada — respondeu o gerente. — Surgiu alguma oportunidade de trabalho. Acho que em Londres. E com você, tudo bem? Seu pai me disse que você estava de férias na Itália.

Sophie sentiu uma necessidade imediata de voltar a Saint-Tropez e seguir o rastro de Arpad. Como não queria revelar a Fera a verdadeira razão da volta precipitada à França, alegou que as aulas na universidade já haviam recomeçado. Fera achava que ainda era cedo, que precisavam ficar escondidos por mais um tempo, mas não podia obrigá-la a nada. Sophie era uma pantera, não admitia imposições.

Antes de se separar, eles passaram dois dias em Florença. As luzes da cidade lhes fizeram bem. Por iniciativa de Sophie, decidiram marcar na pele a lembrança da experiência intensa que tinham vivido. No estúdio de um tatuador, ela quis fazer uma pantera na coxa. Já Fera pediu que ele reproduzisse uma imagem idêntica no torso.

Na plataforma da estação, enquanto abraçava Sophie antes de ela embarcar no trem para Milão, Fera se segurou para não dizer que a amava. Sentia que não era recíproco. Estava de coração partido.

Ainda sem imaginar a natureza do veneno que passara a correr em suas veias, Sophie se sentia transformada por aquela experiência. Estava pronta para viver sua vida. E, acima de tudo, agora tinha consciência do que sentia por Arpad. Queria oficializar a relação entre eles. Não precisariam mais se esconder. Estava disposta a enfrentar o pai.

Contudo, assim que chegou a Saint-Tropez, descobriu, para seu grande desespero, que, por mais que procurasse, Arpad tinha sumido do mapa sem deixar rastros.

Capítulo 20
VÉSPERA DO ASSALTO

~~Domingo, 26 de junho (a descoberta de Greg)~~
~~Segunda-feira, 27 de junho~~
~~Terça-feira, 28 de junho~~
~~Quarta-feira, 29 de junho~~
~~Quinta-feira, 30 de junho~~
→ **Sexta-feira, 1º de julho de 2022**
Sábado, 2 de julho (o dia do assalto)

10h, no quartel-general da polícia judiciária.

Numa sala de reunião, a equipe planejava os últimos detalhes da operação do dia seguinte. Dali a vinte e quatro horas, ocorreria um assalto em Genebra, e os únicos que poderiam mudar o curso dos acontecimentos eram os policiais das diferentes divisões que vigiavam Arpad sem trégua havia alguns dias. Eles precisavam de um flagrante delito, e Greg estava detalhando aos colegas os principais pontos da tática que iriam adotar.

Na manhã do dia seguinte, na primeira hora, mobilizariam vinte agentes do grupo de pronta intervenção. Sairiam em nove veículos: três ficariam estacionados na margem direita, três na margem esquerda e outros três perto da casa de Arpad Braun. Como ainda desconheciam o local do assalto, Greg definiu o plano como uma rede de pesca que aos poucos iria se fechando em torno dos suspeitos conforme a divisão de vigilância fornecesse informações.

— Vamos ficar longe o bastante para não atrapalhar o monitoramento, mas perto o suficiente para podermos agir rápido — indicou ele.

Estava louco para compartilhar com todo mundo o que descobrira na véspera: que seriam três assaltantes, entre eles uma mulher, Sophie, os quais entrariam na joalheria por dois acessos diferentes. Contudo, não podia se valer dessa informação sem se expor a uma suspensão imediata por ter usado uma câmera de vigilância sem autorização do promotor. No entanto, tentou dar algumas pistas, evocando a própria intuição:

— Sabemos que o alvo provavelmente vai ser uma joalheria, já que os bancos ficam fechados no sábado. Então acredito que vai ser um ataque simultâneo pela frente e por trás.

Os colegas receberam essas palavras com reserva.

— Espera — interrompeu um deles. — Pela frente e por trás do quê? A gente nem sabe que lugar eles estão planejando assaltar.

Greg não se intimidou.

— Andei fazendo umas pesquisas. Todas as joalherias de prestígio têm uma saída de emergência. É uma questão de segurança contra incêndios, porque as vitrines são blindadas. E se existem duas portas de acesso à loja, por que os assaltantes não iriam aproveitar?

— Porque é mais complicado — objetou o responsável pela divisão de crimes. — Os assaltantes sempre procuram agir o mais rápido possível: geralmente entram e saem pela porta principal. Falo isso pela minha experiência nos últimos dez anos à frente da divisão de crimes.

— Se eles passarem só pela porta principal, melhor ainda, porque aí é mais fácil pegá-los — disse Greg. — Só estou levantando todas as possibilidades porque assim o grupo de pronta intervenção fica preparado para enfrentar qualquer situação.

Greg queria ter revelado mais, porém corria o risco de se comprometer. A Providência, no entanto, acabou lhe dando uma ajudinha pouco tempo depois, quando Marion Brullier fez um comentário sobre os progressos da investigação: os inspetores tinham interrogado todos os informantes e todas as fontes de que dispunham, mas ninguém estava a par de um assalto iminente.

— Por outro lado — disse Marion —, conseguimos confirmar com mais certeza que era mesmo Philippe Carral no Museu de História Natural, na quarta. A foto que nós tínhamos era de uns vinte anos atrás, quando ele foi preso pela última vez. Mas, por meio de um contato na divisão de crimes de Paris, conseguimos uma foto do serviço de inteligência francês. Essa é de sete anos atrás, não tão recente assim, mas melhor do que a que a gente tinha até então.

Ela exibiu a foto numa tela grande, para que os colegas pudessem ver. Era Fera, em trajes de banho, sentado à mesa de um restaurante na praia.

— Os bandidos saem de férias — ironizou um dos policiais, provocando algumas risadas.

— Essa foto foi tirada numa praia de Porto-Vecchio — explicou Marion. — Os caras em volta dele fazem parte do crime organizado de Rimini e da máfia corsa. Todos já se envolveram em assaltos.

Ao ver a imagem, Greg ficou surpreso. A qualidade da foto não era boa, mas ele percebeu, no torso nu de Philippe Carral, uma tatuagem similar à que Sophie tinha na coxa.

— Eu conheço essa tatuagem! — exclamou, interrompendo Marion. Ele se levantou e apontou para o torso de Fera. — Sophie Braun, a esposa do Arpad, tem exatamente a mesma tatuagem, só que na coxa.

A foto na tela estava meio desfocada e a tatuagem não era muito nítida. Dava para ver que se tratava de um animal, mas não era fácil distingui-lo. Greg tinha certeza de que o desenho era, traço a traço, idêntico ao da tatuagem de Sophie.

— É um lobo? — perguntou um dos policiais.

— Não, é uma pantera — afirmou Greg.

— Bom, eu vejo um lobo — insistiu o policial.

— Greg, você tem certeza de que é a mesma tatuagem? — interveio Marion.

— Absoluta. Eu já vi a Sophie de biquíni. Ela tem uma pantera igualzinha tatuada na coxa.

— Eles não são os únicos, né? — ponderou um dos policiais. — É muito comum as pessoas tatuarem animais selvagens: cabeças de leão, de tigre, de lobo...

— É uma pantera, estou dizendo! — disse Greg, irritado.

— E se a gente ampliasse? — sugeriu o promotor.

— Já tentamos fazer isso, claro — disse Marion —, só que a qualidade da foto é péssima. Quanto mais a gente amplia, mais granulada fica. E não dá para limpar.

— É exatamente a mesma tatuagem — repetiu Greg. — Boto minha mão no fogo. Não pode ser coincidência!

— Então quer dizer que essa Sophie Braun pode ter uma ligação com Philippe Carral? — recapitulou o responsável pela divisão de crimes, para retomar o foco da discussão.

Greg aproveitou a oportunidade e lançou:

— Então vão ser três assaltantes, e um deles é uma mulher!

— É uma conclusão um pouco precipitada — interveio o promotor, a fim de conter todo aquele entusiasmo. — E eu devo lembrar você de que *mão no fogo* não tem muito valor legal. Mas precisamos esclarecer essa história da tatuagem. A esposa de Arpad Braun já está sob escuta telefônica, certo?

— Certo — confirmou o responsável pela divisão de vigilância. — Esperando interceptar uma confissão do marido antes da ação concreta. Mas até agora não houve nenhuma comunicação que tenha chamado nossa atenção.

— Ela também precisa estar sob vigilância — decretou o promotor. — Precisamos acompanhá-la passo a passo.

Às onze horas, os agentes que estavam na cola do suspeito viram o Porsche de Sophie entrar num lava-jato da rue Dancet. Um deles enviou uma breve atualização para o grupo de mensagens:

Os Braun acabaram de fazer compras no mercado e agora estão lavando o carro.

Quando o Porsche desapareceu no túnel do lava-jato, engolido pelas escovas gigantes, Sophie pegou o rosto de Arpad e lhe disse, cheia de gratidão:
— Obrigada. Obrigada por me deixar fazer isso...
— Vai dar tudo certo amanhã, né? — perguntou ele.
Ela desviou o olhar.
— Não vamos falar de amanhã. Por que você não vai com a gente a Saint-Tropez hoje à tarde?
— Tenho uma reunião com o Julien daqui a pouco. Ele talvez tenha um trabalho para mim. E assim eu também fico por aqui amanhã, quando você...
Ficaram em silêncio. Obviamente, Sophie não sabia nada sobre o envolvimento do marido no assalto, e ele se segurou para não revelar o pacto que havia feito com Fera. Quase se entregou ao fazer uma pergunta que o estava atormentando.
— Como você vai fazer para estar hoje à noite em Saint-Tropez e aqui amanhã de manhã?
Ela ficou na defensiva.
— Como você sabe que vai ser de manhã?
— Eu sei do plano. O Fera me contou.
— Não vamos falar de amanhã — repetiu Sophie.
— Como não falar de amanhã? — Arpad se irritou. — Você pode imaginar que não consigo pensar em outra coisa. E se der errado?

— Vai dar tudo certo, eu prometo. Confia em mim, confia no Fera...
— Arpad soltou um suspiro, e então Sophie continuou: — Agora escuta com muita atenção o que vou dizer.

Ele assentiu, para demonstrar que era todo ouvidos. Ela então prosseguiu:

— Se os policiais vierem te fazer perguntas...

Ele logo a interrompeu:

— Por que os policiais viriam me fazer perguntas?

Ela resolveu ignorar o comentário. Havia um bom motivo para as coisas darem errado, mas não iria revelar nada ao marido, claro.

— Arpad, me escuta bem. Não pergunta nada e só me escuta, por favor! Se os policiais te interrogarem, é isso aqui que você tem que responder.

Ela enumerou uma lista de comportamentos a adotar e de respostas prontas para dar aos policiais. Quando terminou, resolveu acrescentar:

— Se tudo der errado...

Ele a interrompeu de novo:

— Se tudo der errado? Por que daria errado?

Ela não respondeu e apenas prosseguiu:

— Se tudo der errado e eu tiver que fugir, você me encontra no esconderijo.

— Esconderijo?

— Fica numa fazenda em Jussy. Grava o endereço. Para chegar ao apartamento, é preciso subir pela escada que fica do lado do celeiro.

Se o assalto desse errado e Sophie tivesse que fugir, ficaria sem ver a família por um longo tempo. E se a única saída fosse desaparecer, queria encontrar Arpad. Uma última vez.

Às três da tarde, Sophie estava esperando os filhos em frente à escola de Cologny, em meio a outras famílias. Era o último dia de aula antes das férias de verão, e o horário da saída tinha se transformado num alegre alvoroço. Todo mundo parecia bastante relaxado.

A distância, Karine ficou observando Sophie dar um beijo em Isaak e Léa e levá-los até o carro. Os três entraram, e ela percebeu que o porta-malas estava cheio. O Porsche arrancou e desapareceu rápido. Karine não sabia para onde eles iam, mas estava aliviada por vê-los se afastando.

Sophie seguiu pelas docas que margeiam o lago Léman, depois atravessou o bairro de Eaux-Vives para pegar a route de Malagnou, uma via que liga o centro de Genebra à fronteira com a França. Não reparou no discreto balé de viaturas policiais que lhe seguiam os passos.

— Ela acabou de passar pela bifurcação para Thônex. Acho que está indo na direção do posto alfandegário de Vallard — anunciou pelo rádio um dos inspetores.

Quando Sophie chegou ao posto da fronteira, um funcionário da alfândega se aproximou do carro como se fosse fazer uma verificação de rotina.

— Boa tarde, senhora. Para onde estão indo?
— Para Saint-Tropez.
— Por quanto tempo?
— Todo o mês de julho. Talvez um pouco mais. Meus pais moram lá.

O funcionário da alfândega deu uma olhada no interior do carro.

— Está bem — disse ele —, podem ir.

Sophie saiu com o carro, e ele discou o número que a central lhe transmitira.

— Ela acabou de passar pela fronteira — anunciou ao interlocutor. — Está indo para Saint-Tropez, para a casa dos pais, passar todo o mês de julho.

— Obrigado — disse o responsável pela divisão de vigilância, que então desligou.

O policial estava numa sala de gerenciamento de crise do quartel-general da polícia judiciária.

— Tudo indica que ela vai passar o verão em Saint-Tropez — anunciou aos colegas presentes.

Os policiais suíços não podiam seguir Sophie em território francês sem uma autorização expressa do Ministério do Interior. O responsável pela divisão de vigilância contactou na mesma hora o promotor, para fazer uma solicitação a Paris, mas este respondeu num tom fatalista:

— Numa sexta-feira à tarde? Esquece. Só vamos ter uma resposta dos franceses no meio da semana que vem.

— Posso destacar uma equipe para Saint-Tropez de maneira confidencial — sugeriu o responsável pela divisão de vigilância.

— Você está louco! — gritou o promotor. — Se eles pegam a gente, isso vai criar um enorme incidente diplomático. Não sei quanto a você, mas eu não estou nem um pouco a fim de ver minha carreira terminar neste fim de semana.

*

Às seis da tarde, como já estava combinado desde o início da semana, Arpad encontrou o amigo Julien Martet num bar do centro.

— Você vai ver como tudo se ajeita — garantiu Julien.

— Tomara que sim — respondeu Arpad.

Arpad sempre admirara Julien: era um homem ambicioso, trabalhador, talentoso, generoso, sempre presente quando precisavam dele. Em seu traje impecável, era a imagem de tudo o que o próprio Arpad queria ser.

— Presta atenção — disse Julien. — Isso fica entre nós, mas fiz minha pesquisinha lá no trabalho. Eles estão procurando alguém para gerenciar os clientes franceses, e eu sei que você tem o perfil. Vamos dar uma olhada nos candidatos na segunda. Posso tentar sugerir alguém de fora e propor seu nome para o cargo.

— Você é um amigo de ouro — agradeceu Arpad.

— Não é nada garantido, mas vou fazer o possível. E, se não for dessa vez, vamos arrumar outra coisa. Pode contar comigo, tudo vai se ajeitar.

Os dois tomaram algumas cervejas e ficaram falando de amenidades, mas Arpad estava com a cabeça em outro lugar: vinha contando as horas para o momento do assalto. Na verdade, não estava nem aí para o emprego que Julien havia lhe proposto. O encontro lhe serviria principalmente de álibi. Sophie tinha um muito bom: estava em Saint-Tropez. Já ele, se lhe perguntassem por que não havia ido para lá com a esposa e os filhos, alegaria que tinha essa importante reunião profissional.

*

21h, na Verruga.

As crianças estavam dormindo. As malas já estavam fechadas, esperando na entrada da casa. Tudo pronto para o dia seguinte. Karine foi até a cozinha, onde Greg tinha acabado de lavar a louça. Ele estendeu para ela uma taça de vinho.

— Ao nosso fim de semana a dois — disse.

Ela brindou com ele e tentou fingir que estava de bom humor. Só conseguia pensar na carta que acusava Greg de ser um porco traidor e no vídeo de Sophie. Ficou se perguntando quem era realmente o marido. Ele, porém, estava se esforçando, e Karine precisava fazer a parte dela. Tinha decidido dar uma chance ao casamento, então precisava ir até o fim.

— Meus pais vêm pegar os meninos às dez — disse. — Se a gente conseguir sair na mesma hora, chegamos à Itália na hora do almoço. Descobri um restaurantezinho muito bem recomendado perto de Alba... Pode ser uma boa.

Greg ainda não tinha dito nada a ela. Sabia que Karine faria um escarcéu, então vinha adiando o momento.

— É melhor a gente sair no início da tarde — sugeriu ele. — Por causa do trânsito.

— Você acha?

— Acho. Todo mundo vai pegar a estrada na mesma hora amanhã. Vão ser quilômetros e quilômetros de engarrafamento no túnel do Mont-Blanc.

— Não às dez da manhã — decretou Karine. — E pra gente pouco importa, já que não vai ter nenhuma criança gritando nos nossos ouvidos. A gente acorda aqui e almoça na Itália, para começar com o pé direito!

Ela sacudiu o pé direito, para mostrar a Greg que tinha ido à pedicure. Ele, porém, não esboçou nenhuma reação.

— Não gostou da cor? — perguntou Karine.

Ele se sentiu um covarde por ter esperado tanto tempo para confessar.

— Olha... — começou a dizer, finalmente. — Não lembro se cheguei a te falar, mas vou ter que trabalhar amanhã de manhã.

Ela engasgou:

— Você... o quê? Como assim, *vai ter que trabalhar*?

— Pois é, tem a ver com aquele caso que eu mencionei...

— Greg, você está brincando comigo?

— Você está cansada de saber que eu tenho um monte de imprevistos no trabalho!

— Faz quanto tempo que a gente está combinando essa viagem de fim de semana? Não dava para encontrar ninguém que pudesse substituir você?

— Não é assim tão fácil me *substituir*, Karine. Eu faço parte de um grupo de pronta intervenção, não sou vendedor de loja.

Ele se arrependeu na mesma hora do que havia dito.

— Você sabe o que ela acha, *a vendedora de loja*?

— Karine, eu me expressei mal. Olha só, não estraga tudo...

— É você quem está estragando tudo!

— Meio-dia já vou estar liberado! — prometeu ele. — A gente sai logo em seguida. Não faz tanta diferença assim pegar a estrada às dez ou ao meio-dia. E a gente pode almoçar mais tarde, não pode? Tipo umas três horas! É como eles costumam fazer na Itália, não é? Você não tinha me falado que seus pais viriam pegar as crianças tão cedo.

— Não estou acreditando que você me aprontou essa!

Ela estava com vontade de chorar, mas não na frente dele. Deu meia-volta e foi até a escada.

— Hoje você pode dormir no sofá — ordenou.

Greg fez menção de alcançá-la.

— Poxa, Karine, não leva as coisas para esse lado — implorou. — É uma operação grande!

— E você é um grande babaca!

Ela subiu e ele ficou no primeiro andar. Karine se trancou no quarto e desabou na cama, chorando de soluçar.

Na mesma hora, em Saint-Tropez, na mansão dos pais de Sophie, a família estava deixando a mesa depois de um jantar muito alegre. Meia hora antes, Bernard tinha recebido a filha e os netos com pizzas que ele mesmo havia preparado.

Enquanto Jacqueline tirava a mesa, as crianças raspavam o fundo da taça de sorvete e Bernard debatia com Sophie os planos para as férias: passeios de barco, excursões, praias. O verão seria incrível.

Foram interrompidos pela campainha. Sophie foi abrir a porta. Diante dela estavam dois inspetores da polícia judiciária, que lhe mostraram os documentos de identificação.

Os dois policiais explicaram que tinham acabado de intervir em uma das casas mais abaixo por causa de um assalto, e estavam percorrendo todas as casas do entorno à procura de eventuais testemunhas. Sophie chamou o pai, e Bernard levou o assunto muito a sério. Não tinha visto nada, mas queria participar das investigações. Depois Jacqueline apareceu para se juntar à conversa. Foi Sophie quem acabou por despachar os pobres inspetores, que àquela altura já haviam sido convidados por Bernard a conhecer a varanda.

— Pai, acho que esses senhores têm mais o que fazer.

Os policiais foram embora. Já na viatura, um deles ligou para o superior.

— Acabamos de ver a mulher — disse. — Foi ela, inclusive, quem abriu a porta... Sim, sim, coincide com a da foto... Ela está com os filhos e os pais. O pai é um idiota. Achei que fosse nos convidar para dormir na casa dele... Vimos o carro dela, sim. Um Porsche preto com placa de Genebra. Sim, conseguimos botar um localizador embaixo.

De sua sala na sede da polícia judiciária de Toulon, o chefe dos policiais contactou imediatamente o responsável pela divisão de crimes em Genebra, que lhe pedira ajuda num caso de assalto iminente. O protocolo exigia que esse tipo de requisição passasse pelas vias oficiais, mas os policiais sabiam que o tempo era precioso e as trocas de favores eram bastante comuns.

— Meus homens passaram na casa. A mulher está lá, eles a identificaram na hora. Também puseram um localizador debaixo do carro. Se ela se mexer, vamos ficar sabendo.

— Obrigado por tudo.

— Sinto muito por não poder ajudar mais. Com o efetivo que temos, é impossível fazer o monitoramento como se deve.

— Você já fez muito — garantiu o responsável pela divisão de crimes. — Agradeço demais. Te devo uma.

Na casa de vidro, Arpad estava na sala, pensativo, apreensivo com o dia seguinte. O toque do telefone atrapalhou o silêncio. Era uma chamada de vídeo de Sophie.

Ele atendeu e ela apareceu na tela, com a sala da casa dos pais no fundo. Estava radiante.

— Como foi a reunião com o Julien?

— Foi boa, muito boa. Ele disse que talvez tenha uma vaga para mim no fundo em que trabalha.

— Que bom — disse ela, feliz da vida. — Vem logo ficar com a gente aqui. Já estamos com saudade.

Ele não teve tempo de responder, pois Isaak e Léa, de pijama, se apoderaram do telefone. Estavam se preparando para dormir.

— Boa noite, meus amores — disse Arpad, com o coração apertado.

— Papai! — gritou Isaak. — O vovô Bernard fez pizza! Estava uma delícia!

Bernard apareceu na tela, rindo.

— E aí, Arpad, e essa entrevista de emprego? — perguntou, exibindo para o genro um sorriso caloroso.

Parecia ter passado uma borracha na infeliz briga entre os dois, e naquele momento se comportava como se ela nunca tivesse acontecido.

— Estou vendo que as notícias voam — disse Arpad, achando graça.

— Foi tudo bem informal, mas acho que me saí bem.

— Maravilha! E quando você vem para cá ficar com a gente?
— Amanhã à tarde.
— Não vejo a hora de reunir a família de novo — disse Bernard.
— Eu também — respondeu Arpad.

Capítulo 21
O DIA DO ASSALTO

~~Domingo, 26 de junho (a descoberta de Greg)~~

~~Segunda-feira, 27 de junho~~

~~Terça-feira, 28 de junho~~

~~Quarta-feira, 29 de junho~~

~~Quinta-feira, 30 de junho~~

~~Sexta-feira, 1º de julho~~

→ **Sábado, 2 de julho de 2022 (o dia do assalto)**

4h.

Sophie tinha acabado de cruzar, incógnita, a fronteira suíça e entrar na comuna de Jussy por um caminho isolado, que passava pelo meio das plantações. Chegou à fazenda e estacionou em frente à casa onde ficava o esconderijo.

Tinha saído de Saint-Tropez por volta das dez e meia da noite. Ninguém a vira sair de casa. Os pais já estavam dormindo. Na manhã do dia seguinte, cuidariam das crianças assim que elas acordassem, levando-as a Cannes para passar o dia, enquanto Sophie poderia dormir até mais tarde. Tinha combinado tudo com o pai.

Havia saído de casa pela porta da cozinha e atravessado o jardim por trás. Em seguida, descera discretamente algumas dezenas de metros da encosta rochosa, até um caminhozinho de cascalho. Depois de uns minutos de caminhada, chegou a um estacionamento utilizado pelas pessoas que iam passear por lá. Fera tinha deixado um carro para ela: o Peugeot cinza dele. Sophie estava com a chave reserva. Pegou a estrada em direção à Suíça. Se não chamasse atenção, se respeitasse os limites de velocidade, pagasse os pedágios em dinheiro e cruzasse a fronteira por um caminho alternativo, ninguém ficaria sabendo que tinha voltado a Genebra.

No esconderijo, Fera a recebeu com uma refeição, mas ela estava sem fome. Estava nervosa. Sempre ficava assim antes dos assaltos.

*

5h.

Na Verruga, Greg, que tinha dormido no sofá, acordou com as lambidas amistosas de Sandy. Fez um carinho nele e se levantou. Em seguida, preparou um café e despachou o cachorro para o jardim. Estava chateado por ter brigado com Karine. Precisava restabelecer a harmonia entre os dois, mas lamentava a falta de compreensão por parte dela. O trabalho dele não era uma atividade qualquer. Um assalto estava prestes a acontecer, e ele não podia abandonar os colegas só porque a data do crime não era conveniente. Antes de sair de casa, deixou um bilhete na mesa da cozinha.

Volto ao meio-dia. Aí partimos para a Itália.
Te amo.

Era a primeira vez que saía para uma operação sem dar um beijo na esposa.

Enquanto isso, na casa de vidro, Arpad repassava mentalmente a coreografia do assalto. Já estava acordado havia muito tempo. A noite fora curta e agitada. Os sete minutos que tinha pela frente lhe pareciam uma eternidade.

A alguns quilômetros dali, no esconderijo, Fera, sentado numa poltrona, observava Sophie dormindo. Com cuidado, pôs uma coberta em cima dela. Só a acordaria no último minuto. Ela precisava descansar.

*

6h45.

No quartel-general da polícia, Greg terminava de se preparar na sede do grupo de pronta intervenção. Ainda estava sozinho no vestiário.

Vestiu o uniforme preto de um jeito quase ritualístico. O traje de combate. Esperaria o fim da reunião para botar o colete à prova de balas, a balaclava e o capacete tático.

Ficou um bom tempo se olhando no espelho, até que os primeiros colegas o interromperam. Enquanto eles se trocavam e se equipavam, Greg foi para a sala de reunião.

Havia chegado o dia do confronto.

7h15.

Na casa de vidro, Arpad tomava um último café. De pé e em frente à janela, examinava o jardim, como Sophie costumava fazer.

Já estava quase na hora de sair.

Releu pela última vez as instruções que Sophie lhe dera no dia anterior, caso alguma coisa desandasse no assalto e a polícia resolvesse interrogá-lo. Tinha anotado tudo às pressas, num pedaço de papel, para decorar. Depois de reler, destruiu as anotações na água da pia, apagando todos os rastros.

*

7h30.

No quartel-general da polícia, na sala de reuniões do grupo de pronta intervenção, Greg estava dando instruções aos comandados. Sairiam a qualquer momento.

— Nosso alvo se chama Arpad Braun — lembrou Greg, enquanto uma foto de Arpad aparecia na tela atrás dele. — Ele era gestor de patrimônio de um banco privado. Foi demitido uns meses atrás. Teve uma breve passagem pela prisão, na França, por conta de uma história de roubo de carro. Ele tem um cúmplice, um tal de Philippe Carral. São suspeitos de já terem assaltado um banco juntos, na França, quinze anos atrás. Sabemos que eles vão assaltar uma joalheria hoje. Ainda não sabemos qual. Perdemos o rastro desse Philippe, mas estamos na cola de Arpad Braun. Uma equipe da divisão de vigilância está de olho nele. Vão nos informar assim que ele sair de casa.

*

8h.

Arpad entrou no carro, deixou a casa de vidro e dirigiu rumo ao centro de Genebra. Seria impossível, mesmo para um olho treinado, reparar nos policiais que o seguiam. Ele deixou o carro no bairro de Tranchées, na rue François-Bellot. Depois seguiu a pé, de boné. Caminhou por um bom tempo até se aproximar da rue du Rhône.

*

9h.

Greg estava estacionado perto da estação de Cornavin, com vários outros veículos do grupo de pronta intervenção, quando recebeu um informe da divisão de vigilância: Arpad estava na rue du Rhône, andando de um lado para outro. Provavelmente tentaria assaltar uma das várias joalherias que ficavam naquela prestigiosa rua.

Greg decidiu mandar todos os homens para lá. Os nove veículos descaracterizados que compunham a unidade seguiram para a rue du Rhône e ocuparam discretamente as respectivas posições.

Às 9h29, depois de uma enésima volta pela rua, Arpad se dirigiu à loja da Cartier. Disfarçado de gari, um policial alertou os colegas pelo rádio:

— Ele vai entrar na Cartier! Vai entrar na Cartier!

Greg, que estava nas imediações, passou por lá de carro. Só conseguiu ver Arpad abrindo a porta da loja. Depois, os policiais o perderam de vista. Por questões de segurança, a vitrine da joalheria ficava obstruída por mostradores, e os raros vãos que restavam livres não permitiam que se visse coisa alguma a distância.

Greg posicionou os homens em torno do prédio, para cobrir todos os acessos. Então anunciou pelo rádio:

— Ninguém se mexe ainda. A gente quer fazer o flagrante!

Os dois assaltantes tinham acabado de entrar ao mesmo tempo na joalheria, mas por acessos diferentes. Enquanto o primeiro tinha simplesmente entrado pela porta da frente como um cliente qualquer, o outro passara por uma saída de emergência que também funcionava como acesso de serviço. Os assaltantes só precisaram esperar a chegada de uma funcionária cujos horários de expediente já conheciam. Ela não pressentiu nada de errado. Ficou paralisada ao ver a sombra de balaclava que a ameaçava com uma escopeta de cano serrado, botando-lhe um dedo na boca para impedi-la de falar e apontando para o teclado eletrônico da porta, indicando que ela a abrisse.

Naturalmente, a funcionária obedeceu. Depois que a levaram para os fundos da loja, ela foi amarrada e trancada na casa de máquinas. O assaltante de balaclava em seguida se juntou ao comparsa de boné dentro da joalheria. Tudo se passou numa fração de segundo. O Balaclava empunhou a escopeta, enquanto o Boné sacou o revólver que carregava na cintura e começou a gritar:

— É um assalto, ninguém se mexe!

O Balaclava, com a ponta da escopeta, empurrou o vendedor e o gerente para a salinha dos fundos. O Boné obrigou o segurança a trancar a porta da loja antes de levá-lo para um ponto onde ninguém conseguisse vê-lo. Se alguém passasse na frente da vitrine, veria apenas uma loja vazia.

Escondido no carro, Greg inspecionava a loja. Do lado de fora, parecia tudo calmo, mas era impossível ver o que quer que fosse.

— Precisamos de alguém para checar como está a situação dentro da Cartier — pediu pelo rádio.

— Deixa comigo! — anunciou na mesma hora uma jovem da divisão de vigilância.

Uma silhueta empurrando um carrinho de criança vazio se dirigiu até a joalheria.

— Não estou vendo nada — disse a mulher pelo rádio.

— Como assim, *não está vendo nada?* — perguntou Greg. — Cadê o Arpad?

— Não estou vendo ninguém dentro da loja.

— E nos fundos? — perguntou Greg.

— Sem novidades — respondeu um dos colegas.

Greg não estava gostando nada daquilo: geralmente, a calmaria absoluta não era bom sinal.

No interior da joalheria, se desenrolava um balé perfeitamente coreografado. Os assaltantes sabiam exatamente o que estavam fazendo. O segurança e o vendedor foram amarrados com braçadeiras de plástico e ficaram sob a vigilância do Balaclava. Só não amarraram o gerente da loja, que foi arrastado pelo Boné até o cofre principal e obrigado a destrancá-lo.

O Boné foi abrindo as gavetas do cofre, uma por uma, sem tocar em nada. Procurava especificamente certas pedras preciosas e esboçou um sorriso vitorioso ao encontrá-las. Eram enormes diamantes rosa. Pegou um saquinho de veludo e pôs os diamantes dentro.

Estacionado do lado de fora, Greg tinha acabado de decidir enviar alguém para fazer um reconhecimento.

— Quero que alguém do grupo de pronta intervenção entre na loja — ordenou pelo rádio.

Um agente da tropa de elite, vestido à paisana, apareceu de repente à porta da loja, como se fosse um cliente, e tentou entrar, mas a porta não abriu.

— Está trancada — anunciou o policial pelo rádio. — E lá dentro está um deserto...

Greg entendeu na mesma hora: se a porta estava trancada e não havia ninguém na joalheria, era porque os funcionários deviam estar presos em algum lugar lá dentro. Era o tão aguardado momento do flagrante delito.

Ele hesitou um instante: não queria que o assalto se transformasse numa tomada de reféns nem tampouco estava disposto a arriscar um tiroteio em plena rua quando fossem interceptar os assaltantes no momento da fuga.

— Vamos invadir — anunciou Greg. — Aguardem o meu sinal.

***

Depois de tirar todos os diamantes do cofre, o Boné correu até a sala dos fundos da joalheria, onde estavam os reféns.

— Já podemos ir — falou para o comparsa, com bastante calma. — Vou só dar uma olhada para ver se a rua está livre.

O Balaclava fez que sim com a cabeça, e o Boné foi discretamente até a vitrine espiar a rua.

A tensão começava a aumentar.

A saída da joalheria e a fuga eram os momentos mais perigosos do assalto.

Com binóculos, Greg observava o interior do estabelecimento. Notou a silhueta de Arpad, com o boné na cabeça, observando a rua do lado de dentro da vitrine.

— Assaltante à vista! Vamos em frente!

Na mesma hora, duas colunas de homens vestidos de preto, equipados com fuzis e escudos, se postaram de ambos os lados da entrada da loja da Cartier e arrombaram a porta.

Arpad não estava esperando.

Ouviu a primeira explosão do lado de fora, seguida imediatamente por uma segunda, dessa vez já dentro da joalheria. Ficou um instante paralisado por conta do barulho ensurdecedor e da luz projetada pela granada que tinham acabado de lançar. Policiais de balaclava, protegidos por escudos, invadiram a loja e lhe apontaram armas.

Ele foi jogado no chão sem a menor piedade.

A adrenalina fez o coração dele disparar. Os ouvidos estavam zunindo. Sentiu botas o esmagarem e, em seguida, foi algemado.

Era o fim.

Na mesma hora em que Arpad foi detido dentro da loja, a outra coluna do grupo de pronta intervenção, que estava cobrindo a saída de emergência, interpelou o segundo assaltante enquanto ele tentava fugir pela porta.

Depois de neutralizados, os suspeitos foram algemados e tiveram os olhos vendados. A ordem era levá-los imediatamente até a sede da polícia judiciária.

De balaclava e uniforme de operação, Greg sentiu uma perversa satisfação ao arrastar Arpad até a viatura do grupo de intervenção e empurrá-lo para o banco de trás sem a menor gentileza. A viatura partiu na mesma hora, com a sirene e as luzes giratórias ligadas. Arpad não enxergava nada e ouvia muito pouco. Ainda tinha os ouvidos sensíveis por conta da explosão. Estava em estado de choque. O que aconteceria com ele? O que seria dele?

*

Em Saint-Tropez, Bernard estava ocupado na cozinha, preparando uma bandeja de café da manhã para Sophie sob os olhares da esposa e dos netos. Em seguida, levou a bandeja até o quarto da filha. O cômodo estava deserto, mas só ele sabia disso. Entrou no quarto e gritou com o vozeirão característico em direção à cama vazia, garantindo que Jacqueline e as crianças o ouvissem a distância:

— Bom dia, minha querida! Dormiu bem?

— ...

— Ah, quer descansar mais um pouco? Claro. Durma mais, sim, até já.

De volta à cozinha, ele anunciou:

— Sophie está exausta. Vamos deixá-la dormir mais um pouco. Podemos ir a Cannes sem ela.

*

O caos havia se instaurado em frente à loja da Cartier. A presença massiva de policiais no local tinha atraído hordas de curiosos que passeavam pelas ruas do comércio, lotadas naquele sábado de verão. Dentro do perímetro de segurança, dois inspetores da divisão de crimes tomavam o depoimento do gerente da loja.

— Quando vi surgirem todos esses policiais — explicou —, a princípio achei que fosse um assalto. Alguém vai me explicar o que está acontecendo?

Os dois inspetores trocaram um olhar circunspecto.

— Como assim, *o que está acontecendo*? — perguntou um deles.

O promotor entrou furioso na loja da Cartier e foi imediatamente levado a uma sala onde estavam reunidos os diferentes policiais envolvidos na operação.

— Alguém me diz que isso é uma piada! — gritou.

Ninguém se atreveu a abrir a boca. O gerente da loja, que também estava presente, perguntou:

— Que história é essa de assalto? Eu queria que me dessem uma boa explicação. Vocês viram o estado da loja?

A pedido do promotor, o gerente relembrou como tinha sido a visita do primeiro cliente do dia. Na parede, uma tela exibia os registros das câmeras, e, enquanto falava, o responsável pela joalheria ilustrava o relato com as imagens.

*

Trinta minutos antes.

Arpad empurrou a porta da loja. Ao ver o homem elegante que acabava de entrar, um funcionário foi recebê-lo com deferência.

— Bom dia, senhor, bem-vindo à Cartier. Como posso ajudá-lo?

— Duas semanas atrás, comprei um anel com vocês e acabei percebendo que veio com um defeito — explicou Arpad.

Então tirou do bolso o anel com formato de cabeça de pantera que tinha dado de presente a Sophie.

Depois de ver a joia, o funcionário conduziu o cliente até uma sala privativa. Lá dentro, Arpad se sentou e colocou a peça numa bandeja de veludo que o funcionário lhe estendeu. Este pôs uma luva branca para manusear o anel.

— Está faltando um dos diamantes que formam o contorno dos olhos — explicou Arpad.

— Assim não estou conseguindo ver direito. Vou pegar uma lupa e já volto.

O funcionário saiu da sala por uns instantes. Ao voltar, com a lupa na mão, constatou que o anel não estava mais na bandeja de veludo.

— Cadê o anel? — perguntou.

— O anel? Pensei que você o tivesse levado — respondeu Arpad.

*

— O anel tinha caído no chão — explicou o gerente. — Como vocês podem ver nas imagens das câmeras de segurança, quando ficou sozinho na sala, o cliente se abaixou para amarrar o cadarço do sapato. Ele acabou esbarrando na mesa e o anel caiu. Como o piso é acarpetado, ele não ouviu nada. E aí vocês veem o meu colega voltando para a sala com a lupa e descobrindo que o anel tinha sumido. Nenhum dos dois viu a joia no chão.

— E o que vocês fizeram? — perguntou o promotor.

— Meu colega avisou imediatamente o pessoal da segurança. O protocolo é muito claro nessas situações: as portas são trancadas. Ninguém entra e ninguém sai. Como não tinha mais nenhum cliente na loja, todos os agentes de segurança vieram para cá. O cliente queria sair da sala, mas um dos agentes mandou ele não se mexer. Foi tudo muito rápido: logo em seguida, achamos o anel. Para mim, o assunto estava encerrado, mas o cliente parecia de repente muito irritado.

*

Vinte e cinco minutos antes.

— Todo esse teatro é mesmo necessário? — perguntou Arpad, num tom mal-humorado, ao gerente. — É muito desagradável ser mantido à força onde quer que seja.

— Sinto muito, senhor, mas é o protocolo.

— Sequestrar um cliente?

— Não é exatamente um sequestro, senhor. Meu agente de segurança pediu com toda a educação que o senhor não saísse da sala.

— Nosso conceito de educação é bem diferente. Vocês me trataram como se eu fosse um ladrão. Isso é jeito de tratar as pessoas, principalmente alguém que não se preocupa em gastar? Quero o anel de volta, por favor. Vou levar para consertar em outro lugar, que vai me sair mais barato.

— Não leve por esse lado...

— Bom, seja como for, preciso ir. Tenho uma reunião importante.

*

— E bem na hora que ele estava indo embora — explicou o gerente — chegaram todos esses policiais de balaclava.

O promotor se virou para o responsável pela divisão de crimes.

— E esse outro sujeito que vocês prenderam tentando fugir pela saída de emergência? Quem era? Era o Philippe Carral?

O policial apontou para um homem de terno que aparecia na tela e respondeu, envergonhado:

— É um dos funcionários da loja. Ele entrou em pânico na hora da invasão, achou que fosse um assalto e se apressou a dar no pé.

O promotor soltou um palavrão e depois começou a berrar:

— A gente vai fazer papel de palhaço! Vocês viram os jornalistas lá fora? O que é que eu vou falar para eles?

— Bom — disse o policial, se defendendo —, você precisa reconhecer que essa história está esquisita. Arpad não é flor que se cheire. Ele entra na joalheria, o anel cai no chão como se fosse sem querer, acham o anel, ele faz toda uma cena e depois vai embora.

— Pelo visto é um energúmeno — constatou o promotor —, mas não cometeu nenhuma infração.

— E se tiver sido uma armação? — sugeriu o policial. — Reparem bem: assim que ele entra na loja, aciona discretamente o cronômetro do relógio. Depois, não para de olhar as horas. Parece que está calculando o tempo.

— Aonde você quer chegar? — perguntou o promotor.

— Talvez ele esteja cronometrando o tempo de reação dos agentes de segurança. Pode ser um teste para um futuro assalto...

— Um *futuro assalto*? — irritou-se o promotor. — E o que é que eu faço com isso, inspetor? Incrimino o sujeito por qual motivo? Nós viemos por conta de um assalto, mas acontece que não teve assalto nenhum!

— Você sabe tão bem quanto eu que tem uma zona cinzenta nessa história! Como, por exemplo, a ligação entre Arpad Braun e Philippe Carral, por exemplo, aquele encontro suspeito no museu... O telefonema sobre alguma coisa que ia acontecer hoje de manhã...

— Exatamente: o que é que ia acontecer hoje de manhã? — perguntou o promotor, irritado. — Estamos andando em círculos!

— Posso interrogar o sr. Braun? — pediu o policial. — Nunca se sabe... Alguma coisa está escapando da gente, isso é óbvio, só não sei exatamente o quê.

— Sim, pode interrogar o sr. Braun — concordou o promotor. — Mas cuidado, o dossiê não tem nada, você não vai poder segurá-lo por muito tempo.

Na floresta de Jussy, Fera e Sophie tinham acabado de esconder a moto no bosquezinho. Deixaram os capacetes ali e em seguida andaram apressados pela mata até chegar à casa da fazenda. Quando já estavam no esconderijo, explodiram de alegria e se abraçaram. O assalto tinha sido perfeito. Sophie sentia o coração batendo forte. Estava tomada de emoção. Como uma doce embriaguez.

Fera ligou o laptop e entrou no site do jornal *Tribune de Genève*. Então viu na primeira página: *Tentativa de assalto na Cartier*.

— Ah, os idiotas morderam a isca! — gritou, com orgulho.

10h30.

A joalheria Stafforn, uma loja pequena, porém prestigiosa, tinha sido assaltada uma hora antes, mas ninguém percebera ainda.

A loja ficava no centro histórico, a poucos passos da place du Bourg-de-Four, que estava tomada de gente naquela manhã de sábado de verão. Os cafés não ficavam um minuto vazios, e por essa região exclusiva para pedestres passava um fluxo incessante de transeuntes.

Fera e Sophie tinham chegado e ido embora sem ser notados. Ninguém prestara atenção àquele casal que havia passado por ali uma hora antes, tão parecido com outros tantos. Naquele ponto, não havia nenhuma câmera de segurança para retraçar o caminho deles desde a joalheria até a moto estacionada na rue Saint-Léger, alguns metros mais abaixo.

No esconderijo, Fera saboreava o sucesso.

Dois meses antes, no fim de abril, ao receber a proposta para um roubo fácil e muito bem pago em Genebra, ele aceitou na hora. O cliente era um receptador de total confiança. Um estoniano de reputação bem estabelecida com uma lista de contatos quilométrica entre as quadrilhas de assaltantes europeus. O Estoniano, como era chamado no submundo, gostava muito dele, pois Fera era um lobo solitário, um sujeito que trabalhava à moda antiga, de forma eficaz e limpa, sempre de acordo com as regras, com um código de conduta que já nem se aplicava mais. O mercado tinha sido invadido por quadrilhas do leste, que agiam em bando. Eram falastrões, violentos e imprudentes. Um desses bandos tinha estragado um grande assalto em Paris porque dois dos membros, antes do crime, acharam uma boa ideia roubar um turista usando a força. Eles foram presos e os policiais conseguiram rastrear parte da rede. Fera era diferente.

Uma vez por mês, ele e o Estoniano se encontravam na balsa que liga Helsinque a Tallinn. Eram encontros profissionais, mas, desde que se conheciam, sempre começavam com um café e uma conversa amistosa. Depois o Estoniano passava a falar de negócios: encomendas de diamantes ou joias, para as quais procurava um mercenário capaz de realizar o trabalho. Fera selecionava as ofertas com todo o cuidado. Era um homem prudente, não um desajuizado, o que explicava a longevidade dele no ramo. Tinha parado de assaltar bancos porque os riscos eram muito grandes. No submundo, todos o conheciam e o respeitavam.

O Estoniano era a única pessoa que sabia de Sophie. Ele a chamava de *a namoradinha*. Fera não trabalhava com mais ninguém, só com ela. Fora o Estoniano quem propusera os assaltos de Saragoça e San Remo, entre outros. E, dois meses antes, fora ele quem propusera o de Genebra.

*

Dois meses antes.
29 de abril de 2022.

Na balsa entre Tallinn e Helsinque, em algum lugar no meio do mar Báltico, sozinhos no convés açoitado pelo vento, Fera e o Estoniano tomavam um café. O Estoniano, que tinha senso de hospitalidade, levara uma garrafa térmica e dois copos de plástico.

— Estou com um negócio legal para você — disse a Fera num francês sem sotaque. — É lá na terra da *sua namorada*.

— Em Genebra?

— É. Um joalheiro que se endividou. O imbecil comprou umas peças por uma fortuna e agora não consegue revender de jeito nenhum. Diamantes rosa que ninguém quer. Grandes demais, caros demais, vai saber. Bom, o cara quer ser assaltado, para depois dar entrada no seguro. São cinco diamantes que valem 25 milhões de euros. Você faz o roubo, e eu te dou 15% desse valor.

— Quero 20% — rebateu Fera na mesma hora.

— Cinco milhões para um assalto que vai ser sopa no mel me parece caro demais — calculou o Estoniano. — O joalheiro deu todas as informações sobre o acesso à loja, os horários de expediente dos funcionários e os sistemas de vigilância. Você só precisa chegar lá e se servir.

— Esse é o meu preço.

O Estoniano nem fez a afronta de regatear.

— Negócio fechado — disse, estendendo a mão.

Fera o cumprimentou e então falou:

— Pode ser no começo de julho.

— Seria melhor antes.

— Impossível — decretou Fera.

— Para você, tudo é possível — ponderou o Estoniano. — Você deve ter um bom motivo, então...

— Dia 20 de junho é o aniversário da Sophie.

— E o assalto vai ser o presente dela, é isso? — perguntou o Estoniano, sorrindo.

— Vai — respondeu Fera, e o rosto dele se iluminou com um sorriso de orelha a orelha.

— Você só abre esse sorriso quando fala dela. Pode ser no início de julho, tudo bem.

*

No esconderijo, enquanto Fera se lembrava da última conversa com o Estoniano, Sophie acompanhava, preocupada, as notícias on-line sobre a tentativa de assalto à Cartier. Estava furiosa.

— Não acredito que você fez isso! — exclamou, criticando Fera. — Você é completamente insano! Você usou o Arpad para distrair a polícia?

Fera nunca tivera a intenção de envolver Arpad no assalto à joalheria Stafforn. Era para ser o momento dele a sós com Sophie.

— Eu juro que, quando inventei esse assalto à Cartier, ainda não sabia que ele seria útil pra gente — alegou.

— Útil?

— A polícia suspeitaria de alguma coisa e ele serviria de distração.

— Arpad tinha que ter ficado fora disso tudo!

— Foi ele que insistiu em participar do assalto!

11h, no quartel-general da polícia judiciária.

Arpad estava sendo interrogado nas dependências da divisão de crimes. Sentia, sem entender muito bem por quê, que a situação era favorável. No momento em que fora brutalmente detido na loja da Cartier, chegara a pensar que era o fim. No entanto, depois de uma breve passagem por uma cela, levaram-no sem algemas e com toda a gentileza para uma sala de interrogatório. Uma jovem inspetora estava lhe fazendo perguntas sem a menor agressividade e sem acusá-lo de nada. A palavra "assalto" nem chegou a ser mencionada.

Marion Brullier perguntou a Arpad pela terceira vez:

— O que o senhor estava fazendo na loja da Cartier?

— Eu já disse: na semana passada comprei um anel, e um dos diamantes se soltou. Será que posso saber o que está acontecendo? E por que fui tratado como um bandido?

Ela se esquivou da pergunta:

— Houve um incidente na Cartier. Você pode nos falar sobre isso?

— Incidente? Eu não chamaria de incidente. Foram eles que avisaram vocês?

Marion tinha pouca margem de manobra: Arpad estava livre para ir embora se quisesse — mas, por ora, ainda não sabia disso. Continuou tentando fazê-lo falar.

— O que foi que aconteceu na Cartier? — insistiu.

— Eu levei um anel com defeito para eles consertarem. O anel caiu no chão, só que ninguém reparou, e isso provocou uma certa confusão. O pessoal da segurança apareceu e fez todo um circo desnecessário. Foram eles que avisaram vocês? Foi por isso que me jogaram no chão e me algemaram? Estou pensando em fazer uma denúncia.

Arpad disse isso para testar a policial, mas ela não reagiu. Isso queria dizer que não tinham nada contra ele? No entanto, uma questão o preocupava acima de tudo: o que tinha acontecido com Fera e Sophie? Ainda lhe faltavam algumas peças do quebra-cabeça, mas não queria que a policial notasse nada.

Marion continuou o interrogatório:

— Por que você está em Genebra?

— Porque eu moro aqui — respondeu Arpad de bate-pronto.

— Sua esposa e seus filhos foram ontem para Saint-Tropez...

— Como é que você sabe disso?

Ela voltou a se esquivar:

— Por que você não foi com eles?

— Eu pretendia me encontrar com eles hoje.

— Por que não foi ontem?

— Porque eu tinha um encontro no fim do dia para tratar de um possível emprego num fundo de gestão de patrimônio. É minha primeira oportunidade real de trabalho depois de meses, então Saint-Tropez podia muito bem esperar. Me desculpa, mas do que é mesmo que estou sendo acusado?

Marion sabia que não poderia segurá-lo por muito tempo. Deu então a última cartada:

— Você conhece um tal de Philippe Carral?

Arpad congelou. Foi se acalmando à medida que começou a se lembrar dos conselhos que Sophie lhe dera na véspera, dentro do carro, enquanto estavam no túnel do lava-jato. "Se os policiais perguntarem sobre o Fera, pode dizer toda a verdade. Eles podem te pegar nisso. São muito bem informados, não subestima esses caras, não fica achando que são uns idiotas."

— Eu dividi uma cela com o Philippe na prisão — explicou Arpad. — Isso faz mais de quinze anos. Fui posto em prisão preventiva na França, injustamente, mas logo retiraram todas as denúncias. Foi uma história idiota sobre um carro que me encarregaram de levar de Londres até Saint-Tropez...

— E depois da prisão você se encontrou com ele de novo?

— Sim. Primeiro em Saint-Tropez. Ele tinha me protegido na prisão, então eu queria retribuir. Encontrei um trabalho para ele, mas ele não aguentou muito tempo. Acabamos perdendo o contato, e eu me mudei para Genebra.

— Depois você nunca mais o viu?

— Fiquei sem o ver por quinze anos. Mas é curioso você falar dele, porque justamente na semana passada ele reapareceu do nada.

— E o que ele queria com você?

— Não sei direito. Talvez dinheiro. É um marginal, sabe? Ele me seguiu duas vezes, foi praticamente um assédio. No sábado passado, fomos às vias de fato. Dei uma surra nele. Desde então, não tive mais notícias…

— Você está mentindo — rebateu Marion.

Sem dizer nada, a inspetora pôs duas fotos na frente de Arpad, tiradas três dias antes em frente ao Museu de História Natural. Numa delas, Arpad e os filhos entravam no prédio. Na outra, era Fera quem entrava.

— Na quarta-feira passada você se encontrou com Philippe Carral no Museu de História Natural.

Arpad titubeou. Pensou de novo no que Sophie lhe dissera: "Se em algum momento você ficar com a sensação de que está perdendo o controle da situação, lembra que conseguiu esconder de mim, durante vários meses, que tinha sido demitido. Você sabe enrolar as pessoas. Não me leva a mal, não é uma crítica. É um dom." Ele então voltou a falar, com mais vigor:

— Minha nossa! Será que ele queria se vingar depois da nossa briga de sábado? Eu não disse que esse maluco ficou me seguindo para tudo que é canto? Aliás, quero fazer uma denúncia contra ele. Preciso de uma medida protetiva, ou algo assim.

— Quer dizer que vocês não se viram no museu?

— *Se a gente se viu no museu*? Se eu tivesse visto esse cara, inspetora, provavelmente não estaria aqui na sua frente agora. Duvido que ele tenha ido até lá para ver os animais empalhados. Imagino que só não tenha feito nada porque estava num lugar público.

— Você afirma, então, que depois da briga de sábado não teve mais nenhum contato com ele? — perguntou Marion.

— Nada, nenhum contato.

Marion sorriu vitoriosa. Reproduziu uma gravação de áudio.

Arpad: Alô?
Voz de homem: Conto com você no sábado de manhã.
Arpad: Vou passar essa.
Voz de homem: Você não pode fazer isso. Você prometeu que iria comigo.
Arpad: Vou passar essa, já falei!

— Você teve uma conversa por telefone com Philippe Carral na quarta de manhã — disse Marion. — Algumas horas antes de se encontrar com ele no Museu de História Natural...

Arpad estremeceu. Na véspera, Sophie o advertira: "Talvez eles tenham gravado as conversas com o Fera, mas não vão poder confirmar que é ele mesmo." Como ela conseguiu prever uma coisa dessas? Ele se sentia assoberbado pela situação, mas se esforçou para manter o foco e seguir as preciosas dicas da esposa. *Se mostrarem essas conversas, você diz que...*

— É Elmar, um amigo estoniano — explicou Arpad.
— Amigo estoniano? — repetiu Marion.
— Um amigo que mora na Estônia, se preferir.
— E o que ele queria com você? Parecia muito insistente no telefone.

"Elmar pediu que você comprasse para ele um relógio de colecionador num leilão particular", indicara Sophie.

— Ele queria que eu comprasse um relógio para ele num leilão particular — explicou Arpad. — Mas eu tinha mais o que fazer, queria ir para Saint-Tropez. Então o despachei. Elmar é um pé no saco: a gente dá a mão e ele quer o braço. Pode ligar para ele e checar.

— A gente tentou, mas ninguém atende nesse número.

Sentindo que tinha chegado a hora da verdade, Arpad decidiu partir para o tudo ou nada. Assumiu uma voz de indignação:

— Posso perguntar com que direito vocês gravaram minhas conversas telefônicas? Quero saber por que estão me mantendo aqui.

Marion estava ficando sem munição, então disse para Arpad:
— Eu já volto. Não sai daqui.

Ela deixou o recinto e foi para uma sala ao lado, de onde o promotor e outros policiais, entre eles Greg, acompanhavam o interrogatório.

— Ele tem resposta para tudo — disse o promotor. — Não posso incriminá-lo de nada. Nem sequer houve um assalto. Precisamos liberá-lo.

— Ele está enrolando a gente! — disse Greg, irritado. — Tenho certeza de que a voz da gravação é de Philippe Carral, não tem nada disso de amigo estoniano!

— Não temos como autenticar essa voz — lembrou o promotor. — A menos que o Carral esteja na sua mão. E preciso lembrar outra vez que não houve assalto nenhum? Obrigado pela dica!

Greg se consumia por dentro. Tinha vontade de gritar tudo que sabia. Que tinha posto uma câmera no quarto dos Braun e que dois dias antes surpreendera uma conversa entre Arpad e provavelmente Fera a respeito do assalto. Tinham arquitetado todo um plano: Arpad entraria pela frente e Fera e Sophie por trás. Entretanto, se revelasse a existência da câmera para o promotor, teria a carreira encerrada. E tudo isso a troco de nada: nem chegara a acontecer um assalto! Ou talvez não tivesse acontecido ainda. Estavam todos ali sendo enganados, o que o deixava louco.

Ele se lembrou do segundo telefone, escondido atrás do rodapé, dentro do quarto. Tinha visto Arpad usar o aparelho duas vezes para falar com Fera. Se os investigadores o encontrassem, o jogo viraria.

— Precisamos fazer uma busca na casa dos Braun! — exclamou Greg, pegando todos de surpresa.

Tendo em vista a conversa entre os investigadores e o promotor, a proposta parecia bastante incongruente.

— Não podemos fazer uma busca sem uma denúncia prévia — lembrou o promotor.

— A gente encontra um motivo — respondeu Greg, sem parar para pensar.

— Mas não temos nada! — esbravejou o promotor. — Metemos os pés pelas mãos, fizemos papel de bobos. Já gastamos muito tempo e muitos recursos nesse caso. Precisamos liberar Arpad Braun e suspender a vigilância. Não temos mais justificativa para isso.

Na sala de interrogatório, Arpad se lembrou do último conselho de Sophie: "Se falarem desse telefone escondido no nosso quarto, atrás do rodapé, você diz que era para os seus clientes do banco, que nem sempre declaravam todos os ganhos e tinham medo de que as linhas oficiais estivessem sob escuta."

A inspetora não mencionara o telefone escondido, mas esse comentário de Sophie o perturbava: como é que a polícia ficaria sabendo do celular atrás do rodapé? Nesse instante ele entendeu que Sophie sabia de alguma coisa que ele ignorava. Mais uma vez, a esposa não lhe dissera tudo. Ele, porém, nem teve tempo de continuar pensando nisso, pois Marion reapareceu na sala de interrogatório e anunciou:

— Nada mais te prende aqui. Você está livre, pode ir embora.

Arpad deixou a sede da polícia em um táxi e rumou para o bairro de Tranchées, onde pegaria o próprio carro. O motorista, que não parava de falar, perguntou a ele:

— Você está acompanhando o que aconteceu hoje de manhã na rue du Rhône?

Arpad não respondeu nada, e o motorista teve a satisfação de lhe contar em primeira mão:

— A polícia achou que estavam assaltando a Cartier, aí invadiram a loja. Mas foi uma baita confusão.

— Como assim, *a polícia achou que estavam assaltando*?

— Não sei como é que chegaram a essa conclusão, mas o fato é que falharam. Na internet, estão falando de um engano. E não pouparam esforços: chegaram a mandar um grupo de pronta intervenção e tudo o mais. Até explodiram a porta da loja. Engano caro, esse! E você sabe com que dinheiro o Estado vai reembolsar os prejuízos? Com o dinheiro dos nossos impostos! É ou não é um escândalo?

Arpad não estava entendendo mais nada. Onde Sophie estava? E Fera? Lembrou-se do esconderijo mencionado por Sophie. Para evitar que o carro em que viera fosse visto por lá, decidiu seguir no táxi.

— Mudança de planos — disse ao motorista. — Vamos para Jussy.

O campanário da igreja do pequeno vilarejo de Jussy anunciava que era meio-dia.

O táxi atravessou a rua principal e, em seguida, continuou por uma estrada que serpenteava os campos de trigo. Era uma paisagem extremamente bucólica.

Arpad logo viu a fazenda. Soube que era ali porque Sophie tinha falado de uma grande placa de madeira que anunciava a venda de ovos frescos. "Quando chegar na placa, você vira à esquerda e continua até uma casa de fazenda. É ali." Ele deu as instruções ao motorista, que pegou a bifurcação.

O carro foi margeando os armazéns, e em pouco tempo Arpad viu os prédios que Sophie mencionara. Logo avistou também o Peugeot cinza de Fera. Tinha chegado ao esconderijo.

Pediu ao táxi que o deixasse ali.

Não percebeu que um carro o seguira discretamente desde a sede da polícia judiciária.

Embora o promotor tivesse mandado suspender a vigilância de Arpad, Greg sentia-se contrariado. Decidido a provar aos colegas que estavam todos enganados, seguiu Arpad desde que ele havia deixado a sede da polícia dentro de um táxi. Quando viu o carro indo na direção do interior, entendeu que havia alguma coisa ali.

Para não ser notado, manteve uma boa distância do táxi, mas acabou por perdê-lo de vista na saída do vilarejo de Jussy. Deduziu que o carro tinha pegado uma das várias estradinhas rurais. Mas qual delas?

Estava perdido, até que avistou o táxi voltando, já sem o passageiro. Pôs as luzes giratórias no teto do carro e fez sinal para que o motorista parasse.

— Onde você deixou o passageiro? — perguntou a ele.

— Em frente a uma fazenda, bem ali. Você pega essa estradinha e, quando aparecer uma placa de VENDA DE OVOS FRESCOS, vira à esquerda e segue o caminho até um conjuntinho de prédios. Primeiro você vai ver os armazéns, mas não é lá. Tem que continuar mais um pouco.

No esconderijo, Fera estava tão envolvido na conversa com Sophie que não notou quando o táxi chegou ao pátio.

Tinha decidido abrir o champanhe para aproveitar os últimos instantes com ela. Depois, precisavam ir embora.

— A você — disse Fera, brindando com Sophie.

— A nós — respondeu ela.

Fera deu um gole no champanhe e finalmente teve coragem de confessar:

— Você é a coisa mais linda que já me aconteceu.

Eles se abraçaram e ele sussurrou:

— Eu te amei por toda a minha vida.

— Eu sei — disse Sophie, com ternura.

Nessa hora, a maçaneta da porta do apartamento começou a ranger. Alguém tentava entrar, mas a porta estava trancada. Numa fração de segundo, Fera sacou a arma e se aproximou do olho mágico sem fazer barulho.

— Arpad? O que é que você está fazendo aqui? — perguntou Fera, fora de si, depois de botá-lo para dentro às pressas.

Sophie correu até o marido e o abraçou.

— Porra, Soph! — exclamou Fera. — Você deu a ele o endereço do nosso esconderijo? Ficou louca?

Pela cara de Arpad, ele tinha se incomodado ao ouvir Fera chamando-a de maneira tão íntima.

— Mas por que vocês estão se escondendo? — perguntou ele, irritando-se ao ver a garrafa e as duas taças. — E que história é essa de ficar tomando champanhe? Por que vocês não foram até o fim com aquele assalto idiota? O que está acontecendo, porra?

— A gente fez o assalto — disse Sophie. — Mas a polícia ainda não sabe.

— Do que é que você está falando? — perguntou Arpad, confuso.

— O lance da Cartier foi só uma distração — confessou Fera.

— Uma *distração*? Como assim, uma *distração*? Vocês me usaram?

— Não era parte do plano inicial — explicou Fera. — Quando você achou que eu ia propor um assalto e me encontrou no La Caravelle, tive que inventar um roubo à Cartier porque não podia te revelar que a sua esposa era a assaltante.

— E depois? — perguntou Arpad. — Por que você me mandou à Cartier mesmo assim?

— Porque era muito arriscado envolver você no assalto verdadeiro.

— Então, se eu estou entendendo direito — disse Arpad —, você me mandou à Cartier para poder ficar em paz com a Sophie e fazerem juntos o negócio de vocês, numa boa. Que joalheria vocês assaltaram?

— A Stafforn, no centro histórico — respondeu Sophie. — Mas eu não fazia ideia dessa manobra de distração que o Fera organizou. Nem da sua intenção de participar do assalto.

— Mas se não teve nenhum assalto na Cartier, por que é que a polícia apareceu lá? — perguntou Arpad. — Os policiais chegaram a me perguntar de você, Fera. Meu telefone estava grampeado. Parecia que eles estavam por dentro de tudo.

— Eles estavam mesmo por dentro de tudo — disse Fera —, e a gente sabia disso.

— *Vocês sabiam?* Como assim? — arquejou Arpad. — O que vocês sabiam?

Sophie então confidenciou:

— Na quarta-feira à tarde, a Karine foi me encontrar.

*

Três dias antes do assalto.
Quarta-feira, 29 de junho de 2022.

Sophie estava voltando do almoço quando deu de cara com Karine, que a esperava em frente ao escritório.

— Oi, minha linda — cumprimentou Sophie, achando que se tratava de um encontro casual.

— Me poupa das suas baboseiras! — disparou Karine. — Você é uma vagabunda!

Sophie ficou atônita.

— Que isso, Karine? O que foi que aconteceu?

— Eu sei que você está transando com o Greg! — gritou Karine, tremendo de raiva.

Sem entender nada, Sophie tentou acalmar os ânimos:

— Espera, espera, acho que você está completamente enganada. Por que a gente não vai até o meu escritório conversar?

Véronique não tinha ido trabalhar naquele dia, então as duas poderiam ficar sozinhas. Sophie sugeriu a Karine que se sentassem na sala de reunião, mas Karine estava furiosa demais para isso. As duas ficaram uma de frente para a outra na exígua entrada do escritório.

— Quer um café? — propôs Sophie, nada à vontade.

— O que eu quero é que você suma!

— Olha, eu não sei por que você está achando que existe alguma coisa entre mim e o Greg, mas eu garanto que é mentira. Totalmente mentira!

— Não me trata que nem idiota, por favor! Dá para ver que você sente uma necessidade de agradar a todos os homens.

— Karine, já chega! Não quero ficar sendo ofendida. Você está visivelmente alterada. Então ou você me diz o que está acontecendo ou é melhor ir embora.

— Eu recebi uma carta anônima dizendo que o Greg está me traindo.

— Comigo?

— Não dizia seu nome, mas eu encontrei no telefone dele um vídeo de você se masturbando.

— O quê?! — exclamou Sophie, apavorada. — Como assim? É impossível!

— Bom, eu não tenho dúvida de que é você!

— Karine, é impossível! — repetiu Sophie. — Eu nunca faria isso com você. Nunca dormiria com o Greg, nunca te prejudicaria nem te faria qualquer tipo de mal.

— E por que eu acreditaria em você?

— Porque... — Sophie parou de falar, como se hesitasse. Depois continuou: — Porque você é uma das poucas amigas que eu tenho. Talvez a única pessoa com quem eu me sinta de verdade... Eu mesma.

Karine soltou uma risada cínica.

— E toda aquela gente que estava no aniversário do Arpad?

— Véronique, minha funcionária. Julien, um grande amigo do Arpad, e a mulher dele, Rebecca. Uns primos do Arpad. Um ou outro conhecido... Está vendo? Não sou tão popular assim como você pensa. Mas naquele dia eu fiz uma amiga. Uma pessoa íntegra, correta, engraçada, incrível: você.

Karine ficou olhando para Sophie. Estava tomada por um turbilhão de sentimentos contraditórios. Por fim, disse:

— A polícia instalou uma câmera no quarto de vocês. Foi assim que o Greg conseguiu esse vídeo seu.

— O quê?

— A polícia suspeita que o Arpad quer cometer um assalto...

Houve um momento penoso de silêncio. As duas ficaram se olhando. Às lágrimas, Karine disse:

— Se essa história é verdade, então é melhor você e o Arpad irem embora para bem longe, antes que a polícia pegue vocês. Não quero que o

Arpad acabe na cadeia aqui e que você fique sozinha na sua mansão, a dois passos da nossa casa. Seria horrível. O Greg passaria o tempo todo querendo ajudar, apoiar você. Eu sei como ele é. Já até imagino ele dizendo: "Não importa o que o Arpad tenha feito, a gente precisa apoiar a Sophie. Ela é nossa amiga." Tudo só para ficar perto de você, que nem um cachorrinho esperando um afago. Você vai deixar meu marido maluco. Na verdade, já deixou. Mas até hoje eu estava cega demais para me dar conta. Desde o aniversário do Arpad, parece que o Greg está enfeitiçado. Desde aquele dia, ele não é mais o mesmo homem. Mas eu estou decidida a recuperar meu marido, Sophie. Ele é tudo o que eu tenho.

*

— Tem uma câmera no nosso quarto? — perguntou Arpad, perturbado pelo relato de Sophie.
— Tem. Presa no alto do armário. Tecnologia de ponta. Coisa da polícia, com certeza.
— Como é que pode?
— Não faço ideia. Mas quando eu contei ao Fera, ele enxergou uma oportunidade.
Fera então explicou:
— Sophie e eu fizemos uma lista de tudo que a polícia podia saber se tivesse mesmo enchido a casa de vocês de microfones e câmeras, além de grampear os celulares. Repassamos todas as conversas que podiam ter ouvido. Eu e Sophie temos nosso protocolo de segurança desde sempre, justamente para manter a família de vocês longe de tudo isso.
— Você está falando do telefone secreto?
— Entre outras coisas — assentiu Fera. — Para ser bem sincero, o telefone escondido na casa de vocês era uma linha de emergência. Mas, como você achou o aparelho, sabíamos que estava comprometido. E que a polícia talvez tivesse visto pela câmera. Eu já tinha cometido o erro de ligar para o seu telefone na quarta-feira de manhã, quando você já devia estar grampeado também. Enfim, falei a Sophie que todas as suspeitas convergiam para você e todos os policiais da cidade estariam na sua cola, enquanto nós dois ficaríamos tranquilos para fazer nosso assalto em paz.

Sophie emendou:

— O Fera me convenceu de que hoje de manhã, enquanto a gente estivesse assaltando a joalheria, todos os policiais estariam ocupados vigiando você em casa.

— Por isso que você me deu todos aqueles conselhos no túnel do lava-jato? — deduziu Arpad.

— Exatamente. Mas eu ainda não sabia nada dessa história de assalto falso à Cartier.

Arpad se virou para Fera.

— Você enganou a nós dois e aí me mandou à Cartier para fazer a polícia acreditar que o assalto era lá, só para distraí-los.

— Eu não podia desperdiçar uma chance dessas — disse Fera, se justificando. — Graças a você, ficamos com o caminho completamente livre.

— Mas como é que você tinha certeza de que a coisa daria certo lá na Cartier? — quis saber Arpad.

— Os protocolos de segurança das joalherias são todos iguais. É molezinha.

Arpad estava em estado de choque. Depois de checar as horas no relógio, Fera disse:

— Agora a gente precisa mesmo ir embora.

Num gesto automático, olhou pela janela que dava para o pátio.

— Puta merda, um policial! — gritou ele.

Usando o uniforme de operação, Greg estava inspecionando o Peugeot cinza.

Fera fechou a cortina na mesma hora e sacou a arma. Correu até as outras janelas e deu uma olhada no entorno.

— O que a gente faz agora? — perguntou Sophie, com o coração acelerado.

— Não estou vendo ninguém nos fundos. Leva o Arpad com você e segue o protocolo de emergência.

— E você? — indagou ela, preocupada.

Fera a pegou pelos ombros e repetiu:

— Leva o Arpad com você e segue o protocolo de emergência!

Ela obedeceu. Pegou Arpad pela mão e o levou para o quarto. Eles saíram pela janela e, protegidos pela fachada do prédio, deram uma corridinha pela cornija até o andar de cima do celeiro.

Fera ficou observando os dois desaparecerem e sussurrou:

— Adeus, Sophie. Eu te amei tanto...

Em seguida, de arma em punho, abriu a porta da frente do esconderijo e começou a atirar em Greg.

Sophie e Arpad estavam descendo a escada do celeiro quando ouviram os tiros. Os disparos vinham do pátio. Sophie foi até um pequeno alçapão de madeira que ficava na parte de trás da construção. Ela o abriu e enfiou a cabeça ali para inspecionar o terreno. Não havia ninguém. O caminho estava livre. Ela então saiu do celeiro e mandou Arpad segui-la. Por ser mais corpulento, ele ficou agarrado na altura do peito, preso no alçapão.

No pátio, a troca de tiros continuava. Da escada externa do apartamento, Fera disparava sem trégua contra Greg, que precisou se esconder atrás de uma máquina agrícola.

Embora esperasse um confronto com um grupo de policiais, Fera constatou que o homem estava sozinho. Aquilo era muito estranho. O tiroteio parou por um tempo.

Sophie agarrou Arpad pelo braço e o puxou de uma vez só. Ele conseguiu se libertar e passar pelo alçapão. Os dois saíram correndo a toda a velocidade na direção da floresta. Os disparos tinham parado.

Fera não estava mais vendo o policial. Desceu a escada e começou a andar com cautela. Ouviu um barulho e se virou bruscamente. Não viu ninguém. De repente, Greg apareceu na frente dele e descarregou uma saraivada de tiros.

Fera foi atingido por nove balas no peito e uma na cabeça.

Sophie estremeceu ao ouvir a rajada de tiros. Eles já estavam na floresta, escondidos atrás de uma fileira de árvores. Ela parou por um instante e olhou na direção da fazenda, que não conseguia mais ver. Depois, localizou o bosquezinho. Pegou a moto, entregou um dos capacetes para Arpad e pôs o outro na cabeça. Ela assumiu a direção, e Arpad foi no carona. Saíram em disparada pela estradinha florestal.

13h, em Jussy.

A fazenda estava cercada pela polícia. Os campos e a floresta em volta estavam sendo vasculhados pela unidade de cães. No pátio, em frente à casa da fazenda, um socorrista examinava Greg. Uma simples verificação. Ele não tinha nada. Ficou observando a movimentação dos especialistas da polícia científica em volta do corpo de Fera. Marion Brullier, enviada com urgência ao local com os colegas da divisão de crimes, se aproximou de Greg.

— Você está bem? — perguntou ela.

— Estou.

Ela tocou no ombro dele, num gesto amistoso.

— Esse é Philippe Carral? — perguntou Greg.

— Parece que sim. Vamos confirmar em breve com uma análise de DNA. Ele estava sozinho?

— Eu só vi ele. Quando cheguei aqui, ele apareceu lá em cima e começou a atirar em mim.

— Como você sabia que ele estava aqui?

— Cruzei com o Peugeot cinza por acaso, quando estava chegando em casa — mentiu Greg. — Aí segui o carro até aqui.

Ele se limitou a essa explicação, julgando desnecessário mencionar Arpad. Não havia nenhum vestígio dos Braun na fazenda, e Greg temia que persistir nessa história acabasse lhe causando problemas por causa da câmera que havia instalado.

Estava na hora de virar a página dos Braun.

Queria esquecer Arpad.

Esquecer Sophie.

Só queria voltar para casa, reencontrar a esposa e viajar com ela à Itália.

No entanto, para sua surpresa, assim que chegou à Verruga, encontrou a casa tranquila. Sandy não foi recebê-lo e a mala de Karine tinha desaparecido. Greg entendeu que ela havia ido embora. Que o deixara.

Na cozinha, encontrou uma mensagem lacônica escrita à mão:

Você escolheu.

Ele desabou.

*

16h, no centro histórico de Genebra.

A joalheria Stafforn parecia estar fechada. Ao longo do dia, os clientes que apareceram deram com a cara na porta. Aconteceu o mesmo com a esposa do gerente da loja, que, preocupada por não conseguir falar com o marido, acabou indo até lá. Percebendo que havia alguma coisa errada, ela deu o alerta. A polícia chegou em peso e encontrou, dentro da loja, o gerente, os funcionários e um segurança, todos amarrados com braçadeiras de plástico.

Enquanto isso, Arpad e Sophie fugiam por uma estrada do Sul da França. Depois do esconderijo, seguiram até o centro de Genebra e abandonaram a moto no bairro de Tranchées, onde pegaram o carro de Arpad para seguir a Saint-Tropez.

Às seis e meia, finalmente chegaram à casa dos pais de Sophie. Ao ouvir o barulho do carro, Isaak e Léa saíram para receber o pai e a mãe, seguidos por Bernard e Jacqueline.

Arpad correu para dar um beijo nos filhos, enquanto Sophie ficou mais um tempo dentro do carro. Brincava com um saquinho de veludo que Fera lhe dera pouco antes de Arpad chegar ao esconderijo. Dentro dele estavam os diamantes do assalto. E também um bilhete que ela ainda não tinha visto:

Feliz aniversário!
Te amo para sempre,
Fera

4 MESES DEPOIS DO ASSALTO
23 de novembro de 2022

O assalto à joalheria Stafforn ainda não estava elucidado.

A única certeza que os investigadores tinham era de que Fera havia participado do crime. Encontraram no esconderijo roupas idênticas às usadas por um dos assaltantes, além de um boné e um cachecol que correspondiam exatamente aos que apareciam nos registros das câmeras de vigilância.

Contudo, não encontraram o cúmplice nem qualquer fruto do assalto. Os investigadores não tinham nenhuma pista. Obviamente, suspeitaram dos Braun, mas Arpad tinha um álibi sólido: na hora do assalto, estava na Cartier. Já a esposa, Sophie, estava em Saint-Tropez. Segundo os registros, o telefone dela não tinha saído da casa dos pais, o carro não se movera dali, e Bernard e Jacqueline confirmaram que a filha estava na casa deles naquela manhã. Também não conseguiram constatar nenhuma relação entre ela e Fera com base na suposta tatuagem igual, porque o desenho que Fera tinha no peito havia desaparecido com o impacto das balas. Só restaram uns pedaços de carne marcados com tinta, mas não era possível identificar nada.

Enquanto em Genebra os policiais da divisão de crimes estavam prestes a deixar a investigação de lado para tratar de assuntos mais urgentes, em algum lugar no meio do mar Báltico, no convés da balsa que ligava Tallinn a Helsinque, um trio se reunia.

O tempo estava nublado e chuvoso. Todos os passageiros se encontravam na parte interior da balsa, exceto eles três.

Um homem com um casaco de inverno e uma garrafa térmica na mão servia café em três copos de plástico.

— Estou feliz de finalmente te conhecer — disse o Estoniano para Sophie. — O Fera falava muito de você.

— Digo o mesmo — respondeu Sophie, pegando o copo que ele lhe estendera.

Atrás dela estava o pai, Bernard. O Estoniano também ofereceu café a ele. Bernard agradeceu e fez que não com a cabeça.

Sophie e o Estoniano conversaram por um bom tempo. Depois, ela entregou os diamantes a ele, e o Estoniano, em troca, lhe deu um saco cheio de notas de dinheiro. O homem foi embora depois de dar um abraço afetuoso em Sophie. Era a primeira e última vez que a encontrava, mas tinha a impressão de conhecê-la havia quinze anos.

Sophie e Bernard ficaram sozinhos no convés.

Ela abriu um sorriso triste e em seguida, com os olhos fixos no horizonte, irrompeu em soluços inconsoláveis.

Quando se trata de grandes perdas, o tempo não cura quase nada.

EPÍLOGO

Um ano e meio depois do assalto
31 de dezembro de 2023

Greg ficou um tempo observando a Verruga de dentro do carro. Karine tinha acabado de sair com as crianças sem notar sua presença. Ele parava ali quase todos os dias para vê-los. Sentia falta da vida em família. A cada quinze dias, os filhos passavam o fim de semana com ele, em seu pequeno apartamento no bairro de La Jonction. O resto do tempo, Greg se sentia extremamente sozinho.

Depois de sair da Verruga, fez um desvio pela floresta. Deixou o carro na beira da estrada e se enfiou no meio do bosque. Não demoraria muito. Depois de andar alguns minutos, avistou a casa de vidro entre as árvores. Aproximou-se discretamente dos limites da propriedade e, através das janelas de vidro, observou a família de ingleses que se mudara para lá algumas semanas antes.

Um casal com duas crianças. Pareciam legais. Como os Braun, só que nem tanto.

A nove mil quilômetros de Genebra, numa praia da Costa Rica, Arpad e Sophie, abraçados na areia, viam os filhos brincar no mar do Caribe.

— Você sabia que o bar está à venda? — disse Arpad, apontando para um casebre de madeira ao longe.

— O que é que tem? Você quer comprar? — perguntou Sophie.

— A gente podia comprar e rebatizar de El Beatriz — brincou Arpad.

Ela começou a rir.

— Diz isso para o meu pai quando ele vier visitar a gente na semana que vem.

— Já posso imaginar a cara da sua mãe: "Não me diga, Bernard, que você vai comprar um bar aqui, vai?"

Sophie riu de novo e se levantou.

— Vamos entrar na água?

— Já estou indo.

Ela caminhou até o mar para se juntar aos filhos.

Arpad ficou observando com ternura a própria família. Depois, não tirou os olhos de Sophie enquanto ela entrava aos poucos na água. À medida que ela se movimentava, parecia que a tatuagem da coxa também se mexia.

Como se a pantera ganhasse vida.

Créditos da imagem de capa:

2024 © Digital image, The Museum of Modern Art,
New York/Scala, Florence

Edward Hopper, *Night Windows*, 1928
© Hopper, Edward/ AUTVIS, Brasil, 2024

- intrinsecaeditora
- @editoraintrinseca
- @intrinseca
- editoraintrinseca
- @intrinseca
- intrinseca.com.br

1ª edição
NOVEMBRO DE 2024

impressão
BARTIRA

papel de miolo
LUX CREAM 60G/M²

papel de capa
CARTÃO SUPREMO ALTA ALVURA 250G/M²

tipografia
MINION PRO